JN104307

# スラッシャー　廃園の殺人

三津田信三

角川ホラー文庫
24103

スラッシャー
廃園の殺人

# 目　次

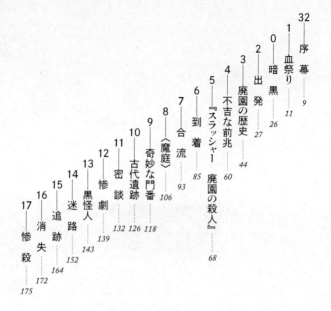

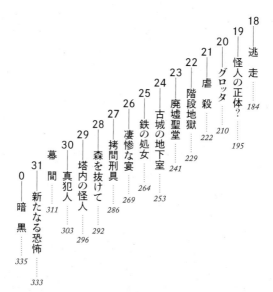

ダリオ・アルジェントに本書を捧ぐ――

Dedicato a Dario Argento il mio grande ispiratore

●籬帖之真（ませじょうのしん）……29歳、ホラー映画やVシネマの俳優。
●平島玲子（ひらじまれいこ）……27歳、テレビドラマ（端役）の女優。
●粕谷恵利香（かすやえりか）……18歳、グラビアアイドル。
●天本シン（あまもとしん）……23歳、怪奇俳優を志望する青年。
●城納苺（じょうなんまい）……20歳、城南大学建築学科二回生。
●騎嶋豪（きじまごう）……33歳、プロフォンド・ロッソ営業課長。
●東男英夫（あずまおとこひでお）……46歳、プロフォンド・ロッソ企画部長。
●土末裕樹（つちすえゆうき）……城南大学建築学科三回生（失踪当時）。
●雪森佐緒里（ゆきもりさおり）……高校生（失踪当時）。
●雪森洋大（ゆきもりようだい）……佐緒里の異母兄。
●廻数回一藍（えすえいちあい）……ホラー作家。〈魔庭〉の創造者。
●黒怪人……〈魔庭〉に出没する謎の人物？

# 32　序　幕

まるで影のように真っ黒けの人物が、薄暗い部屋の中に座っている。

頭の天辺から爪先《つまさき》まで黒一色をまとった全身が、ほとんど暗闇に呑《の》まれているため、その性別も年齢も何ひとつ見当すらつかない。

手にはB４判ほどの大きさの紙を持っており、そこに描かれた何かの地図のようなものに、しきりに目を落としている。

「…………」

やがて影が何事かつぶやきつつ顔をあげて――

微《かす》かに笑ったかに見えた。

満足そうな溜息《ためいき》をついたかに映った。

あたかも何か面白いことを成し遂げたような、そんな雰囲気を漂わせている。

そして影は――

誰もいない空間に向かって、いきなり憑《つ》かれたように喋《しゃべ》りはじめた。

自分があの呪われた〈魔庭《まてい》〉で、果たして何をしたのか――。

あくまでも客観的に、しかしながら喜々として、その解説でもするかのように……。

真っ赤な柄を持つ大型の鋭利なナイフを、片手でもてあそびながら……。

# 1　血祭り

漆黒の闇の中で、いくつかの炎が燃えていた。

だが圧倒的な濃さを誇る暗闇の中で、それら松明《たいまつ》の明かりは今にも暗黒の空間に呑み込まれそうなほど、儚《はかな》く揺れるばかりである。

そんな闇の世界の直中《ただなか》で、辛《かろ》うじて松明の炎によって浮かび上がる場のひとつに、高校生くらいに見える少女の姿があった。

ばんざいをするように両手を頭の上に伸ばし、両足は膝《ひざ》を折った状態で左右に広げ、その場に座り込んでいる。両の手首と足首には禍々《まがまが》しい鎖が巻かれ、それらの先端は背後の石壁から下がる鉄の輪につながっている。気を失ったようにぐったりと頭《こうべ》を垂れた様子は、何者かに拉致《らち》された事実を雄弁に物語っていた。

「……おい」

少女の左手から、低い声がした。

黒々と蟠《わだかま》る闇を間にはさんで、もう一ヵ所だけ仄《ほの》かに明かりが照らし出す空間があって、そこに大学生らしき若い男が横たわっている。

その青年も少女と同様、ばんざいの恰好《かっこう》で両手は頭の上に伸ばされ、暗がりの中に消えている。足元も闇に沈んではっきりと確認できないが、どうやら両の手首と足首を縛られた状態で、台の上に磔《はりつけ》にされているらしい。

「おい、しっかりしろ」

「……ううっ」

彼の呼びかけが届いたのか、少女が呻《うめ》き声をあげた。

「うーん……えっ……」

「気がついたか。おい、大丈夫か」

「……ユ、ユウちゃん？」

「あぁ、俺だ」

「えっ……ええっ？　な、なんなの……これ？」

ようやく自分の身に起きた異変を認めたのか、彼女は戸惑いながらも怯《おび》えたような声を出したあと、狂ったように鎖をじゃらじゃらと鳴らしはじめた。

「い、嫌だ……ユウちゃん助けて！　どうしてこんな……」

「……わ、分かんねぇよ。あの奇妙な、針金ばっかり渦巻いてたところで、急に物凄《ものすご》い衝撃を受けて……気がついたら、こんな状態で……」

「ユウちゃんも、身動きできないの？」

「あぁ、なんか台のようなものの上に寝かされてるけど、手足は縛られてる……。しかも台に溝みたいなものがあって、背中と尻《しり》が痛くって――」

「……針金？　針金？　あっ！」

「ど、どうした？」

「ま、まっ、真っ黒な……」

「えっ？　何のことだ？」

「あの針金の、うじゃうじゃ針金ばかりがあった場所で、全身が真っ黒なヤツに、襲われたの……」

「何だって……。そ、そいつは、人間か」

「…………だと思う。ユウちゃんが急に倒れて、そしたら針金の向こうから、それが現れて……」

「そうか。きっとスタンガンか何かだ。それで俺らの気を失わせてから、ここに連れ込んだんだ」

「ここ、どこ？」

「さぁ、なんか地下室っぽいけど……」

「ユウちゃん、どうしよう……。あ、あの黒いの、き、きっと殺人鬼だよ。わ、私たち、こ、こ、殺されるよ……」

「な、何をバカな……。スプラッターなホラー映画じゃあるまいし、今の日本でそんなこと、あ、あるわけ……」

「ここは普通の場所じゃ、ないじゃない！　頭の可怪《おか》しなヤツが造った、ずっといると必ず気が変になるところだって、ユウちゃん言ったじゃない」

「そ、それは……」

「やっぱり入るんじゃなかった。あの黒いのは、私たちみたいに面白半分で、肝試しのつもりで、ここに入ってくる人間を捕まえて……」

「け、けど、今ここには、誰も住んでない――」

「でも、いたじゃないの」

「か、管理人か何かで、不法侵入者を懲らしめるために、ば、罰としてこんな――」

「拷問室のような部屋に、監禁したの？」

拷問という生々しい言葉のせいか、二人は急に黙り込んでしまう。自分で口にしながら少女も、自らの台詞《せりふ》に戦慄《せんりつ》したようである。

やがて青年が、

「お前、少しは動けないか。俺は完全に磔の状態で、どうしようもない」

「ちょっと待って」

しばらく少女は鎖を点検してから、

「手首と足首に巻きついてるのは、鍵《かぎ》じゃなくて螺子《ねじ》で留めてあるみたい」

「それを回せないか」

「届かないのよ。中指どうしがくっつくくらいで、手首までは無理……」

「なんとかしろよ！」

「そんなこと言ったって……」

半ば泣き声で少女は返したが、すぐに左右の腕をふり出したと思うと、

「あっ、右の方の鎖……なんだか緩いみたい」

「螺子が？」

「ううん、後ろの壁につながってる鎖の先が、そこの壁が、ぐらぐらするの」

「引っ張れ！　思いっきり引っ張るんだ！」

微《かす》かな希望を覚えたらしい男の声に応《こた》えようと、少女は何度も右腕を前に出しはじめた。まるで目の前の見えない透明な敵に、パンチを何発も繰り出すかのように。

ドンッ、ドンッ、ドンッ。

石壁を打つような籠《こも》った音が、ずっと続いたところで、
ドンッ、ガラガラッ、ジャリ。

突如として石壁が崩れ、鎖が解き放たれたらしき物音が響いた。

「やったぁ！　ユウちゃん取れたよ」

「早く鎖を外して、こっちも自由にしてくれ」

「待ってて、すぐ行くから」

その返答とは裏腹に、少女の両手と両足の鎖はなかなか外れない。痺《しび》れを切らしたのか青年は苛立《いらだ》ちもあらわに、

「おい、早くしろ！　その黒いヤツが来たら、どうすんだよ」

「分かってる。そんなこと言ったたって、螺子が堅くって……」

「くそっ、お前は肝心なときに、とろいんだから」

「ちょっと待っててよ。私だって一生懸命……」

「分かった。泣くな」

「嫌だぁ……血が出てる……」

「手を休めんじゃねぇ！　い、いや、悪かった。頼むからさ、急いでくれ、なっ？」

それから数分後、ようやく鎖から解放された少女は青年の側へと駆けつけたが、おろおろするばかりで何もできない。

「右だ。右手から外してくれ。縄みたいなもんで縛ってあるから、お前にでもほどけるだろ」

「私は鎖だったのに、なんでユウちゃんは縄なのよ」

「知るか！　いいから、早くほどけ！」

最初は悪戦苦闘しているようだったが、そのうち縄の結び目が分かったのか、いくらも経たないうちに少女は、青年の右手を自由にしていた。

「あっ……」

「何だ？　どうした？」

「ほどいたとたん、するって縄が、まるで引っ張られるように――」

「何を訳の分からんことを……。早く足をほどいてくれ。俺は左手を自由に――」

そのとき二人の頭上で、ガタッ、ギィィ……という無気味な音が響いた。

「………」

どちらも一瞬、ぴたっと動きが止まる。

その直後、ブゥゥンッと空気がゆらいで、青年の右手斜め上の暗がりから、何か大きなものが現れた。それは彼の腹の真上を通過して、そのまま左手斜め上の闇の中へと消えていった。

「うわぁぁっ！」

思わず青年が悲鳴をあげる。

「な、な、何だ、今の？」

少女が答える前に、再びそれが彼の腹の上を、今度は左から右へと通過した。松明《たいまつ》の炎の煌《きら》めきを受け、とても鈍い輝きを発しながら……。

「ふ、ふ、振り子だ！　しかも刃が……、は、刃があるぞ！」

それは三日月の形をした大きな振り子だった。弧の外側が真下を向いており、そのすべてが鋭い刃になっている。

「き、きっと縄だ！　お前がほどいた縄が、この振り子を固定してたんだ」

「ええっ……、そ、そんなぁ……」

「くそっ、これじゃ身をよじれない。足はいいから左手だ。早く！　先に左手を！」

ほとんど叫んでいる青年の腹の上を、三日月の振り子が一定の速度で右から左へ、左から右へと規則正しく揺れている。

「……ユウちゃん」

「何だよ、早くしろよ」

「この振り子……少しずつ下がってない？」

「…………」

またしても二人は動きを止めたが、振り子が二往復するのを見つめていた青年が、突如として絶叫した。

「は、は、早く、左手をほどけぇぇ！」

少女の反応は素早かった。彼の左手に飛びついたかと思うと、もう後は一心不乱に縄をほどくことに集中している。

「おい、まだかよ。この振り子、本当に下がってるぞ。このままじゃ――」

「待って。もう少し」

「頼む。早くしてくれ……」

「もう少しだから」

「ひいぃ！　服をこすった……」

「もう少し」

「はぁ、はぁ……」

「もう少し……やった！　ほどけた！」

「よし！　タイミングを見て、起き上がって――」

「……あぁっ、ユウちゃん」

　ガタッ、ギィィ……。

　再び二人の頭上で、その無気味な物音が響いた。

　すると今度は青年の頭の上の暗がりから、真ん丸い満月のような振り子が現れた。そして彼の頭部から足元へ、足元から頭部へと揺れはじめた。

「ご、ごめんなさい……」

　泣きじゃくりながら少女が謝る。

　だが青年はまったく聞いていない。鶏のように首をきょときょと動かしながら、二つの刃の動きを見極めようと必死である。

「おい、いいか。足首の縄をほどくんだ。これで両足が自由になれば、タイミングを見計らって、台から転げ落ちることができる」

「うん、分かった」

　ところが、台の足元に移動した少女は、すぐさま絶望的な声で、

「ユウちゃん、無理だよ……。両足とも縄じゃないんだもん。丈夫な革のベルトで縛られてて、鍵までかかってる」

「な、何ぃぃ！」

　思わず身を起こしかけた青年の腹の上を、三日月の振り子がかすめ、慌てて横たわった彼の顔の前を、満月の刃が通り過ぎた。

「それにユウちゃん……。これ、溝のある大きな台じゃないよ」

「………」

「小さな台を、四つ集めてあるみたい。それもくっつけずに、ちょうど十字の溝ができるくらい、それぞれを離して……」

　その四つの台の配置に、どれほど恐ろしい意味があるのか、どうやら二人にも瞬時に分かったようで、ともに唾《つば》を呑《の》み込む音を立てた。

「……ど、どうしたらいい？」

「起き上がるしかない」

「け、けど……」

「起き上がって右か左か、どっちかに身体を寄せて、振り子をかわすしかない」

「でも……」

「このままじゃ、切り刻まれるのを待つだけだろ」

　青年が焦るのも無理はなかった。三日月の刃が彼の腹を切り裂くまで、もういくらも時間はなさそうである。

　三日月が左手から右手へ移動するのと入れ替わるように、満月が足元から頭上へと揺れる。次いで三日月が右から左へ、満月が頭から足へ……。

二つの振り子の動きを見極めるためか、青年は黙ったまま身動きひとつしない。少女も固唾《かたず》を呑んで見守っている。

ただよく見ると、彼の腹のあたりが小刻みに震えていた。今や服を切り裂きはじめた刃から逃れるために、精一杯どうやら腹を引っ込めているらしい。

その腹の上を三日月の鋭い刃が、左から右へ通りすぎた瞬間、

「うぉぉぉっ！」

物凄《ものすご》い雄叫《おたけ》びと同時に、青年は身を起こした。まっすぐ自分に向かってくる満月の刃を、身体を右によじり間一髪でかわした。

「やった！　ユウちゃん」

「あ、足が……。切るものだ！　なんでもいいから、革のベルトを切るものを見つけてくれ！」

もちろん起き上がったことによって避けられるのは、三日月の刃だけである。身体を右に寄せているため、満月の刃は彼の左足の上を往復していた。このままでは遅かれ早かれ、ちょうど膝《ひざ》のあたりで左足は切断されることになる。

「あっ……あぁっ！」

まだ危機が去っていないことに、ようやく少女は気づいたのか、完全なパニックに陥っている。

「は、早くしろ！　探すんだ！」

青年は絶叫しながらも、

「こっちの振り子は後から動き出したから、まだ少しは余裕がある」

自分に言い聞かせるように続けた。

少女は暗闇の中を手探りで右往左往したあと、割と近くにあった棚に工具箱のようなものを見つけた。その中を慌てて漁《あさ》り出したかと思うと、

「あった！　ユウちゃん、ペンチが……」

嬉《うれ》しそうな声をあげて彼の方を振り向いたが、そこで固まった。

「早く持ってこい！」

「ユウちゃん、後ろ……」

「えっ？」

いつの間にか、三日月の振り子が消えている。

「あっ、丸いのも……」

足元から頭上へ揺れていた満月も、闇の中に入ったまま姿を現さない。

「お、終わったの？」

「どうかな……。い、いや、そんなことより、早くペンチを」

「うん」

慌てて少女が駆け寄り、青年にペンチを手渡したときである。

ガタガタッ、ギィィ……ガタッ、ギィィ……。

またしても無気味な物音が、二人の頭上で鳴り響いたあと、
ブゥゥンッ……ブゥゥンッ……。

これまでの十字を描く軌道とはまったく違う、思わぬ方向からいきなり、三日月と満月の振り子が出現した。

「うわぁぁっ！」

不吉な物音と同時に、すぐさま注意を払っていたお蔭《かげ》で、青年は辛《かろ》うじて二つの鋭い刃をかわすことができた。

とはいえ次第に、それも困難になりはじめる。

なぜなら三日月と満月の振り子の揺れが、完全に不規則だったからだ。その動きは少しも読むことができない。どの方向から現れるのか、事前に予測することなど絶対に不可能である。

台上の四角い空間を縦横無尽に揺れ動く二つの振り子の様は、まさに狂気的とも言える凶器の乱舞であった。

「た、た、助けてくれぇぇ！」

ペンチで己《いまし》の足の縛めを切ろうとしていた青年も、たちまち振り子を避けることだけに専念せざるを得なくなる。

その状況を見て取った少女が、彼からペンチを取り上げると台の側にしゃがみ、右手だけをあげて革のベルトを切り出した。

「くそっ、動きが速くなってる」

「そ、そんなぁ……」

「いいから、お前は――わっ！」

「ユウちゃん……」

「は、早く……頼む。もう避けるのも――」

「待って、半分くらい切れたから」

「片足が、うわっ！　自由になったら――」

「うん、とりあえず台から下りて――」

「助か――があぁぁっ！」

「ユウちゃん！」

斜め後ろから来た三日月の刃が、青年の左肩を切りつけたのも束の間、反射的に前のめりになった彼の背中の肉を、満月の刃が裂きながら通り過ぎる。

「ひぃぃぃ！」

それから数十秒の間、台上の四角い空間には血飛沫《ちしぶき》が噴水のように噴き出し、飛び散り、霧の如く舞いつつ漂った。

松明《たいまつ》の炎を受けて鈍く光る二つの振り子の刃の輝きと、あたりに霧散する鮮血の毒々しい朱色とが交じり合って、凄惨《せいさん》ながらも思わず見蕩《みと》れてしまうほどの幻想的な光景が、その場に現出していた。

青年の最期は、かなり呆気《あっけ》なかった。

がぁごごごうぅぅつ……。

後ろから来た三日月の刃の先端に首筋を貫かれ、顎《あご》を割って口蓋《こうがい》の下から血塗《ちまみ》れの切っ先を覗《のぞ》かせたまま、喉《のど》を無気味に唸《うな》らせつつ彼は絶命した。

「い、い、いや……」

目の前で青年が血飛沫のダンスを踊り出してから、その様を少女は呆然《ぼうぜん》と見上げるばかりだったが、彼が止《とど》めの一撃を刺されたとたん、ゆっくりと首をふりながら立ち上がって、

「いやあぁぁぁぁぁぁぁっ！」

凄《すさ》まじい絶叫をほとばしらせた。

しかし彼女が本当の、真の、心からの恐怖の叫び声をあげるのは、実はまだこれから、だった……。

# 0　暗黒

真っ暗な漆黒の世界で――
密度の濃い黒一色の直中《ただなか》に――
毒々しいまでに真っ赤なものが――
やがて、ゆっくりと浮かび上がった……
それは、まさに恐るべき禍々《まがまが》しさを秘めた――

# 2 出発

スラッシャー　廃園の殺人
――というタイトルの記された台本のような冊子を、六人乗りのバンの後部座席の男が、左手で差し上げながら、

「えーっと、肝心の企画説明の前にですね。今日のロケハンには、はじめての方もいらっしゃいますので、このあたりで自己紹介をしていただければと思います」

車窓から望む風景が急に変わりはじめたところで、身を乗り出すようにして車内に声をかけると、右手に持ったハンディタイプのビデオカメラを回しはじめた。

つい先ほどまでは高速道路の左右に、地方都市といった趣きながらもビルの林立する町並みが見られたのに、それが今や低い山々に囲まれた田畑の中に民家が点在するくらいで、村と呼ぶのが相応《ふさわ》しいのかさえ分からないほど、完全に人里から離れた景色が広がっている。

晩秋の曇り空の下、そんな淋《さび》しい景観の中をバンは疾走していた。

「自己紹介も必要だけど、やっぱり今回の企画の趣旨を、まず説明しといた方が良くな

い？　詳細を聞いているのは俺と、玲子《れいこ》だけでしょ」

バックミラーに目をやりつつ、運転席の男が応《こた》えた。

「あぁ、そうですね。お二人には繰り返しになりますが、それじゃ――」

「ちょっと待って。やっぱりどんな人とお仕事をするのか、それを知ってからの方がいいんじゃないかしら」

後部座席の男が撮影を止めて、そのまま企画説明に入るのを妨げるように、運転席の真後ろに座った女性が声をあげる。

「えっ？　そうですか……。それなら、そうしましょうか」

「俺はどっちでもいいよ」

戸惑う男性に、運転席から苦笑混じりの助け船が出された。

「えーっと、それじゃあ、まず帖《じょう》さんからどうぞ」

後部座席の男が再びカメラを抱えると、バンを運転している当の男性に自己紹介をうながした。

「今回のロケハンでは、光栄にも運転手を演じます籬帖之真《ませじょうのしん》、二十九歳、俳優です。テレビのヒーロー物〈死神博士〉の出身ですが、ここ数年はホラー映画やVシネマに出てます。プロフォンド・ロッソさんとは、ビデオの〈怪異探訪シリーズ〉に出してもらったのが御縁ですね。お蔭様《かげさま》で今では、すっかり怪談レポーターのようになってます。まっ、怖い話は嫌いじゃないので、機会があればロケハン中にでも――。ということで、ひとつよろしく」

　ユーモラスな口調ながら張りのある艶《つや》っぽい声で喋《しゃべ》り終えると、もうすぐ三十路《みそじ》とは思えない甘い笑顔を、帖之真はバックミラー越しに同乗者たちへと向けた。

　さすがにヒーロー物に出ていただけあって、ラフな恰好《かっこう》ながらもハンドルを握っているだけで様になっている。

「何よ、帖さん。そんなに詳しく話さなきゃいけないの？」

　すぐに真後ろの女が大げさな反応を見せた。

「業界人でない人もいるからね。でも玲子、年齢まで喋る必要はないかもよ。もっとも平島《ひらじま》玲子ファンには、今更そんなもの隠しても仕方ないだろうけどさ」

「あのね、私は永遠に二十歳《はたち》なの！」

「へぇ、七年前で時は止まってるのか。あと二年もしたら、自分はまだ二十代だってことに、きっと重きを置くようになるだろうけど」

　まるで帖之真の言葉が聞こえなかったかのように、彼女が口を開いた。

「平島玲子、二十ン歳、女優です。学生時代に、深夜番組〈Ｈ２Ｏナイト〉のオーディションでデビューしました。今はテレビのドラマに、ちょこちょこ出てます。今度、昼の連続ドラマですけど重要な役がつきそうなので、頑張りたいと思います。ロッソさんとは、一年と少し前くらいかな、帖さんと一緒に〈怪探シリーズ〉に出たのが切っかけで、時々お仕事をしています。と言っても、彼みたいに怖い話が好きなわけじゃないけど……。あっ、でもロッソさんのお仕事は楽しいですから。よろしくね」

カジュアルな洋服に包まれた身体は、見事なプロポーションを誇っており、少しきつい感じの顔立ちを引き立てている。深夜番組の素人オーディションとはいえ、水着審査で合格したという噂もうなずける容姿である。

「ベテランお二人が終わったところで、次は若手の方に――」

「ちょっと豪《ごう》さん、誰がベテランなのよ」

場を進行させる後部座席の男の言葉に、玲子が過敏な反応を示したが、仲間内だけに通用する半ば冗談めいた雰囲気も感じられる。彼女なりに今回の顔触れを見回して、自分に求められる役割を演じている雰囲気もある。学生時代から業界に出入りして場数を踏んでいるせいか、会話を流れに乗せるアドリブめいた台詞《せりふ》が実にうまい。

それなのに彼女の隣に座っている女の子は、はなから玲子の言葉など耳にしなかったように、

「お早うございます！　粕谷恵利香《かすやえりか》、先月で十八歳になりましたぁ！　去年の夏に『少年マニア』のグラビア・サマーアイドルの一位に選ばれ、今は深夜番組のお仕事を少しずつしながら、グラビアアイドルをやってますぅ。えーっと、ＤＶＤのお仕事は今回がはじめて――じゃなかったぁ！　『水着少女18』の中に、十八人のひとりとして入ってますぅ。よろしくお願いしまーす」

売り込みのために番組制作会社を訪れた新人タレントのような挨拶《あいさつ》を、後部座席の男

が回すカメラに向かって一気に喋ると、ぺこりと可愛らしくお辞儀をした。

身長は玲子と大差ないが、露出度のある服を差し引いても、恵利香の方が胸の大きさは目立っている。意識しているのかどうか分からないが、何よりも若さを前面に押し出した様子が彼女にはあった。

「恵利香ちゃんだっけ？　あなた、小学校の学芸会じゃないんだからさ」

後輩の態度にカチンときたらしい口調で、玲子が突っ込みを入れかけた。

しかし帖之真が「よろしく」と挨拶を返し、後部座席の男が「では次の方、お願いします」と自分の横に座る少女をうながしたので、彼女の言葉は尻切《しりき》れ蜻蛉《とんぼ》のようになってしまう。

それでも指名された少女は、しばらく玲子をうかがうように黙っていた。そのうえで彼女が、もう何も言う気配がないと見取ったのか、

「城納苺《じょうなんまい》、二十歳です。城南《じょうなん》大学建築学科の二回生です。よろしくお願いします」

硬い表情と口調で簡潔な自己紹介をした。

「マイちゃんか、よろしく。それにしてもジョウナン家のお嬢さんが城南大学生ということは、ひょっとして曾々《ひいひい》お祖父《じい》ちゃんくらいが、城南大学の創始者だったとか」

「いえ、違います」

帖之真の冗談めかした質問に対して、あくまでも苺は真面目に答えながら、漢字の相違を説明した。

「あら、マイって、てっきり舞うって字だと思ったけど、苺《いちご》って字に似てるの？」

玲子が興味深そうに、後ろに顔を向けた。

「はい。ただ草冠に母と書く苺の方が、本字になります」

「へぇ、ならマイちゃんより、イチゴちゃんの方がいいか」

いかにも業界人が思いつきそうなあだ名を、帖之真が何気なく口にすると、

「い、いえ……。城納と、普通に名字で呼んでもらえれば……」

それまでの硬い顔つきが一転して、何とも恥ずかしそうな表情を苺は見せた。

「はっはぁ、俺の推測するところでは、小学生のときのあだ名が、ずばりイチゴちゃんだったんじゃないか。子供のころはそれで良かったけど、さすがにもう恥ずかしいと思ってるとか」

帖之真の鋭い指摘に、ためらいながらも苺が無言でうなずく。

とても粕谷恵利香より二歳上には見えない。それほど彼女の容姿は幼かった。むしろ二歳下か、へたをすれば中学生に見えてしまう。玲子と恵利香に比べるとずいぶんと服装も地味なのだが、それが辛《かろ》うじて彼女を少し大人に見せている。ただし中学か高校の制服でも着れば、成人しているとは誰も絶対に思わないだろう。

容貌《ようぼう》だけなら恵利香よりも可愛いと言えた。でも本人がそれを自覚していない、他人に見られることに慣れていない、といった素人っぽさが前面に出ているせいか、せっかくの素材を殺しているように映る。もっとも彼女にしてみれば、余計なお世話だったたに

違いない。

「それで——と、僕は騎嶋豪《きじまごう》、三十三歳、ビデオ制作・販売会社プロフォンド・ロッソの営業課長というのは表向きの顔でして、実はこのように何でも屋です。どうぞ、よろしくお願いします」

最後に後部座席の男が、自分にカメラを向けることなく車内の様子を撮りながら、自己紹介をした。

「先に行った二人はいいの？」

「部長とシン君は、向こうに着いてからで——」

玲子の問いに騎嶋が答えたところで、帖之真が不審げに、

「俺と玲子は、ロッソさんの常連だから分かるし、恵利香ちゃんのような女の子は、この手の企画に必要なことも理解できるんだけど、なぜ苺ちゃんがここにいるのか——いや、とっても可愛くてびっくりしてるけどさ。つまり彼女の場合、仮に社長が街で目をつけて誘ったとしても、ほいほいと喜んで話に乗るようには見えないわけよ」

「いや、帖さんの仰《おつしや》る通りなんです」

運転席から発せられた疑問に、続けていた撮影をいったん止めた騎嶋が、後部座席から身を乗り出すようにして、

「城納苺さんはご推察のように、うちの社長の洞末新二《どうまつしんじ》が街で偶然にも見かけて、それで声をかけたわけです。で、これもご想像通り、彼女にはふられたそうです」

「やっぱりな」

「はい。ところが社長も執拗《しつよう》と言うか――い、いや、今回の企画の説明を、別の機会にさせてもらったところ、彼女が急に興味を持ち出したように思えたので、あとは社長の押しの一手で、ようやく三日前に口説き落とした。ということでした」

「そんなに急だったの？」

「それでどうにか、レポート提出があるという勤勉な学生さんを、こうやって引っ張り出したわけです。あっ、もちろん彼女はレポートを、ちゃんと書き上げてきています」

騎嶋の説明に、苺が律儀にうなずいている。

「あらっ、なら苺ちゃんは、企画の内容を知ってるの？」

「いえ……、そのー、あまり詳しくは――」

玲子は単に疑問を口にしただけらしいが、それに答える騎嶋の口調は何とも歯切れが悪い。

「ひょっとして、今から向かう現場が、苺ちゃんの目当てとか」

帖之真がバックミラー越しに騎嶋を見やると、玲子が首をかしげながら、

「えっ、どういうこと？」

「そうそう帖さぁん、恵利香にも分かるように説明して下さいよぉ」

玲子が後ろを向きつつ苺本人に訊《き》いたのに対して、恵利香は運転席に特徴のある甘い口調で尋ねた。

だが苺は再び無言でうなずく仕草を見せただけで、帖之真はと言えばニヤニヤとした笑いを浮かべるばかりである。

　すると騎嶋が再びカメラを回しつつ、

「一藍《いちあい》っていうホラー作家を知ってますか」

　ふり向いた玲子の足元から胸元までを舐《な》めるように撮りながら、そんな質問をした。

「イチアイ？　一葉《いちよう》なら分かるけど……。誰なのそれ？」

「名字は廻数回《えすえ》というんですが――もちろんペンネームでしょうけど――」

　騎嶋は漢字を説明しつつ、

「もう十五年ほど前になりますか、『サバイバー　監禁の殺人』というスプラッター系のホラーミステリ小説で、まぁデビューした作家でして」

「あっ、私、怖い話の中でも、特にスプラッターは苦手だから……」

　玲子が露骨に顔をしかめたのに対して、

「恵利香はぁ、スプラッターって好きですぅ！　ぴょんって首が跳んだり、ずるずるって腸が引きずり出されたりして、面白いじゃないですかぁ」

　後輩は明るい笑顔と口調で、グロい台詞を平気で吐いている。

「俺、知ってるよ。その作品のあと、さ行の順番に作品を発表した作家だろ」

「さ行の順番？　帖さん、何なのそれ？」

「つまり『サバイバー　監禁の殺人』の次に『ショッカー　恐怖の殺人』、そして『ス

ラッシャー　廃園の殺人』、さらに『セラピー　箱庭の殺人』、最後に『ソルジャー　戦場の殺人』と発表したわけさ」

「へぇ、タイトルの頭をつなげると、サシスセソになるんだ。しかもすべてが音引で終わる片仮名で、次に来るのが漢字二文字と殺人という言葉——そういう統一の題名で、その一藍って人は小説を書いたわけね」

「そういうこと。ちょうど俺が中学生の終わりから、大学時代に〈死神博士〉のオーディションを受けるまで、その間くらいかな、彼が活躍したのは」

「で、その作家がどうかしたの？」

運転席に身を乗り出していた玲子が、後ろの騎嶋に顔を戻す。

「今から向かう廃墟《はいきょ》庭園というのが、その一藍が造ったものなんです」

「自分で造ったんですかぁ」

恵利香が素《す》っ頓狂《とんきょう》な声をあげたが、今度は玲子がそれを無視して、

「やっぱり作家ってもうかるのね。そんな妙なもの、普通に豪邸を建てるよりも、ずっとお金がかかるでしょうに」

「いや、一藍は熱狂的なファンもいたけど——俺もそうかな——一般的にそんな売れる作風じゃなかったから。玲子、それはないよ」

「じゃあ遺産でも転がり込んだの？　それとも宝くじでも当たったとか」

「うーん、ちょうどその中間くらいかな。ねっ、豪ちゃん」

帖之真が一番後ろに座る騎嶋まで声を張り上げると、当人は真面目な表情を少し崩しながら、

「十年近く前に、晏如《あんじょ》町の竹藪《たけやぶ》にあった井戸の中から、約十億近い金が見つかった事件がありましたけど、覚えてませんか」

「そう言えばあったわね。まさか、その発見者が――」

「はい、一藍だったんです。彼は当時、武蔵野《むさしの》のとある町の古びた洋館に住んでましたが、小説の構想を練るために晏如町まで、ぶらぶら散歩をしたそうです。その途中の雑木林や墓地などに佇《たたず》んで、ぼうっと考え事をしたと言われてます。つまり問題の竹藪も、彼のお気に入りの場所だったわけです」

「竹藪の中にある井戸って、いかにも怖そうだから、彼もひかれたのか。しかも、ある日たまたま覗《のぞ》くと、約十億円が捨てられてた――。そんな目に遭うんだったら私だって、墓場でも廃墟でも散策するわよ」

「玲子のように欲があっちゃ、まずダメだろ。一藍のように無心でないと」

「はいはい、じゃ帖さんも無理ね。で、何よ、その作家さん、まさか十億円そっくり注ぎ込んだわけじゃないでしょうね？　これから行く妙なところに……」

「ところが、実はそうなんです」

玲子の反応を面白そうに、騎嶋は眺めつつ、

「結局お金の持ち主は、名乗り出ませんでした。いえ、何人も出てきたものの、みんな

偽者だったみたいですね」

「それで、すぐに一藍のものになったの？」

「すぐは無理でしょ。拾得物に対する所有権の取得は、警察に届け出てから三ヵ月くらい経たないと、確か認められなかったと思います」

「それだけ待てば、何もしなくても十億円が転がり込んでくるんでしょ。あーっ、でも私なら待てなくて、おそらくローンを組んで買い物三昧《ざんまい》するに違いないわ」

「きっと恵利香もぉ、玲子さんと同じようにすると思いますぅ」

「あら、そう」

先輩に胡麻《ごま》をすりながら自らの可愛らしさをアピールする後輩の反応を、玲子はあっさり切り捨てると、

「つまり、思わぬ大金を晴れて手に入れた一藍は、そのお金を使って自分だけのパノラマ島を造ったってことと？」

「おっ、意外にも玲子は、江戸川乱歩《えどがわらんぽ》の『パノラマ島綺譚《きだん》』を知ってるのか」

「何言ってんのよ。帖さんが前に教えてくれたんでしょ。こういう仕事をするなら、乱歩くらいは覚えておけって」

「そうかぁ？　記憶にないな。まっ、差し詰め『パノラマ島』か『地獄風景』、または『大暗室』といったところなんだろうな」

その帖之真の言葉を受けて、どこか楽しげに騎嶋が、

「はい。作家が頭の中で描いた理想郷――という意味では、そう言って良いのかもしれません」

「理想郷ですかぁ！　そんなすごいところに、これから行くんですねぇ」

単純に喜ぶ恵利香に、帖之真は苦笑し、玲子はそっぽを向き、騎嶋は困った顔を見せた。苺だけが素の表情ながら、恵利香に何か説明したそうな様子だったが、結局は黙ったままである。

「恵利香ちゃん、理想郷と言っても、それはあくまでも一藍にとって、それもホラー作家としての彼から見た世界です」

早とちりを解こうと騎嶋が説明をはじめた。

「綺麗《きれい》なお花畑が広がっていて、小鳥たちがさえずり、蝶《ちょう》たちが舞っている、というような風景では決してなく、むしろ――」

そう言いながらも彼のカメラは、彼女の胸元をとらえたまま一向に動かない。

「でもぉ、そこって庭園なんでしょ？　だったらお花は咲いてるはずだし、小鳥や蝶も集まってくるはずじゃ……あっ、そっかぁ！　そこが廃墟になったんだぁ！　だから、もう綺麗でも何でもなくて、きっと怖〜いところになってるんですね。それで今では、こうやってホラービデオを撮るための、ちょうど良い舞台になっていてぇ――」

「いや、そうじゃなくて――もっともこれから行く廃園が怖いところだというのは、その通りなんですけど、でも、それは元からそういう風に造られたからなんです。それに我々は、ホラービデオを撮るために行くわけではなく――」

「そのあたりが――つまり今回の企画内容についてだけど――私にも少し分かりにくいのよ。そもそも廃園って――」

二人の間に割って入った玲子が、自分の疑問をぶつけようとしたところで、

「一度にあれもこれもじゃ、豪ちゃんも大変だから、先に今回の舞台となる廃園の説明を聞くのがいいんじゃないか。それから企画について突っ込んだ話し合いをするのが、俺はいいと思うけどな」

すかさず帖之真が話を整理した。

そのあと「そうね。さすが年の功」という玲子の軽口に対して、「俺より豪ちゃんの方が年上だよ」という帖之真の返しがあって、騎嶋が今から向かう場所の由来を話すことになった。

「僕も実物は見たことありませんから、実際にどんな代物なのか説明はできません。ただ一藍が自作『スラッシャー　廃園の殺人』の舞台をモデルに、そこを造り上げたのは間違いないようです。もちろん作中の廃園は彼の空想の産物でしょうから、出来上がった廃墟庭園は、完全に一藍の創作と言えるわけですが――」

「そんなもののために、十億近いお金を……」

玲子が溜息《ためいき》をついたが、騎嶋は首をふりながら、

「それでも足らなかったみたいで、同じ作家仲間の火照陽之助《ひでりようのすけ》に、実はかなりの援助を

してもらっています」

「へぇ、そうなの？　それは知らなかったな」

帖之真が意外そうな声を出したが、すぐにうなずきつつ、

「そう言えば、奇っ怪な作風には相通ずるものが感じられたから、きっと実生活でも交流があったんだろうな」

「ええ、そうなんです。もっとも二人とも人間嫌いらしいので、裏返せばお互い相手以外に作家同士の付き合いなど、誰ともなかったのかもしれません」

「変人は変人同士ってことね」

玲子が身も蓋《ふた》もない言い方をしたが、騎嶋は否定するどころか、

「陽之助という作家も、かつて医師による生き埋め連続殺人事件があった土地と家屋を購入して、わざわざ現場である庭に核シェルターと生垣迷路を造った変人ですからね。まぁ気が合ったのは確かでしょう」

彼女の言を裏づけるエピソードを披露した。

「そのシェルターって確か何年か前に、テレビカメラが入ろうとしたけど、どこの局も無理だったっていう話の、あれじゃないの？」

「そうです。その取材拒否は、一藍の廃墟庭園も同じでした。テレビをはじめ新聞や雑誌も、一切シャットアウトされました」

「自分の思い通りに造った楽園に、一藍は籠《こも》ったってこと？」

「はい。そのころから新作も、あまり書かなくなって……」

「それって、どれくらいの大きさなの？」

「内部の様子もそうですが、規模についても確かなことは分かってません。かなり広いらしいのですが……」

「じゃあ社長も、肝心の廃墟《はいきょ》庭園は見たことないんだ。だから、こうやって私たちを見学に行かせるわけね」

納得がいった様子の玲子に対して、きょとんとした表情で恵利香は、

「どうして最初から、廃墟庭園なんて言い方するんですかぁ」

騎嶋は「ちょっと待って下さい」と彼女に断わりつつ、カメラを回しながらも器用に鞄《かばん》の中に手を突っ込んでいたが、やがて同人誌めいた四六判を取り出すと、

「社長も実物は見たことがないけど、事前にこの『迷宮草子《めいきゅうぞうし》』の探訪記事には、何度も目を通されたようです」

「だって豪さん、雑誌も取材はできなかったって言ったじゃない」

「ええ、いわゆる商業誌はそうなんですが、これは関西《かんさい》で発行されてる同人誌でして。怪奇幻想をテーマとした、まぁマニアックな誌面作りながら、なまじの文芸誌よりも部数は出ているようです。で、一藍もファンだったんですね。しかも彼のデビュー作からすべての作品が、本誌のブックレビューでは取り上げられていた、という背景もあったらしく、この同人誌だけには取材を許したわけです。ただし、同人誌ですから誌面には

限りがあるうえに、写真もモノクロで小さく、とても探訪しきれていないという感じで、大いに不満が残る編集でした」

「それでも社長は、その探訪記事を何度も読んで、妄想をたくましくしたわけか。さすがはプロフォンド・ロッソの代表だな」

帖之真が半ば冗談めかしながらも、かなり感心している。

「廃園という代物は、やはり怪奇幻想好きの心をくすぐるんでしょうね。しかも、それが一藍というホラー作家によって造られた空間であり、そこに入ることはもちろん、映像でもカラーグラビアでも目にすることが、絶対にできないわけですから、その渇望たるや大変だったでしょう」

いったん騎嶋は口を閉じると、

「ということで、このあたりで恵利香ちゃんの質問に対して――なぜ造ったときから廃墟庭園なのか、という話をしたいと思います。ただ、それは僕よりも城納さんの方が適役なので、苺さん、お願いできますか」

## 3　廃園の歴史

全員の視線が自分に集まったせいか、城納苺は一気に緊張感を覚えたようで、それまで以上に硬い表情を見せている。

騎嶋のカメラが真横から彼女の姿をとらえているのも、気になって仕方ないらしい。さすがに玲子や恵利香と同じように胸元をあからさまに撮られてはいないものの、素人にとっては話しにくい状況に違いない。

それでも自分の役目を思い出したのか、やや硬い口調ながらも喋《しゃべ》り出した。

「騎嶋さんは先ほど、洞末社長が街で、私に声をかけられたと仰《おっしゃ》いました。でも最初はビデオ作品に出てみないかというお話でしたので、お断わりしました。そのあとお電話をいただいたとき、ビデオ作品の舞台があの一藍氏の廃墟庭園〈魔庭《まてい》〉だと聞かされて――私、どうしても見たくなったんです」

「彼女が建築学科の学生だったことが、幸いにも社長に味方したようです」

横から騎嶋が小声で、補足的な説明を加える。

「はい。建築と言うと建物だけのように思えますが、その周囲までふくめた景観を考えることも大切です。もっとも私の場合、大学で建築を専攻する以前から、一時期ですが実家で一緒に暮らしていた遠戚《えんせき》に当たる、お兄さんのような人の影響を大きく受けたこともあって、ヨーロッパの庭園には非常に惹《ひ》かれていました。その中でも廃墟庭園には特に心騒ぐ何かを感じていたので、〈魔庭〉の存在はあまりにも魅惑的でした」

「ところが、実物に入ることは当然として、見ることもできなかったわけね。まだアイドルの追っかけの方が、憧《あこが》れのかなう可能性があるわね」

改めて城納苺という人物に、どうやら玲子は興味を持ったらしい。

「私も〈魔庭〉が紹介された『迷宮草子』を手に入れたかったのですが、とっくに品切れでした。あちこち図書館も探しましたが、なかなか見つからなくて……。それを洞末社長がお持ちで貸していただけると知ったときは、もう本当に嬉《うれ》しくて。あの文章と写真だけが、〈魔庭〉に触れることのできる唯一の手段でしたから……」

そんな風に応《こた》える苺の表情はどこか恍惚《こうこつ》として、驚くべきことに妙な色気さえ醸し出している。

「では苺さん、そろそろ廃園についての説明を――」

大胆に彼女の表情の変化を撮影しながらも、騎嶋が遠慮がちにうながすと、

「……あっ、す、すみません」

慌てて彼女に頭を下げた苺は、ぼうっとなった恥ずかしさをごまかすかのように、やや焦り気味に話し出した。

「古代オリエントにまで遡って、ここで庭園の歴史をお話しするわけにもいきませんので、廃墟庭園だけについて簡単な説明をしたいと思います」

「それで結構です。お願いします」

「十八世紀末から十九世紀の前半に起こったイギリスとドイツとフランスにおけるロマン主義は、その興味が古代ギリシアとローマへと向けられたのですが、そこには彼の地《かのち》の古代遺跡があったわけです。当時の文人たちは挙《こぞ》って芸術の中に、つまり絵画や版画、詩や小説といったものの中に、その廃墟趣味を取り入れました。それは芸術の創作レベルに留《とど》まらず、やがて実際に人工的な廃墟を造り出す行為にまで発展したわけです。もちろん、そんなことができたのは君主や貴族たちだけですが、それが高じてヒットラーのような人物まで生み出したことを考えると――」

「えっ、ヒットラーって、あのナチスドイツの？」

「そうです。彼は廃墟がテーマの絵画を好みました。彼自身が関わった都市計画など、将来そこが街として廃れたとき、いかに理想的な廃墟と化すかを見すえたうえで進められた――と言われているくらいですから、よほど魅せられたのでしょう。元々が画学生でしたから、きっと自身の創作欲が刺激されたんだと思います」

「それにしても、完全にイッちゃってるわね」

「少し話は違いますけど、ローマの街に火をつけた暴君ネロにしても、街そのものが燃え上がるのを目の当たりにしたい……と願う気持ちなど、一種の廃墟趣味に通じるような気がします。この欲求を満たせたのが、当時の権力者でした」

「一藍には権力はなかったけど、たまたまお金が手に入っちゃったわけね」

「ただし例外もあります。廃園の規模にもよりますが、最終的には権力や資金の問題ではなく、その人の執念だと証明した例があるんです。廃墟趣味と呼ぶのは少しためらわれますが、フランスの南東部のオートリーヴに〈シュヴァルの理想宮〉と呼ばれる建造物がありまして――」

「知ってるよ、それ。郵便屋が造ったっていう、何とも妙な代物だろ」

帖之真の嬉しそうな声が車内に響き、苺も微笑みながら続けた。

「シュヴァルは単なる村の、と言えば差別的に聞こえますが、小学校しか出ていない一介の郵便配達員に過ぎませんでした。それも三十一歳で配達員になり、毎日三十二キロの道を配達のために歩いていました。その配達の最中に、彼は自分だけの幻の宮殿を夢想しました。世界各国の絵葉書を集めるのが趣味だった彼は、そこで目にした様々な建造物の様式を、空想の建物に取り入れたんです。そんな彼が四十三歳のとき、配達の途中で奇妙な形の石につまずきます。たちまちその石に魅せられた彼は以来、目についた石の蒐集《しゅうしゅう》をはじめます。しかも通常の配達業務が終わってから、荷車を押して石を拾いに行ったといいますから、その想いには凄《すさ》まじいものがあります。そうやって集めた石を使って、彼は自分の理想宮を造りはじめます。もちろん建築の知識など一切ありません。すべてが彼の独学です。そうして完成までに、実に三十三年もの年月を要した〈シュヴァルの理想宮〉は、高さが八から十メートルくらいで、東西の横の長さがともに二十六メートル、南北がそれぞれ十二メートルと十四メートルという――」

「ちょ、ちょっと苺さん。郵便屋さんの話は、そのくらいにして……」

途中から明らかに焦れはじめた騎嶋《じ》が、思わずといった様子で口をはさんだ。

「あっ、す、すみません！　私、つい夢中になってしまって――」

それまでの自信に満ちた声音が一瞬に消え去り、ひたすら苺は恐縮している。それなのに恵利香は、そんな彼女に対して能天気にも、

「その郵便屋さんってぇ、自分で造った建物に住んでたんですかぁ」

「いいえ。〈理想宮〉と名づけられてましたが、実際は大きな岩に様々な様式の装飾を彫ったような代物ですので、内部に通路などは掘られていましたが、とても住むのは無理でした。シュヴァルも自分の墓石として造ったと、のちに語っています」

恵利香の質問を真面目に受け止めて、苺もバカ丁寧に答えている。

「つまりは、こういうこと？」

二人に喋らせると埒《らち》が明かないと思ったのか、玲子がまとめるように、

「廃園というのは、持ち主が死んだりして誰も手入れをしなくなったせいで荒れ果てた庭じゃなくて、はじめから廃れた雰囲気を出すために、わざと荒らして造られた庭だってこと？」

「いえ、最初は立派な庭だったのが、平島さんが言われたような理由で廃墟《はいきょ》になってし

まい、そう呼ぶ場合も、もちろんあります。ただ廃屋などと違うのは、わざわざ意図して造られたものもあるという点です」

「なるほど。で、一藍の廃園っていうのが、それに当たるわけか」

「はい。もっとも〈魔庭〉は『迷宮草子』を見る限り、廃墟庭園というだけでなく、怪物庭園の要素も多分にふくんでいると思われます」

「怪物庭園？　何なの一体それは？」

「有名なところでは、ローマの北に位置するボマルツォの町の郊外にあるオルシーニ家の〈聖なる森〉別名〈怪物公園〉や、シチリアのパレルモの東にあるバゲリアの〈パラゴニア荘〉の庭などがそうです。特に前者では、森の中に門番のようなスフィンクス、大口の人喰《ひとく》い鬼、怪物の股《また》を裂くヘラクレス、海獣に、天馬のペガサスに、地獄の番犬であるケルベロスといった石像が数多く見られて、オルシーニ家の当主の容貌《ようぼう》があまりに醜かったために、若くて美しい花嫁を怖がらせないように、わざと自分よりも恐ろしい怪物たちを造ったのだという、まことしやかな伝承まで存在しています。それに人喰い鬼の大きく開いた口の中が、いわゆる四阿《あずまや》のようになっていたりして、庭園としての工夫も施されています。一方の〈パラゴニア荘〉は、ゲーテが『イタリア紀行』で言及しているのですが、ここで面白いのが数多《あまた》ある彫像の種類で、それらが人間の部、動物の部、花瓶の部など、色々と分類されてましてーー」

「あのー苺さん、そういう詳しい説明は、また今度ということでーー」

カメラから腕時計に目を落とした騎嶋が遠慮がちに声をかけると、

「あぁっ、ご、ごめんなさい！　もう余計な説明はしないでおこうと思ってたのに……ほ、本当にすみません。申し訳ありません」

「いえ、そこまで謝ってもらわなくても……」

「あっ、今ふと思ったんですけど、イギリスのテムズ河畔のメドナムの廃墟修道院跡を根城にした〈地獄の火クラブ〉の洞窟《どうくつ》も、ある意味では廃墟庭園と言えるのかもしれません」

苺のあくまでも真剣な様子をファインダー越しに覗《のぞ》いた騎嶋が絶句し、その二人のやりとりをバックミラー越しにとらえた帖之真が大笑いをした。

「あっはっはっはっ……豪ちゃん、彼女を生き生きと撮るためには、とりあえず廃墟と怪物庭園について喋《しゃべ》ってもらうのが、ベストなんじゃないか」

「そのようですけど、いつまでも説明に時間をとってられませんから――」

「……はい」

騎嶋の言葉は帖之真に応《こた》えたものだったのに、それに小さく返事をした苺は、顔を赤らめたままうつむいている。

「苺ちゃんのお蔭《かげ》で少しは分かったわ。一藍の〈魔庭〉っていうのは、つまり廃墟に似せて造られた庭園で、そこに様々な怪物の彫刻が飾られているってことでしょ」

玲子が助け船を出すと、帖之真も笑いを引っ込めて、

「そこまで単純なものじゃなさそうだけど、基本はそう考えていいんじゃないかな。乱歩の通俗長篇によく出てくる八幡《やわた》の藪《やぶ》知らず、あれを物凄《ものすご》く巨大かつ細密にした感じというかさ。立体迷路の化物屋敷とでも想像しとけば、それほど驚くこともないだろ」

「そこってぇ、迷路のお化け屋敷なんですかぁ」

ほとんどバカのひとつ覚えのような調子の恵利香だったが、みんなが彼女の役割を自然に理解しているのか、誰も突っ込もうとはしない。

「今、帖さんと玲子さんが仰《おつしや》ったような場所だと思っていただいて、まぁ差し支えはないんですが、実はそれだけじゃなくって……」

なんとも曰《いわ》く有り気な台詞《せりふ》を騎嶋が吐いた。

「他に何かあるの？　苺ちゃん？」

帖之真が運転席から呼びかけたが、当の苺はびっくりしたように首をふっている。

「いえ、これは苺さんの専門外のことでして――と言っても、僕も社長から聞いたんですけど……」

「何なのよ、豪さん。もったいぶらずに、早く言いなさいよ」

痺《しび》れを切らした玲子が、後ろをふり向きながら催促する。

「七、八年前になりますか。当時、城南大学建築学科の三回生だった――苺さんの先輩という わけですね――土末裕樹《つちすえゆうき》という学生と、我々がこれから向かう謳《うたえ》会町の雪森佐緒里《ゆきもりさおり》という女子高生とが、〈魔庭〉に忍び込んだまま出てこなかったという噂があるんです。それ以来、二人の姿を見た者はいません。現在も行方不明のはずです」

「出てこなかった——って、警察は調べなかったの？」

「一応は任意で、一藍に協力を求めたみたいです。でもけんもほろろに断わられた。土末と雪森が、それぞれ友達にそう言っていただけで、確かに〈魔庭〉に入ったのを見た者は誰もいませんでしたからね。いや、ひとりだけいたんですが……」

「だったら、はっきりしてるじゃない」

「ただ、その証人というのが、色々と問題のあった雪森の腹違いの兄なんですよ。雪森洋大《ようだい》と言って、地元では有名な不良だったとかで、その証言も信憑性《しんぴょうせい》が認められなかったようです」

「いくら札つきでも異母兄でも、家族が証言したんだったら——」

食い下がる玲子に、騎嶋は何やら言い難《にく》そうな口調で、

「これはあくまでも当時の噂なんですが、洋大は佐緒里に懸想していたという、その一話がありまして……」

「ええっ？　腹違いとはいえ、父親は同じなんでしょ？　それはダメじゃないの」

「もちろんそうなんですが、洋大は妹のことになると、まるで我を忘れたようになるところがあったとかで……。実際、彼女が失踪《しっそう》した後、彼は〈魔庭〉に入ろうとして——それも忍び込むというより、どちらかと言うと殴り込もうとした感じで、逆に一藍によって、警察に突き出されています。それで結局は、土末の方にも奇行があったこともあ

り――」

「奇行って何？　彼も可怪《おか》しかったの？」

「洋大が札つきの悪とはいえ、変になるのは妹のことだけだったのに対して、土末は日ごろから訳の分からない言動が見られたそうです。城南大学の建築学科に受かっているくらいですから、頭は良かったんでしょうけど。ただ当時の三流週刊誌などには、少年時代に家庭の事情で親戚《しんせき》の家をあちこち盥回《たらいまわ》しにされて育った影響だと、月並みな分析が載ってましたね」

「それにしても、雪森佐緒里って子――男運がないというかさぁ」

「……ええ。結局、土末の奇行の事実に加え、雪森の家が娘の捜索に乗り気でなかったことから、二人で駆落ちでもしたのだろう……という結論に達したみたいです」

「何よそれ。でも娘を捜す気もない親元なんか、出て行って当たり前よ」

　玲子が場違いな怒り方をしたが、恵利香も大きくうなずいて賛同している。

「豪ちゃん、一藍は疑われなかったの？」

　かなり興味を覚えたらしい口調で帖之真が、騎嶋に問いかけた。

「もちろん地元では、みんなが疑っていたようです。作家と言っても、残虐な殺人小説しか書きませんでしたから。だから実際の殺人に手を染めると考えるのは、あまりにも短絡的過ぎて話になりませんけどね。ただし彼の場合、人も通わぬ山の中に奇っ怪な人工の廃園を造って、ひとりで籠《こも》ってたわけですから……。まぁ分が悪かったのは間違いないでしょう」

「その謳会町って、一藍の出身地？」

「さぁ、どうでしょうか。彼の経歴は謎に包まれています。ただ町で生まれ育ったのなら、年寄りで覚えている人もいたと思われます。でも、そういった話は出なかったみたいです」

「となると、単に自らの楽園を築く土地を探していて、たまたま見つけたのが謳会町だった、という可能性の方が高いかな」

「そうですね。明らかなのは、地元の人たちにとって一藍はよそ者であるだけでなく、禍《わざわ》いをもたらす異人としても映っていた……ということでしょう」

「よくリンチに発展しなかったね」

「行方不明になった土末もよそ者ですし、佐緒里は地元の人間とはいえ実家がそういう状態でしたから、わざわざ騒ぎ立てる人もいなかった。しかもこの事件のあと、肝心の一藍自身が失踪してますからね」

「えっ、そうなんだ。いつの間にか書かなくなったなぁ……とは思ってたけど、俺もそのころは、この世界に入ってたからな。一時期は本も読まなくなってさ。ひょっとすると『書斎の屍体《したい》』に載った『惨殺病』という短篇が、かなり久しぶりだなと懐かしかった覚えがあるから、あれが一藍の絶筆だったのかもな。けどさ、一体どういう状況で、彼は失踪したの？」

「それが一切、何も分からないんです。土末裕樹と雪森佐緒里の行方不明から、ほぼ二年が経ったころに、何らかの理由で彼の姿が消えた……としか言えないんです」

「つまり、あるとき気がつけば、一藍がいなくなっていた――と？」

「そういうことです。それがはっきりしたのは、雪森の兄が性懲りもなく〈魔庭〉に入り込んで、一藍の不在を確かめたからです」

「それじゃ、そんなに〈魔庭〉の中は広くないってことか」

「いえ、ところが、そうとも言えないようで――」

「どうして？」

「雪森の兄の話によると、内部はかなり広大らしいんです。にもかかわらず彼が侵入すると、すぐに一藍が現れて追い返される。ところが、その日はいつまで経っても姿を見せない。以来、一藍は一度も現れなくなったそうです」

「その雪森洋大という男――よっぽど何度も〈魔庭〉に入り込んだようだね」

「ええ。もっとも一藍の方も、出入口の鉄柵《てつさく》を高くするなど、それなりの対策を講じたみたいです」

「警察沙汰《ざた》に何度もなったんだろうな」

「いえ、それは最初の大騒動の一回だけで。おそらく一藍としても、へたに警察を介入させると、〈魔庭〉の中を探られるだけだと警戒したのでしょう」

「それって、やっぱり後ろ暗いところが、彼にはあったからじゃないの……」

不安気な表情でつぶやく玲子に、騎嶋が応《こた》える。

「彼の性格を考えますと、極度に他人の干渉を嫌っていたでしょうから、警察ともなると余計にそうだったはずです。ただ玲子さんのように感じるのも、まぁ無理もないというか、まともな反応でしょうね」

「当時の地元の人々も、そうとらえたわけか」

「しかも、そのあと〈魔庭〉の犠牲者が、さらに四人も出たんですから……」

最大の効果を狙ったらしい騎嶋の台詞に、帖之真と玲子は息を呑《の》み、恵利香は大げさに騒ぎはじめた。

そんな三人の様子を、すかさず騎嶋がカメラに収める。ただし彼の横に座る苺は、相変わらず大人しいだけでなく、その表情はますます硬くなっている。

「一藍が姿を消してから数ヵ月後の夏休みに、都内の大学生の四人組が、こっそり〈魔庭〉に忍び込みました。わざわざ車で向かった——今の我々のように——ということなので、きっと肝試しのつもりだったのでしょう」

「まさか、そいつらも全員が、廃園の中で消えたって言うのか」

帖之真の問いかけに、騎嶋は黙ったまま首をふりつつ、

「正確な位置関係は分かりませんが、出入口から少し入り込んだところで、天谷《てんこく》大学二回生の喬木《たかぎ》享多《きょうた》の遺体が発見されています。全身を鋭利な刃物で、滅多刺しにされていたそうです。それから先に進んだ場所で、同二回生の岸本《きしもと》愛那《まな》の遺体が、さらに奥へと

入った箇所で、同二回生の津々《つつ》見聡《みあきら》の遺体が、それぞれ喬木と似た状態で見つかったそうです」

「……おいおい」

「ただ、岸本の高校時代の友人だった四人目の塚本《つかもと》めぐみだけは、庭内のどこからも発見されませんでした。しかし、最深部におびただしい血痕《けっこん》が残っていた事実から、おそらく塚本も他の三人と同様、殺害されたものと考えられたようです」

「……犯人は？」

「不明です。一藍が最有力容疑者だったらしいのですが、肝心の彼自身が行方不明でしたから、どうしようもありません」

「さっきの雪森っていう女子高生の兄が、実は殺《や》ったんじゃないの？　時々〈魔庭〉に入り込んでたっていうから、そこで大学生の四人組とばったり遭って——」

「でもぉ、どうして殺しちゃったんですかぁ」

玲子の推理に対して、恵利香が突っ込みを入れる。

「理由なんか何もないわよ。あなたね、豪さんの話を聞いてたの？　その兄っていうのは、どう考えても明らかに変でしょ。いくら母親が違うからって、半分は血のつながった妹に色気づくなんて——。きっと頭が可怪しかったのよ」

「これがB級ホラー映画だったら——」

二人のやりとりを聞いていた帖之真が、何やら嬉《うれ》しそうな口調で、

「精神に異常をきたした兄に犯された妹が、実は密《ひそ》かに〈魔庭〉の中で禁断の子供を出産していて、おまけにその子がフリークにして殺人狂だったために、園に入り込んだ者を手当たり次第に血祭りにあげていた……という真相があってだな」

「いやーっ、そんな気持ち悪い話！　帖さぁん、しないで下さいよぉ」

身をすくめて絶叫する恵利香の大げさな仕草を見て、玲子が呆《あき》れたように、

「首が跳んだり腸が出たりするのは、楽しいって言ってたじゃないの」

「そういうのはぁ、スカッとするじゃないですかぁ。でも近親姦《かん》って、とっても嫌らしくて不潔ですぅ。しかも生まれた子が、フリークだなんてぇ……」

「あっ、そうなの」

後輩の理解をあきらめたらしい玲子が、

「それにしても無気味な事件よね。最初の二人と次の四人、一藍も加えれば七人もが、問題の〈魔庭〉で殺されたり姿を消したりしてるわけでしょ。そんなところに――まぁだからこそ、ロッソさんも行くんでしょうけど、大丈夫なの？」

一転して嫌悪感に歪《ゆが》む表情を見せた。

「今、はからずも玲子さんが仰《おっしゃ》ったように、そんなところだからこそ、今回の企画の舞台に選ばれたのですが――あっ、帖さん、そろそろ降り口のようです」

撮影を止めて外を見た騎嶋にならい、全員が前方へ目を向けた。

いつしか周囲は田畑から、山の稜線《りょうせん》が連なる風景へと変貌《へんぼう》を遂げている。分厚い雲が

低い山々の真上に重く垂れており、この地に対する第一印象が嫌でも暗くなる。前後に一台の車も走っていない状況が、さらに何とも言えぬ寂寞《じゃくまく》感を醸し出す。まるで人跡未踏の地へ近づいているかのようである。

そんな陰鬱《いんうつ》な景色の中に、「謳会町まで二キロ」という標識が現れて、すぐさま後ろへ流れ去った。

# 4　不吉な前兆

　高速の降り口からしばらく走り、謳会町を通り過ぎてなおも進んだところで、行く手に〈ホワイト・ウッド〉と記された、古ぼけて半ば朽ちたような看板が忽然《こつぜん》と現れた。看板の側には綺麗《きれい》な名称とは対照的に、薄汚れた小さなガソリンスタンドと貧相な雑貨屋の合わさった、どうやら元は白く塗られていたらしい店舗が並んでいる。

　ここが最後の給油所になると騎嶋が言ったため、帖之真がトイレ休憩もかねてバンを小さなスタンド脇に停めた。

　ところが、みんなでバンを降りているのに、建物からは誰も出てこない。雑貨屋の方にいるのかと騎嶋が見に行ったが、無人のようで電気も点《とも》っていないという。帖之真がクラクションを五、六度ほど鳴らして、ようやくひとりの気難しそうな老人が、どこからともなく姿を現した。

「えーっと、ご主人ですか――。あのー満タンにして下さい」

　珍しく帖之真が言葉に詰まっている。無愛想な老人の雰囲気に、とっさに呑まれたようにも見える。なかなか出てこずに苦笑しかけたところへ、思ってもいなかった怪老人が登場したため、さすがの彼も調子が狂ったのだろうか。

「このあたりは良いところですね。静かで緑も多くて――」

だが、そこは慣れたもので立ち直りも早い。まして相手は田舎の老人である。すぐに気さくに話しかけはじめた。

「変に開発されていないから、乱雑な街中から来た我々のような者には、自然も豊かで本当にうらやましいですよ」

しかし、当の老人は何も応えないばかりか、相槌《あいづち》ひとつ打つでもなく、うなずくことさえしない。ただ苦虫を噛《か》みつぶしたような表情で、黙々と給油作業を続けるだけである。誰に対しても目を向けようとさえしない。

それでも帖之真は気にした風もなく、

「あぁ、だからなんだな。こんなに素晴らしい土地だからこそ、作家の一藍は、自分だけの楽園をここに造ったんだ」

さらっと目的の話題を口にした。

とたんに老人の身体が、びくっと震えた。相変わらず全員から目をそらしているが、何か言いた気な感じが明らかにある。

にもかかわらず老人は、聞く体勢で待っている帖之真を無視して、ガソリンの代金を騎嶋から受け取ると、その場を無言のまま離れてしまった。

「田舎の年寄りは、人見知りをするからな」

仕方なさそうに帖之真が苦笑いを浮かべている。ただし言葉とは裏腹に、彼の表情には少しうんざりした様子が垣間《かいま》見られた。

「僕たちよりも先に部長とシン君が、この店に寄ってるはずなんですが……。おそらく二人とも、あの老人と意思の疎通をはかるためには、かなり大変な苦労をしたんじゃないですかね」

騎嶋は慰めるような言葉を帖之真にかけてから、カメラを回して周囲の風景を撮りつつ、そこに玲子と恵利香を被写体として入れることも忘れなかった。

しばらくは騎嶋の注文に応じて、二人は歩いたり、立ち止まってポーズをとったりしていたが、

「えぇーっ、携帯が使えないのー」

携帯電話の電波が届かないと気づいた玲子が騒ぎ出して、もう撮影どころではなくなった。彼女と恵利香は携帯を片手に、あちらこちら電波を求めて歩き回ったが、そのうち諦《あきら》めてトイレへと消えた。

「あれ、苺さんは？　どこに行ったんですかね」

すかさず二人の後ろ姿をカメラに収めた騎嶋が、次のモデルを撮ろうとして、遅蒔《おそま》きながら彼女の不在に気づいたらしい。

「うん？　そのへんをぶらぶらしてるんだろ。ずっと座り続けだったからな」

まわりを見回しつつ帖之真は答えてから、やや真剣な顔つきになって、

「ところでさ、その苺ちゃんだけど、連れて行っても大丈夫なのかな」

「どうしてですか」

「豪ちゃんはロッソの営業課長とはいえ、これまでの〈怪異探訪シリーズ〉でもスタッフのひとりとして、いわゆる出演をしてるわけだし、今回はメイキングの撮影という役目もあるから不自然じゃないけど、彼女は素人じゃないか」

「それはそうですが……まぁ、うちの部長も完全な素人ですしね」

「けどさ、スタッフみたいなもんだろ。豪ちゃんのように、これまで作品の中に出ていないというだけで。でも彼女は、わざわざ社外から連れてきた人だろ」

「それは、建築学科の学生ということで、まぁオブザーバー的な存在と言いますか」

「だったら、それ相応の学者の方が――」

「いやぁ、そこまでアカデミックにやってしまいますと、うちの場合……」

「うん……そりゃまぁ分かるけどさ……」

「それに何と言っても、彼女は社長がスカウトしてますからねぇ」

「まさか、本番でも出てもらう気なのかな、社長さんは？」

「えっ、それはないと思いますけど……」

　騎嶋が言葉では否定しながらも、その顔では困惑を表現してしまったところへ、

「ちょっとちょっと、何だか気味の悪い男がいるんだけど……」

　トイレへ行っていた玲子と恵利香が、互いに身を寄せ合うようにして戻ってきた。

「男？　あのジイさん以外に誰かいるのか」

「それがいるのよ。トイレってスタンドと雑貨屋の間の、細い路地の奥にあるんだけどさ。誰もいないと思ってた店の窓から、気持ち悪い男が私たちを覗《のぞ》いてたのよ」

「トイレも覗かれたのか」

「何言ってるの、違うわよ。私が先に入って出てきたら、恵利香ちゃんが『あそこに変な男がいて、こっちをじっと見てるんです』って半泣きになってて。それで彼女が入ってる間に、そっちの方にちらっと目をやったら、確かに男がひとりいて、ふき掃除をしたこともないような汚い窓から、じとっーと覗いてるじゃない。もう彼女が出てくるのを待って、慌てて逃げてきたのよ」

「そりゃこんな田舎に、玲子と恵利香ちゃんみたいな女の子が現れたわけだから、男どもが放っておくはずないだろ」

帖之真は何でもないと返したが、二人は本当に怯《おび》えているようで、

「でも帖さぁん、あの目つきを思い出すだけで、恵利香はぞっとしますぅ」

「そうよ。私たちも男性から見られるのには慣れてるけど、あんな厭《いや》な眼差《まなざ》しで見つめられたことなんて、そうはないわ」

「だから、それは二人の色気に参ってだな――」

「ううん。そういう性的に興奮した感じじゃないの。それだったら私も恵利香ちゃんも、まぁ分かるもの。そうじゃなくって、そういうギラギラしたものじゃなく、むしろ

もっと冷たいっていうか——」

「そうですよぉ。冷た〜い感じなんですぅ。ぞぉぉっとするような……」

「いくつくらいの男なんだ？」

「さぁ、薄汚い窓越しだったから分かりにくいけど、まだ若いんじゃないかしら。と言っても帖さんくらいかな」

「三十前後か……となると玲子よりも、恵利香ちゃん狙いか」

あくまでも帖之真は冗談のつもりだろうが、玲子は怒るどころか少し安堵《あんど》した表情になり、逆に恵利香がすっかり怯えてしまう。

「あの老人の息子？　いや孫かな？　けど仮に危ないヤツだったとしても、ここは寄り道しただけなんだから、出発してしまえば大丈夫だよ。それに——」

慌てて帖之真が恵利香のフォローをはじめたところへ、ようやく老人が釣り銭を持って戻ってきた。

「あぁ、どうも。ところでご主人——」

それを受け取りながら騎嶋が話しかけようとしたが、やはり老人は目も合わせないまま、さっと踵《きびす》を返した。

この相変わらずの態度に、帖之真と騎嶋が顔を見合わせながら、やれやれといった表情を浮かべていると、

「……あそこには、近づかんことや」

酷《ひど》くぶっきらぼうで、無理に絞り出したように聞こえる声が、ぼそっと響いた。

「えっ？　あのー、すみません。あそこって、一藍の〈魔庭〉のことですか」

帖之真が慌てて尋ねたが、老人は背中を見せたまま固まっている。

「ご存じでしょう、あの廃園のことは――」

相手を刺激しないためだろう。帖之真がゆっくりと老人の側に、それも前に回り込むことはせずに、横に来るように近づきながら、

「過去に何か恐ろしい事件もあったと聞いてるんですが……何か知っていることがあったら、ちょっと教えてもらえませんか」

しかし、そう言って帖之真が老人の顔を覗き込んだとたん、ぷいっと顔をそらしてスタンドの事務所へ歩き去ってしまった。

「ふうっ、やれやれ……。ジイさんはあんなだし、おまけに変態男は出るしで、今回のロケハンは幸先がいいねぇ」

回れ右をした帖之真が、囁《ささや》くような声で騎嶋に愚痴る。

そんな二人のちょうど後方――スタンドの薄汚れた硝子《ガラス》扉の前に辿《たど》り着いた老人は、ゆっくりとふり返りながら時でも数えるように、しばらく口をもぐもぐと動かしたあとで、おもむろに重い口を開いた。

「あそこに入った者は誰であろうと、もう二度と出てこれん……」

ひたすら前方を凝視し続けるばかりの老人の目には、きっと次のような光景が映って

いたに違いない。

バンの運転席について出発の準備をしている籬帖之真と、その隣の助手席へ乗り込もうとしている騎嶋豪、自動販売機で買ったジュースを手に持ちバンへと向かう平島玲子と粕谷恵利香、そして二人の後ろに続く恰好《かっこう》で、ちょうど周囲の散策から戻ってきたらしい城納苺、という五人のよそ者の姿である。

いや、それともうひとり……。

もし老人が雑貨屋の方に目を向けていれば、店舗の暗がりから外の五人を見つめる男の姿が、辛《かろ》うじて映ったかもしれない。

虚《うつ》ろな笑みを浮かべ、意味ありげな表情でロケハンの一行に視線を注いでいる，何とも薄気味の悪い男の姿が……。

# 5 『スラッシャー　廃園の殺人』

帖之真がエンジンを始動させ、バンを発進させようとしたとき、

「おい、ジュースを飲み終わったんなら、空缶をそこらに転がさずに、今のうちにあの店のゴミ箱に捨ててこいよ」

バックミラー越しに目ざとく、後ろの席に座る二人に気づいて声をあげた。

「ええっ。帖さんたら、無茶なこと言わないでよ」

「何が無茶なんだ？　ロッソの車とはいえ、俺はバンを汚されるのが嫌なだけだ」

「だからって私たちに、あの変態男のいる店に戻れって言うの？」

「ジュースは買ったんだろ」

「外の自動販売機でよ」

「だったら自販機の横に、きっとゴミ箱もあるだろうから、さっさと捨ててこい。待っててやるから」

「あそこに戻るのは、絶対に厭だからね！」

先輩たちの言い合いに口をはさむ勇気はないのか、恵利香はオロオロして二人を交互

に見るばかりである。

「あのー、ゴミ袋になるようなビニール袋なら、私、持ってますけど」

そこに遠慮がちな苺の声がして、コンビニで使うような白いビニール袋を、後部座席から前に差し出した。

「あっ、助かります。それじゃ袋と缶は、僕に渡して下さい」

そう言って騎嶋が二人から空缶を回収して一件落着したものの、

「普段は優しい癖に、帖さん、たまに冷たくなるのよね」

玲子が頰を膨らませながら、恨みがましい一言を発した。恵利香は先輩に顔を向けたものの運転席も気になるらしく、相変わらず口を閉ざしている。

もっとも当の帖之真はまったく気にした風もなく、ゆっくりとバンを発進させたが、急に驚いたような声で、

「おいおい、あのジイさん――ひょっとして俺たちを見送ってるのか」

とっさにみんながふり返る。

後部の車窓には、早くも遠離《とおざか》る〈ホワイト・ウッド〉の寂れた姿があった。そのスタンドの前に老人は佇《たたず》んでおり、ぎこちないながらも右手をあげているように見える。しかし手をふっているわけではないため、走り去る車内から目にすると、どこか不吉な雰囲気をまとう木彫の人形が立っているようにしか映らない。

「無気味なスタンドと雑貨屋に、満足に喋《しゃべ》らない老人と変態男なんて、とんだ一幕だっ

たな。けどまぁ、これもロッソさんのお仕事ということで、むしろ雰囲気が出て良かった、と前向きにとらえるとして――」

帖之真が過ぎ去ったことは忘れようと言わんばかりに、

「それにしても豪ちゃん、肝心の企画について、まだ説明ができてないんだけどさ、どうする？」

「向こうで部長とシン君に合流する前に、何とかすませておきたいです」

助手席で頭をかきながら騎嶋が時間を確認すると、後部座席で苺が深々と頭《こうべ》を垂れた。自分が廃園について余計な説明をしたためと、きっと反省しているのだろう。

「まだ少し距離はあるしさ、幸い他に走っている車も見かけないから、とろとろと運転するよ。だから、その間にすませてしまえばいいよ」

「すみません、そうします。えーっと改めて説明しますと――」

騎嶋はカメラを回《うつ》し出して、まず運転席の帖之真を念入りに撮ると、後ろを向いて玲子たち女性を撮しながら、

「当社プロフォンド・ロッソでは、これまで主に隠れたユーロホラーの名作・傑作、たまにB級やZ級物をDVD化するとともに、オリジナルの商品として〈怪異探訪シリーズ〉を出してきたわけです」

「ユーロホラーって何ですかぁ」

恵利香がすかさず、騎嶋にではなく玲子に質問した。先ほどのトイレの件以来、どう

やら親近感を覚えたようである。

「いやぁ、ユーロホラーと言っても、実際はほとんどイタリアンホラーとスパニッシュホラーでして――」

それに答えたのは騎嶋で、

「まぁ業界では、プロフォンド・ロッソかエプコットか、またはWHDかって言われているくらいだからな」

茶々を入れたのは帖之真だったが、玲子は別にしても、恵利香と苺には何のことかあまり分かっていない感じがある。

それでも苺が質問しなかったのは、騎嶋の説明の邪魔をするのを恐れたからであり、恵利香はそもそも何を訊《き》けば良いのか見当もつかないからだ――とは、他の誰もが瞬時に悟ったのは間違いない。

「ただ内情をお話ししますと、やっぱりホラーだけでは、大した売り上げにはならないわけです。内容の良し悪しは別にするとしても、ハリウッドの最新作または話題作ならまだしも、主に六〇年代から八〇年代のイタリアとスペインのホラーですから、『禁じられた貴婦人の写真』とか『黄色いパジャマの少女』といった、日本でもかなりマニアックな作品が中心になるわけでして、どうしても購入層が限られてしまいます」

「で、ロッソさんの稼ぎ頭が、〈怪探シリーズ〉ってことになるのよね」

「あっ、どうもありがとうございます」

玲子の営業的なフォローに、騎嶋は律儀に礼を述べながら、

「お蔭様《かげさま》でこちらの方は好成績でして、たまに外れる企画もありましたが、おおむねどの商品もよく売れます。社長をふくめて社員七人の我が社が何とかやっていけるのも、このシリーズに負うところが大きいです」

「豪ちゃん、たまに外れる企画って、社長の趣味が出たやつだろ」

「い、いえ……一概にそうとばかりも……」

「はっはっはっ、ごまかさなくてもいいよ。大体ああいったDVDやビデオが売れるのは、内容が怪奇スポット巡りだったり、心霊写真や幽霊映像を扱ったりした場合であって、いかにマンネリだからと言って、目黒《めぐろ》の雅叙園《がじょえん》や吉見《よしみ》の巌窟《がんくつ》ホテルや会津《あいづ》さざえ堂なんか取り上げてもさ、怪談ビデオを見て喜んでるガキには無理だよ。広い意味では、それらにも怪異という言葉が当てはまるけど、スタンダードな〈怪異探訪シリーズ〉から見ると、あまりにも懸け離れ過ぎてるからなぁ」

「へぇ、そういう従来の路線から外した企画は、社長さんのアイデアだったんだ」

騎嶋が触れて欲しくなさそうな部分を、ずばりと玲子が突いてくる。

「おそらく社長の頭にあったのは、広義の怪異をテーマにした日本各地の怪奇幻想紀行シリーズのようなもの……だったんじゃないかな。ただ、それを映像でやっても大して売れないだろうから、最初は無難に市場のある心霊物からスタートさせた」

「帖さんの仰《おつしや》る通りです」

騎嶋が素直に認めると、当人は再び笑いながら、

「いや実は、前に社長と呑《の》んだときに、企画の裏話として聞かせてもらったんだ。幸い若い人たちの間で怪談を娯楽とする傾向が定着してきたので、しばらくは売れ線の企画でいくってね。豪ちゃんも言ったように、イタリアとスペインのホラーだけじゃ、とても会社はやっていけないからって」

「それでも知らぬ間に自分の趣味が出てしまうところが、いかにもあの社長さんらしいわね」

玲子が愛情の籠《こも》った揶揄《やゆ》を口にすると、その後を受けて珍しく苺が、

「私、洞末社長とお話をして思ったんですけど、この方は建物に対するこだわりがあるというか——いえ、建築物だけでなく、その場が持つ雰囲気のようなものですね。それも奇妙で歪《いびつ》な感覚を与えてくれる場所や空間に、おそらく強烈に惹《ひ》かれるんだって、そう感じました」

「おっ、苺ちゃん、さすがに鋭いね」

彼女が自ら会話に加わったのを喜ぶように、帖之真が声をあげた。

「いえ、私にも同じような嗜好《しこう》がありますので、何となく分かりました」

苺はつぶやくように答えたが、玲子は不安そうな口調で、

「そんな社長さんや苺ちゃんにとって、これから向かうところは、とってもつぼにはまる場所になるわけでしょうけど……。でも、だからこそへたな心霊スポットよりも、何

だか洒落《しゃれ》にならないような気もするんだけど……」

「今回の企画で社長が意図されたのが、まさにそこなんです」

　騎嶋は我が意を得たとばかりに、

「この手の似非《えせ》ドキュメンタリー作品は昔からありますが、完全に開き直ってバレバレの状態で撮られたものから、ひょっとしてこれはマジじゃないのかと思ってしまうものまで、そのレベルには大きな差があります」

「差し詰め前者の代表が、かつてテレビ朝日《あさひ》で放映された『水曜スペシャル・川口浩《かわぐちひろし》探検隊』であり、後者は映画『ブレア・ウィッチ・プロジェクト』ってとこかな」

「私、両方ともレンタルで見たことあるけど、川口浩のバカらしさはともかくとして、『ブレア・ウィッチ』ってまったく面白くなかったんだけど」

　帖之真のあげた例に対して、すぐに玲子が反応した。

「本来あの映画は、何の予備知識もない状態で見るべきものだからな。精々『マジの映像を使って作品にしたらしいぞ』くらいの噂を耳にしておく程度でさ。そういう意味では映画の公開前に、インターネットを使ってまことしやかな噂を流したあの宣伝手法は、とても効果的だったわけだけど、いかんせん話題になり過ぎてしまった結果、皮肉にも非常に商業的なコマーシャルとしか映らなくなった」

「あっ、なるほどね」

「そういう状況の中で日本に入ってきたのは、ちょっと不幸だったかもしれない。むしろジョージ・ロメロの『ナイト・オブ・ザ・リビング・デッド』のように、最初はドライヴ・イン・シアターで上映されて、それが口コミで評判になるっていう過程を踏んではじめて、ようやく価値が出る作品じゃなかったのかな」

「そうよね。確かに何も知らずに、たまたま深夜にテレビで放映してるのを見たら、結構それなりに怖かったかもしれない。それで今回のロッソさんの企画は、その『ブレア・ウィッチ』の路線をやろうってわけなの？」

「玲子、それはないよ。あの作品以降、我も我もとみんな真似をしまくったからな。それに世に出ている心霊系のビデオや俺らの〈怪異探訪シリーズ〉なんかも、言うなれば同傾向の作品だしさ」

「そこに実は、社長の長年の夢が絡んでくるわけです」

すかさず騎嶋が口をはさむと、玲子が首をかしげつつ、

「社長さんの夢って、いずれはプロフォンド・ロッソのオリジナル映画を制作することでしょ。そもそも社名が、社長さんの好きなイタリア映画の原題だって、前に帖さんに聞いたことがある」

「ダリオ・アルジェント監督の作品で、邦題は『サスペリアPART2』だよ。日本で『サスペリア』がヒットしたため、その前に撮られていた『プロフォンド・ロッソ』を——英語タイトルは『ディープ・レッド』だな——勝手に『サスペリアPART2』なんて題をつけて公開したわけだ。まぁ邦題につく『続何々』や『新何々』っていうタイ

トルは、大して最初の作品と関係ないことが多いわけだけど。ちなみに社長は、そのアルジェントの大ファンだ」

「うんうん、そのダリオって監督の話、そう言えばいつだったか、社長さんが熱心にしてたわね。ダリオ監督は、犯人の家や殺人の現場となる建物なんかを、本当に舐《な》めるように撮るんでしょ。そのことを喜々として語ってたもの」

「俺なんか、もう何度も何度も聞かされてるよ」

「いいじゃない。帖さんも決して嫌いじゃないんだから」

「そりゃそうだけど……。向こうは芸術大学の映画学科を出て、本格的に勉強してる人なのに、こっちに何の知識もないのは、なかなか辛《つら》いぞ」

「そんなことないでしょ。そりゃ最初は容姿の良さだけで、オーディションを通ったのかもしれないけど、その後の経験が帖さんにはあるじゃないの」

「おっ、玲子もきついこと言うね」

「誉めてるのよ。でも社長さんのように勉強して、今もロッソさんのような会社を経営してるんだったら、きっと映画を作りたいって気持ちが強いでしょうね」

「そうです。単なる憧《あこが》れだけの僕なんかと違って、社長は監督・脚本・撮影・編集と、そりゃ何でもこなせる人ですからね」

騎嶋の口調に何か感じるものがあったのか、玲子は酷《ひど》く驚いたように、

「ちょっと待って……。人ですから――って、ええっ？　これから行く〈魔庭〉を舞台

にして、まさか映画を撮ろうっていうの？」

「半分は当たってるよ。なっ、豪ちゃん」

「ええ、帖さんの言う通り半分は——」

前の二人だけが分かっている、そのはしゃいだ言い方に、

「半分はって何よ！　一体どう半分なのよ？　何が半分だって言うのよ？」

カチンときたのか玲子が嚙《か》みついた。

「い、いえ、ですから映画を撮るのが——」

彼女の剣幕に圧《お》されたように、一転して騎嶋が弱々しく答える。

「本当に殺人事件の起こった場所を舞台にして、ホラー映画を撮ろうって言うわけ？　その興味で売ろうってこと？　そんな悪趣味なこと——ううん、別に私は綺麗事《きれいごと》を言うつもりはないのよ。ただ、いくら何でもそれだけの売りじゃあ……」

「だからさ玲子、その映画部分が半分で、後の半分はこれまで通りの似非ドキュメンタリーになるんだよ」

帖之真がフォローしても、玲子は納得していない顔つきのため、引き続き騎嶋が説明を続ける。

「つまり簡単に言いますと、映画の撮影中に——この場合はVシネマということになりますが——色々と不可解な現象が起こった、という設定を用いるわけです。もちろんこれまでのホラー映画にも、そういったエピソードは腐るほど存在しています。ただ、そ

れが本物の現象であれ宣伝のための嘘であれ、当たり前ですがあくまでも映画が主であって、問題のエピソードは、いわばおまけにしか過ぎませんでした」

「それを逆転させるっていうの？　実際の殺人現場でホラー映画を撮っていたら、こんな怪異が起こりました――というビデオを作るわけ？　でも、それなら出来不出来は別にしても、すでに似たような作品があるんじゃ……」

「いえ、そうしてしまうと、やはり嘘臭くなるんです。何より肝心の映画の方がダメに見えます。言うまでもなく、それを主として撮らないからです」

「そうよね。そういう空気って、すぐに画《え》の雰囲気として出てしまうから……」

「映画はひとつの作品として、ちゃんと完成させるんです。あくまでも映画の撮影をメインに進めます。ただし、その一方ではメイキングビデオの撮影という名目で、現場で起こる様々な怪異を、時にはあからさまに時にはさり気なく撮るわけです。そして、それは映画とは別の商品として販売します。つまり映画は虚構だけどメイキングは現実、という演出を仕掛けるんです」

　説明する騎嶋を補足するように、帖之真は時折バックミラーに目をやりながら、

「映画は虚構だという当たり前の事実を利用することで、本来なら噴飯物になりかねない似非ドキュメンタリーに、ある程度の真実味を与えるのが、今回の企画の意図なんだよ。ただし、どんなに映画とメイキングビデオの撮影がうまくいっても、この手のものに漂ういかがわしさを完全に払拭《ふっしょく》するのは無理だから、それを少しでも和らげるために

——否、より真実味を出すために、一藍の〈魔庭〉が舞台に選ばれたわけだ」

「まさか当の映画って、一藍の『スラッシャー　廃園の殺人』がネタだとか、言い出すつもりじゃないでしょうね」

さらに嫌な予感を覚えたらしい玲子に、すぐさま騎嶋が応《こた》えた。

「あっ、鋭いですね。原作の候補は二つあって、ひとつが玲子さんのご指摘の通りなんです。なにせ小説内の舞台と大して変わらないわけですし、作者がその中で失踪《しっそう》したというおまけまでついてますから、色んな恐怖演出をできる利点がありますす」

「利点ねぇ」

「もうひとつは火照陽之助の『首森の切り裂き魔の井戸』という社長が個人的にお気に入りの本で、今回の企画がなかったとしても、いつか映像化したいと考えている作品らしいです。原作では森が舞台なのを廃園に変えたり、井戸の扱いをどう処理するかなど問題はありますが、その程度の変更はよくあることですから」

「ところでぇ、スラッシャーって何なんですかぁ」

ようやく今になって小説の題名に基本的な疑問を覚えたのか、恵利香が大いに首をかしげている。

「ホラー映画には、それも主にスプラッター系には、スラッシャー物またはカウントダウンホラーと呼ばれる一連の作品がありまして——」

話の腰を折られたのに、騎嶋は嫌な顔ひとつ見せずに、

「いわゆる殺人鬼や化物のような存在が、登場人物たちをひとりずつ殺していく話のことを、そんな風に呼ぶわけです。主に作品の舞台となる場所にそういうヤツがいて、そこを訪れた数人のメンバーが次々に殺されてゆく……という設定がひとつのパターンというか、まぁ王道でしょうか。『スラッシャー　廃園の殺人』もそれに当たります」

「化物もいいけど、俺は正体不明の殺人鬼の方が好みだな」

自分の好きな話題だけに、帖之真も口をはさんでくる。

「帖さんの好みは、はっきりしてますよね。たとえ正体はバレバレでも、ちゃんと殺人鬼は最後まで仮面やマスクなんかを被《かぶ》っていて、最後に生き残った者の前で、その正体が暴かれて欲しい。でしょ？」

「うん、それ。できれば意外な犯人を望みたいけど、過度の期待は禁物だからなぁ」

「てことは、ミステリ物でもあるってこと？」

玲子が素朴な問いを発する。

「当社が出しているイタリアンホラーでは、ジャッロと呼ばれる分野がありまして、映画用語としては推理味のあるスリラーを指すんですが――」

「そこはそれ――イタリアンだから、英国ミステリなんかに比べると推理も何もあったもんじゃなくてさ。ほとんど伏線さえないもんなぁ」

騎嶋のあとを受けて帖之真が続けたが、そんな文句を言いながらも、その口調はあくまでも楽しそうである。

「そうですね。犯人捜しの興味はありますが、まず論理的な推理は望めません。たいていの場合は謎解きよりも、いかに残虐な方法で登場人物たちが殺されるか、という部分に焦点が合っています。そういう意味ではミステリというよりはサスペンス、少し昔の用語ですとスリラーと言った方がピッタリきますか」

「一藍の文章を引用すると、ジャッロとは『正体不明の殺人鬼が多彩で斬新《ざんしん》な殺害方法――ただしそれ自体にあまり必然性はない――を用いて残虐で猟奇的な連続殺人を行なう様を、殺しの美学とでも言うべきスタイリッシュな映像で撮られた作品ということになるだろうか。被害者の多くが若い女性であることも大きな特徴であるが、これは邦題を見るだけで分かるだろう』ということになるな」

「おおっ、さすが帖さん！　素晴らしい！　ちなみに一藍が記している『邦題を見るだけで分かる』というのは、例えば『モデル連続殺人！』『悪魔の性・全裸美女惨殺の謎』『美女連続殺人魔』『マドリード美女連続殺人』といった作品などのことです」

「そんなタイトルがスラスラと出てくる、豪さんもすごいわよ」

半ば呆《あき》れた感じの突っ込みを玲子が入れるのとは対照的に、

「何だかややこしいですぅ」

恵利香は頭を抱える仕草を見せながら、

「スラッシャーの意味は分かりましたけどぉ、そのスラッシャー物のホラー映画を撮影しながらぁ、同時にメイキングビデオも撮ってぇ、しかもメイキングそのものも最初から怪奇ビデオ作品として作るということでぇ、そのためのロケハンの様子までもぉ、今こうやって騎嶋さんが撮ってるっていうのはぁ、何なんですかぁ。恵利香ぁ、頭がこんがらがりそうですぅ」

「良いところに気づきましたね」

騎嶋は嬉《うれ》しそうな声音で、自らが操るカメラを指差しつつ、

「この映像は、映画のメイキングの前ふりとして使う予定なんです。もちろん全部じゃありません。そういう意味では、ほとんどムダになると思いますけど——ほら、実際の裏話まで入ってますからね。でも、よりリアリティを出すための演出として、こういった映像は効果を発揮するわけです。まとめますと今回の企画は、まさに二重三重のメタを仕掛けて、映像の中の怪異に真実味を与える——という意図があるのです」

「それは理解できたけど、よりによって本物の殺人現場を使うなんて……」

やはり玲子は、その点が大いに気にかかるといった口調で、

「それも単に事件が起こった場所というだけじゃなくて——何て言えばいいのかなぁ、すでに造られたときから呪われてるって言うか、少なくとも尋常ではない空間なわけでしょ。そんな、それこそ二重にも三重にも曰《いわ》くのある〈魔庭〉なんかで映画を撮って、本当に無事ですむのかしら……」

「だから、それこそが狙いなわけだろ」

「私が心配してるのは、実際にすごい画が撮れるだけですめばいいけど、そこには現実

的な危険もあるんじゃないかってことなの」

「殺された被害者たちが成仏できずに、死霊となって俺たちを襲ってくるとか。失踪した者たちの遺体が実は庭内に埋められていて、それがゾンビとして蘇《よみがえ》るとか。正体不明の殺人鬼が棲《す》んでいて、侵入した者は生きて帰れないとか」

帖之真が面白そうに次々と例をあげていると、

「帖さん、それよりも例の異母兄妹《きょうだい》のフリークの子が成長してぇ、殺人鬼となって庭内を彷徨《さまよ》っているのかもしれませんよぉ」

わざわざ恵利香が、彼の冗談を蒸し返した。

「おっ、そうだったな。でも恵利香ちゃん、仮にそんなヤツがいたとしても、精々まだ七、八歳ってところだよ。あまり脅威にはならないんじゃないか」

「そこは普通の子供じゃありませんからぁ、怪物ならではの力があるんですよぉ」

どこまで本気なのか分からない恵利香の返答だったが、そんな二人のやりとりに玲子は腹を立てた様子で、

「死霊やゾンビや殺人鬼なんか、いるわけないでしょ。もちろんフリークもね。私が言いたいことは、帖さんにも分かってるんでしょ」

「あぁ、もちろん。けど玲子の言う心配は、あまりにも抽象的じゃないか。良くない場所だっていう指摘は、これまでの〈怪異探訪シリーズ〉で何度も行ってるような、幽霊が出るって言われる心霊スポットと、結局は同じだろ。取り立てて今回の〈魔庭〉だけ

を危険視するのは、どうかと思うけどな」

「…………」

帖之真の言葉に玲子が黙り込んでしまい、バンの中に重苦しい静寂が降りた。それまで常に誰かが何かを喋《しゃべ》っていたため、この突然の沈黙には全員がいたたまれない思いを抱いたようで、一気に場が暗くなった。

「何だかお腹が空《す》きませんかぁ。あぁっ、もう一時半じゃないですかぁ」

すると意外にも恵利香が口を開いた。わざとらしい物言いながら、車内の空気が少しだけ軽くなったかもしれない。

「うーん、もっと早く現地に着く予定だったんですけど……」

騎嶋がカメラから腕時計に目をやって、

「すみません、読みが甘かったです。お弁当やみなさんの荷物は前の車ですので、向こうで合流するまで、もう少し辛抱して下さい」

そんな彼の台詞《せりふ》に合わせるかのように、なだらかな上りと緩やかなカーブを描いていた坂道から、バンは勾配《こうばい》がきつくて蛇行の激しい山道へと進み出した。

とたんに辺りが薄暗くなる。外を見ると、道の両側から鬱蒼《うっそう》と茂る樹木が天を覆うように伸び上がり、ただでさえ曇天の弱い陽の光をほとんど遮っている。

せっかく恵利香がもたらした明るい雰囲気も、バンを覆う翳《かげ》りによって瞬く間に消し去られ、車内には再び重苦しい空気が立ち籠《こ》めはじめた。

# 6　到着

あたりの風景が変わったところで、いったんバンは停まってから、騎嶋が再び後部席に戻るのを待って本格的に山道を上り出した。

「豪ちゃんも、前と後ろを行ったり来たりで、ご苦労さんだね」

車内の空気を変えようと軽口をたたきつつも、帖之真の運転は慎重になっている。

舗装はされているが乗用車一台がやっと通れる幅しかなく、そのうえクネクネと曲がる山道が続いているのだから無理もない。ここまで他の車は一台も目にしていないが、カーブで出会い頭に衝突する危険は意識せざるを得ない。

「どちらかに座った切りですと、どうしても画《え》が単調になりますからね」

帖之真には運転に集中してもらうべきだと思ったのか、後部座席から応《こた》える騎嶋の声も少し抑え気味である。

「それもあるんだろうけど、本音は帖さんの横顔を撮るより、苺ちゃんにカメラを向けてる方がいいからじゃないの」

しかし玲子はズケズケと、運転手の心を乱すような物言いをした。もっとも実際に動揺したのは、どう見ても騎嶋の方だった。

「れ、玲子さん——、み、妙なこと言わないで下さいよ。城納苺さんをスカウトしたのは、ぼ、僕じゃなくて社長ですから……」

「私は知ってるんだから。社長さんのみならず豪さんも、二人とも少しロリコンの気があるってこと」

「ええっ、そうなんですかぁ。社長さんも騎嶋さんも、ロリコンだったなんてぇ」

玲子が半ば冗談っぽく言ったにもかかわらず、恵利香が完全に肯定する素《す》っ頓狂《とんきょう》な声を出したため、騎嶋は途方に暮れたような表情をしている。

「いやぁ、恵利香ちゃん、それは誤解だよ」

「なんか妙だなぁって思ってましたぁ。恵利香がこんな刺激的な恰好《かっこう》してるのに、騎嶋さんたら少しも興味を示さないんですからぁ」

「そ、そんなことないでしょう。撮影をはじめてから何度も、恵利香ちゃんの胸元にはカメラを向けてるじゃないですか」

どこまでが本気か分からない彼女の抗議だったが、当の騎嶋は真面目に受け取ってしまったようで、必死に弁明をしている。

「そうか——。そういうことだったんだな」

と突然そこに帖之真の、何かに思い至ったような声が割って入った。

騎嶋と恵利香が向かい合う中、それをニヤニヤ笑いつつ見ている玲子と、恥ずかしさに顔を赤らめ戸惑う苺も、いっせいに四人が運転席に目を向けた。

「そ、そういうことって、何ですか帖さん？」

とりあえず話がそれると思ったのか、騎嶋が帖之真の言葉に飛びついた。彼の運転の邪魔をしてはいけない、という意識は最早《もはや》ないらしい。

「社長が苺ちゃんをメンバーに加えたのは、建築学科の学生だからっていうのはさ、結果的に、たまたま専攻がそうだった――というだけだろ」

「ええ、まぁ、そうなりますね」

「つまり社長は、芸能プロのスカウトが女の子に声をかけるのと同じように、苺ちゃんの容姿を見て、そう判断したってことになる」

「こんなに可愛いんだもの、別に不思議じゃないでしょ」

当たり前だという調子で玲子が口をはさむ。

「うん、それは俺も思うよ。けどさ、ごめんね苺ちゃん、こんなこと言って悪いけどさ――彼女の服装や雰囲気を見ると、同世代の女の子に比べたら、やっぱり地味だろ。街中を歩いていて、ぱっと目に留まるってほどじゃない」

「あら、それは帖さんと違って、社長さんは彼女の内面の輝きを見たからよ」

「はいはい、悪かったね、俺は外見しか見てなくって。玲子の言うことはもっともとしても、実際に街中で不特定多数の、それも歩いてる女の子を一瞬で判断するのって、かなり難しいと思う。プロのスカウトにでもなると、見かけだけじゃない判断基準もあるんだろうけど、社長はそうじゃないからな」

「結局のところ、帖さんは何が言いたいわけ？」

「彼女が似てるってことだよ」

「誰に？」

「アルジェントの監督作品『フェノミナ』の主人公である、女優のジェニファー・コネリーにさ」

「あっ、そうか」

騎嶋が小さく叫ぶと、隣に座る苺を改めて見つめた。

「分かるだろ、豪ちゃんなら」

「はい。容貌《ようぼう》がそっくりというわけではなくて、全体の雰囲気ですよね。けど、そういう意味では『サスペリア』のジェシカ・ハーパーの方を、むしろあげるべきじゃないでしょうか」

「うーん、それはどうかなぁ。健康的なジェニファーに病的なジェシカじゃ、ちょっと印象が違うと思うけどな。少なくとも苺ちゃんから、そんな病的なイメージは受けないだろ」

勢い込む相手に、帖之真が苦笑の混じった口調で返したが、当の騎嶋はその対象を今度はカメラで凝視しながら、

「いえ、苺さんのどこか線の細そうなところなんか、結構ジェシカしてます。それにジ

ェシカは当時二十七歳でしたが二十歳前後にしか見えず、反対にジェニファーは十三歳にもかかわらず妙な色気があるという、この二人のアンバランスさこそ苺さんの持つ雰囲気に似ているわけですからね。つまり僕が言うように――」

「分かった、分かったよ、豪ちゃん」

思わぬ力説に、帖之真の苦笑がさらに広がる。

「ジェニファー・コネリーなら私も知ってるけど、ジェシカって人は分からないわ」

という玲子の言葉に、

「えーっ、二人とも知らないですぅ」

恵利香はブンブンと首をふっている。

「絶叫クイーンのジェイミー・リー・カーティスと同様、ホラーファンにとっては永遠のアイドルってとこだろうな」

「ジェイミー？　誰それ？」

帖之真としては分かりやすい例を出したつもりらしいが、その目論《もくろ》みは完全に外れたようである。

「知らないのか。ジョン・カーペンターの『ハロウィン』に出ていたヒロインだよ。続編の『ブギーマン』をはじめ、他にも『ザ・フォッグ』や『プロムナイト』、それに『テラー・トレイン』といった――」

「帖さん、無理ですよ。そんなタイトルをいくつ上げても……。それより、むしろアルフレッド・ヒッチコックの『サイコ』のヒロイン、ジャネット・リーの娘だって言った方が、玲子さんは驚くかもしれませんよ」

「おぉ、そうか。それにしても『ハロウィンH2O』で母娘《おやこ》が共演していたのは、何とも言えなかったよなぁ――」

騎嶋のフォローに相槌《あいづち》を打ちながらも、帖之真は明らかに自分だけの世界に入りかけていた。

「ちょっと、そんなホラー映画の詳しい説明はいいから、要は苺ちゃんが、そのジェニファーとジェシカが持つ雰囲気を醸し出してたので、社長さんが積極的にスカウトしたんじゃないかってこと？」

「あぁ、そうだよ。社長が好きなアルジェント作品のベスト3が、『フェノミナ』『サスペリアPART2』『サスペリア』なんだけど、かつて日本のビデオ会社は、ジェシカ・ハーパーの『サスペリア』、ジェニファー・コネリーの『フェノミナ』、アーシア・アルジェントの『トラウマ　鮮血の叫び』の三作を、〈美少女虐待サディスティック・ホラー三部作〉と名づけたことがあってね。きっと社長も、苺ちゃんのような美少女を主人公にしたホラーが撮りたいんだろうなって、ふっと思ったわけさ」

「まさか帖さん、会社は素人の彼女を使って、今回の映画を完成させようなんて考えてるわけじゃ……」

「さすがに社長も、そこまで自分の趣味には走らないよ。だから苺ちゃんには、こうやってロケハンにも参加してもらって、せっせと豪ちゃんがメイキングの撮影をしてるんじゃないか」

「あっ、そういうことね」

「うまくいけばメイキングに使って、彼女が慣れてくれれば、そりゃ将来的には出演をお願いしようと、社長も考えてるのかもしれない」

「だけど今は豪さんの映像で、とりあえず我慢しようというわけね」

「そうそう。ただ『トラウマ』のアーシア・アルジェントって、名前から分かるかもしれないけど、ダリオ・アルジェントの娘なんだよな」

「ええっ、そうなの？　つまりは実の娘を、映画の中とはいえ虐待した……ってことになるわけ？」

「けどまぁ虐待と言っても、『フェノミナ』でジェニファーが体験した蛆虫《うじむし》プールに比べたら、大したことないか」

「ちょっと、な、何なのよ、それ……」

「今度ゆっくり説明してやるよ。ただし、その次の『スタンダール・シンドローム』では、刑事役のアーシアが連続暴行魔にレイプされてしまうからなぁ。そんな鬼畜な所業を考えると、アルジェントを敬愛する社長が苺ちゃんに対して、何か良からぬ企《たくら》みを秘めている可能性も否定できないかもしれない」

　極めて無責任な口ぶりながら、帖之真は心から楽しそうに笑っている。

「ちょっと豪さん、何か知ってるんじゃないの。ロリコン仲間として、そのあたりの話はどうなのよ」

玲子も悪乗りで騎嶋に詰め寄ると、当人は撮影さえ忘れて真剣な顔つきで必死に否定しはじめた。

「ここは私と恵利香で、苺ちゃんを鬼畜ロリコンから守る必要があるようね」

玲子がなおも騎嶋をからかい、また話をロリコンへ戻そうとしたとき、

「おい！　あれじゃないのか」

突如として帖之真の興奮した声が上がった。

ちょうどバンは大きく右手へカーブを曲がり切ったところで、さらに進んだ山道が次に左手へと緩やかな弧を描いて延びた地点の外側に、車の待避地帯のような袋地が見えており、一台の乗用車が停まっていた。

だが全員の眼差《まなざ》しをとらえたのは、車の背後に広がる——いや、天へと高く聳《そび》え立っている何とも異様な眺めだった。

# 7　合流

「まるで壁だわ……」

思わず玲子が漏らした感想に、みんなが無意識にうなずいている。

「こりゃすごい眺めだな」

そう続けた帖之真は、その奇観をじっくり味わうためか、いったんバンを道の半ばに停めた。

山道の外側に設けられた長さ十数メートルはある袋地には、端から端まで頑丈そうな鉄柵《てっさく》の壁があった。その両側は左右に聳える高い岩山に食い込んでおり、まるで秘密結社の怪しいアジトか要塞《ようさい》のように見える。

だが何よりも異様なのは、その横の長さを凌駕《りょうが》するほどの高みにまで、岩山を越えてもなお柵が聳え立っていることである。最早それは人間の侵入を阻止するためというより、バベルの塔の如くひたすら天上を目指すために延びているとしか思えない、そんな眺めであった。

「一藍って作家は、かなり侵入者に悩まされていたようね」

「これは仮面ライダーでないと、ちょっと飛び越せないでしょう」

玲子と騎嶋が改めて驚きを共有していると、

「……逆ってこともある」

ぼそりと帖之真がつぶやいた。

「逆って何がなの、帖さん？」

「もちろん最初は侵入者を塞《ふさ》ぐためだった。けど途中から鉄柵の用途が変わったのかもしれない。つまり外部の者を中に入れないという目的から、内部の何かを外に出さないという用途に――」

一瞬にして車内が静寂に包まれた。前方に聳える鉄柵を見るみんなの目が、一転して変わったかのようである。

「な、何かって、何よ……」

玲子が代表して問いかけたが、

「さぁな。ふと、そんな風に思っただけだよ」

「もう、冗談は止めて！　仮にそんなものがいたとしたら、一藍は一緒に住んでたことになるじゃない。自分とその何かを、わざわざここに閉じ込めてたってことでしょ。それは有り得ないわ」

「ここまで柵を高くしたのが、何も彼とは限らないだろ」

「えっ……」

「一連の事件が起きたあとで、地元の人たちが、あるいは行政が、こういう対策をとったのかもしれないじゃないか」

「あのね帖さん、私たちは今から、あ、の、中、に、入、る、の、よ。いい加減にしてよ！」

ついに玲子が本気で怒り出したように見えたが、帖之真の表情にはわずかな笑みも浮かんでいない。

「あれっ、部長とシン君は？　どこに行ったんでしょうか」

騎嶋が二人の間に割って入ったが、先に到着しているはずの彼らの姿が見えないのは事実だった。

「車は停まってますからね。かといって周囲を散策してるとも思えません」

乗用車が一台、鉄柵の左端に駐車しているものの、内部に人影は認められない。

「先に中へ入ったのかもな」

ひとり言のように口にして、帖之真はバンを出して乗用車の少し後ろまで進め、そこに停めた。

「みなさん、お疲れ様です」

騎嶋が声をかける中、全員がバンから降りる。玲子と恵利香はバンの側に留《とど》まり、帖之真と騎嶋は乗用車へ向かい、苺は山道に出て鉄柵全体を見渡しはじめた。

「弁当と荷物は車にありますから、仮に中に入ったのだとしても、すぐに出てくると思います」

騎嶋が声を張り上げて報告すると、

「この中で二人に、何も起こってなければな」

すかさず帖之真が、低く囁《ささや》くような声音で続けた。

玲子は露骨に厭《いや》な顔をして、恵利香は不安そうな様子で先輩に寄り添い、苺は男たちの言葉が聞こえたのかどうか分からないほど、熱心に鉄柵を観察している。

鉄柵といっても地面から三メートルほどの高さまでは、その内側に鉄板があるため柵の隙間を覗《のぞ》くことはできない。よじ登ろうにも鉄棒同士の幅が狭く、また棒と棒の間には何やら気味の悪い装飾物が至るところに施されていて、満足に足がかりを得られない状態である。しかも鉄板の天辺は鋸《のこぎり》状になっており、曇天の下で見上げても、鋭利な先端が鈍く輝いているのが見て取れる。その様はまさに、目の前に立ちはだかる絶壁であった。

そのとき鉄柵の右端で物音がした。全員がびくっと身を震わせたが、視線はいっせいに音のした方を向いている。

すると物音が聞こえたあたりの鉄柵が急に浮き上がったように見えて、そこに一枚の扉が出現したかと思うと、二人の男性が姿を現した。

「もうびっくりするじゃない。そんなとこに出入口があったなんて……」

「すみません。驚かすつもりはなかったんすよ。豪さんの声が聞こえたんで、それで慌てて出てきただけで――」

そんな言い訳をしながらも、若い方の男は素直に頭を下げて玲子に謝り、続けて帖之真と騎嶋に「お疲れ様でっす」と最敬礼してから、

「お二人とは初対面ですよね。俺、天本《あまもと》シンと言います。よろしくお願いします」

恵利香と苺にまで丁寧な挨拶《あいさつ》をしたので、彼女たちも慌てて自己紹介をした。

「彼の名前って芸名なんだけど、その由来って分かる？」

シンを自分の側に手招きした玲子が、そう恵利香と苺に尋ねたのだが、

「玲子、この二人にそれを訊《き》くのは酷だよ。二十と十八の女の子なんだからさ」

帖之真が首をふった。

「あら、でもシン君も二十三よ。大して違わないじゃない」

「年齢はそうだけど、こいつの好みは特別だよ。邦画のホラー映画ファンか、社長世代のテレビっ子でもない限り分かるわけがない」

「シンさんの憧《あこが》れの俳優さんから、そのお名前を頂戴《ちょうだい》してるってことですかぁ」

長身で端整な顔立ちのうえに、気さくな性格というシンが一目で気に入ったのか、恵利香の呼び方には、すでに親しさが感じられる。

「天本英世《あまもとひでよ》と岸田森《きしだしん》――と言っても知らないだろ」

帖之真の口から出た名前に、恵利香も苺も首をかしげたが、当のシンは嬉《うれ》しそうな表情で、

「本名を逆にしたって仕掛けもあるんすけど、それよりも天本さんと岸田さんのお名前

から頂いた意味合いの方が強いっす。ちなみにお二人とも、いわゆる怪奇俳優と呼ばれた方でして。有名なところでは、天本さんは『マタンゴ』の茸人間《きのこ》や『仮面ライダー』の死神博士など、岸田さんは『怪奇大作戦』のSRIの牧《まき》や、『呪いの館《やかた》　血を吸う眼』と『血を吸う薔薇《ばら》』の吸血鬼などを演じたんすが――」

自分の憧れの俳優の活躍を、とうとうと述べはじめた。

「おいシン、そんな説明したって、こちらのお嬢さん方にはまったく分からないよ。せっかく恵利香ちゃんが、お前を気に入ったみたいだったのに、ほら、見ろよ――彼女、早くも少しひいてるじゃないか」

きつい口調の割に、帖之真の顔はニヤけている。

「つまり敬愛する二人の名前から、天本英世は名字を、岸田森は下の名をとり、そして森をシンと片仮名表記したのが、彼の芸名ってわけだ。二人のような個性溢《あふ》れる怪奇俳優を、こいつも目指してるらしいからな」

「ええっ、そうなんですかぁ……」

恵利香がいかにも不満そうな声を出すと、すかさず玲子が賛同した。

「これだけの容姿を持ってるのに、何を好き好んで怪奇俳優なんかになりたいんだか。そういう役は、それなりの面相の人がやらないと、逆に様にならないのに」

「玲子さん、何言ってるんすか。天本さんも岸田さんも、どれほど恰好《かっこう》良かったか。いいっすか、そもそも怪奇俳優というのはですね――」

しばらく演技に関する役者同士の応酬が続いたものの、場の雰囲気は和気あいあいとした感じだった。会話には参加しなかったが、部外者の苺でさえも興味深そうに耳をかたむけている。

ただし熱弁をふるうシンの後方に控えた、中肉中背の眼鏡をかけた男だけは先ほどから、苦虫を噛《か》みつぶしたような表情で、ぶすっとしつつ佇《たたず》んでいる。

そんな男の様子を、騎嶋は気が気でないように見ていたが、シンたちの会話に少し間が空くや否や、

「それからこちらが、当社プロフォンド・ロッソの企画部長の、東男英夫《あずまおとこひでお》です。えーっと年齢は——あれっ部長、四十六でしたか、それとも、もう七になられましたか。確か社長よりも二つか三つ上だったような……」

「俺の歳なんて、どうでもいいだろ。それより、いつまでこうやってるんだ。みなさんもお忙しい身なんだから、早く進めろよ」

みなさんの多忙云々《うんぬん》は方便であって、なぜこの場に自分がいなければならないのか、という苛立《いらだ》ちを年下の騎嶋にぶつけている。そういう風にしか見えない。

「……は、はい」

東男の理不尽な怒りによって、騎嶋の表情が強張《こわば》っている。その場の空気にも妙な緊張感が漂い出したのだが……。

「東男部長ぉ！　先日、事務所にうかがってご挨拶した、粕谷恵利香ですぅ！　本日は

ぁ、よろしくお願いしますぅぅ」

　恵利香が挨拶したとたん、たちまち場の気まずさが薄れた。

　もっとも和んだのは当の部長を除く者たちで、むしろ東男はますます、むすっとした顔つきになっている。

「ちょっと恵利香、彼は名字で『東男』って呼ばれるのが一番嫌いなの。それ以上に厭なのが『東男英夫』ってフルネームで言われること。確かに『私は男です』って主張が、くど過ぎる名前ではあるからねぇ。だから部長さんに関しては、名字の東と名前の英をとって、東英《とうえい》さんって呼ぶことになってるの。分かった？」

　玲子が小声で後輩を指導したが、当人をはじめ全員の耳に聞こえている。

　ただし彼女も最初からそのつもりのようで、特に気にした素ぶりも見せない。本当に指導をする気なら、ここに来る途中でいくらでも機会はあっただろう。それが東男にも分かるためか、さらに彼の表情が険しくなった。

「それじゃあ恵利香ちゃん待望の、お弁当にしたいと思います」

　また何か言われる前にと思ったのか、騎嶋が急いで告げたものの、

「どこで食べましょうか」

　まわりを見回して途方に暮れている。

　乗用車とバンによって袋地の左端が塞《ふさ》がれているだけで、ほとんど鉄柵《てっさく》の前は空いていた。とはいえ目の前は山道で、後ろは威圧感のある壁のため、あまり食事に適した空

間ではない。

「シン君、あなた中を覗いたんでしょ。廃園と言ったって庭園なんだから、お弁当を食べられるようなとこ、どこかになかった？」

「いえ、それが玲子さん、入ったと言ってもこの扉の裏にいただけで、庭内には一歩も足を踏み入れてないんすよ」

「なーんだ、そうなの？」

「この入口を探すのに、酷《ひど》く手間取ったんす。ほら、こうやって閉めてしまえば、どこが扉だか分からなくなるでしょ」

「本当だわ。この棒と棒の間の装飾が、巧みに扉を隠してるのね。ふーん、これは見事に細工されてるわ」

「ほんと見つけるのに苦労したんすから。みなさんを待ってる間、ほとんどこの扉探しでつぶれたくらいっす」

「それにしても、よく扉の鍵《かぎ》が手に入ったわね」

「今朝の出がけに、社長から東英部長が預かったそうっす」

玲子とシンが扉の前でそんな会話をしていると、苺がポケットから一枚の紙を取り出しつつ近づいてきて、

「あのー確実なことは言えないんですが、〈魔庭〉に入って結構すぐの地点に、ちょうどお弁当を広げるのに良さそうな場所が、おそらくあるはずなんですけど」

「これって〈魔庭〉の地図なの？　でも、どうして……」

「もちろん正確なものではありません。『迷宮草子』の文章と写真から、おおよそ各々の位置関係をつかんで、それをつなげて作成されてますから。あの記事をよく読むと、廃園の全体像が分からないように、わざと書かれていることが分かります」

「あら、そうなの？」

「きっと一藍氏の要望が、事前にあったのだと思います。だから鳥瞰図《ちょうかんず》や順路の説明などは一切なく、あくまでも個々の部分について言及されている。そんな印象を受けました。しかも、そういった箇所でさえも、なるべく詳細な紹介は伏せられている感じがあって――」

「いやぁ、それにしても――いえ、それだからこそですね、この地図はすごいですよ。さすがですね」

横から〈魔庭〉の略図を覗《のぞ》き込んだ騎嶋が、感心したような声をあげた。

「社長でも、ここまでしていないというか、こんなことは思いつきさえ、まずしなかったでしょう」

「いえ、そんなことは……」

苺が慌てた様子で、騎嶋の発言を否定しかけたが、

「その社長だけで良かったんじゃないのか、こんなところまで来るのは。俺は俳優でもなければ、映画屋でもないんだぞ」

それまで無言だった東男が突然、威嚇的な眼差《まなざ》しを向けつつ、吐き捨てるように騎嶋に言った。

自分が今回のような企画に関わることに、面白くない感情を持っている。今すぐにでも、この場から立ち去りたい。という気持ちが東男の全身から、まさに発散されているのが目に見えるようである。

「東英部長が現場を踏まれるなんて、あまりないですからね」

帖之真がフォローする台詞《せりふ》を口にしたが、聞き様によっては暗にその事実を非難しているようにも受け取れる。

だが彼は、そこから続けて、

「ただ今回は、社長の代わりを務める人が必要なわけです。そうなると部長以外に、誰もいないじゃないですか。豪ちゃんは、ほんと仕事はできますけど、お目つけ役としては、まだまだでしょう」

「はい、まだまだ若輩者です。それに肝心の社長は金策――い、いえ、映画の資金調達のために、方々を走り回っておりますので……。そのー最近の社長は、ほとんど事務所にいなくて――」

続けて騎嶋が冗談めかして、この件にケリをつけようとしたが、

「バカなことを言うな！　場所柄をわきまえろ」

完全な計算ミスから東男を激怒させて、またもや場の空気が悪くなった。

そこで玲子が祈るような顔で密《ひそ》かに、後輩に目配せしたところ、なんと恵利香が感心にもそれに応《こた》えて、

「ああっ、もう恵利香ぁ、餓え死にしそうですぅ。東英部長ぉ！　苺ちゃんの地図を頼りに、早くお弁当広場まで行きましょう」

これが鶴の一声となって、みんなが一度に動きはじめた。

「豪さん、あなたはロケハンとメイキングの撮影——という大事なお役目があるんだから、あとは任せて。それはこっちで運ぶわ、ねっ」

騎嶋が車から弁当と飲み物を降ろすのを見た玲子が、そう言いながら帖之真に同意を求めた。

「そうだな。それじゃ、ここは若い者に任せることにして、シンと恵利香ちゃんとで、仲良く半分ずつ持ってもらうか」

「私もお手伝いします。天本さんは、別に荷物があるみたいですし」

「いや、苺ちゃんには、庭内に入ってからの先導を頼みたいんだ」

「えっ……で、でも、この地図が本当に正しいかどうか……」

「そんなこと気にする必要はない。我ら俳優仲間を見渡してみても、どう考えても一番ここに詳しそうなのは、君なんだから」

「俳優仲間——ですか」

「そうよ。この企画では苺ちゃん、あなたは私たちの仲間なの」

玲子の言葉が合図のようになって、騎嶋がまたカメラを回しはじめた。

「部長、その扉はいったん鍵をかけて下さい。それから鍵を、帖之真さんに渡してもらえますか」

撮影に入ったとたん、騎嶋の様子が変わった。東男への指示も丁寧な口調ながら、有無を言わせぬ気迫が感じられる。

「ふん」

それに対して鼻で返事をした東男だったが、さすがに扉の施錠と鍵の受け渡しは素直に応じている。

帖之真が鍵を手にすると、みんなが集まってきた。そして特殊な鍵を手に取っては、各々が興味深そうに眺め出した。

「豪ちゃん、シンが言ってたように、この扉はすぐに見つけられそうにないから、みんなで入口を探すところから、改めて撮った方がいいんじゃないか」

帖之真のアドバイスによって、みんなは——東男でさえも——そこから一通りの演技を見せた。

それから再び扉の施錠が解かれ、問題の〈魔庭〉の出入口が、忌まわしい世界への通路が、ぽっかりと開いたのである。

## 8 〈魔庭〉

禁断の扉をくぐると、玄関ホールのような空間に迎えられる。

天井はゴシック建築の穹窿《ヴォールト》のような造りで、四隅の柱頭から中心点へと弧を描いたアーチが渡り、その間の窪《くぼ》んだ四つの曲面にはステンドグラスがはめ込まれている。そこから曇天とはいえ淡い陽の光が射し込んでいるため、薄ぼんやりとではあるが周囲の様子も認めることができた。

広間の左手には尖頭アーチを持つ真っ暗な通路への入口があり、右手は蜂の巣のような穴がいくつも穿《うが》たれた奇っ怪な壁になっている。正面は何もない石組の壁面のように思われたが、よく見ると木造の小さな扉が、その中央の下部に存在していた。

「みなさんが到着したとき、俺と部長はここにいたんすよ」

シンは全員が無言のまま一通りまわりを眺める中で、先ほど東男と入ったときに、結局ここから奥へは進めなかったのだと説明した。

「何なのよ、あの扉……」

そんなシンの話など耳に入っていないのか、玲子が不審そうに問題の扉を指差している。赤ん坊でなければ通れないほどの、非常に小さな扉である。

「まるで『不思議の国のアリス』みたいですね」

苺が興味深そうに扉へ近づくと、帖之真も相槌《あいづち》を打ちながら寄ってきて、

「アリスが身体の小さくなる薬を呑《の》んで通ろうとする、小さい扉だろ。確か扉の向こう側は、綺麗《きれい》な庭だった記憶があるけど――さて、こっちはどうかな」

奇妙な扉に手をかけたが、どうやら錠が下りているらしい。

「こんなものに鍵《かぎ》をかけるなんて、ここには小人でも棲《す》んでるのか。開いたからって誰も入れないけどさ」

扉が開かないことに対する残念さと、その小ささに対する気味の悪さが、彼の口調には表れている。

右手の穴だらけの壁の前には、恵利香と騎嶋が立っていた。

「この変な穴って、何なんですかぁ。なんか訳の分からないような、気持ち悪ーい怖さがあるんですけどぉ」

「前にテレビで見た、どこかの遺跡の墓穴のように、僕には見えますが……」

小さな扉よりも目の前の穴に怯《おび》える恵利香に、この騎嶋の返答は不適切だったのか、彼女は覗き込んでいた穴から慌てて顔をそらした。そこに苺が加わって、彼の言葉を裏づける発言をした。

「そうですね。古代ローマのアウグストゥス帝時代の奴隷の墓というのが、壁に開けら

れた半円形の穴だったんですが——これは確かに似てますね」

「でもさ、この大きさだと人間は入らないだろ。一藍も本当に埋葬するつもりじゃなかったろうから、別に構わないんだろうけど」

開かない扉から謎の穴へ、とっくに興味を移した帖之真が疑問を口にすると、それにも苺が応《こた》えた。

「遺体は火葬にされて骨壺《こつつぼ》だけが納められたので、問題なかったみたいです」

「それじゃあ、やっぱり一藍は、よりによって玄関ホールとでも言うべき場所に、その古代ローマの奴隷の墓を再現したってわけ？」

呆《あき》れたような玲子の言葉に、自信はなさそうながら苺がうなずくと、恵利香以外のみんなが穴を検《あらた》めはじめた。

行方不明者の人骨でも見つかるのではないか……と誰もが考えているのは明らかだったが、だからといって実際にそんなものが出てくれれば、この場から一目散に逃げていたかもしれない。

結局は何の発見もなく、そのまま全員で左手の通路に入る。

先頭は苺である。行く手に何があるのか分からぬ暗闇へ、自分が真っ先に足を踏み入れることに、彼女も少し躊躇《ちゅうちょ》する様子を見せた。しかし好奇心の方が勝ったのか、騎嶋が手渡した懐中電灯を点《とも》すと、ゆっくりと最初の一歩を踏み出した。

通路は大人が余裕を持って歩けるほどの幅がある。とはいうものの半ば手探り状態で辿《たど》るためか、実際よりも狭く感じられる。踏みしめる床も、片手を這《は》わす両側の壁も、ふりあおぐ天井も、すべて石組だった。

「まるで古城の地下通路みたいね。そんなとこ歩いた経験ないけど」

後ろで響く玲子の感想は、まさに全員の思いを代弁している。

鉄柵《てっさく》の扉から玄関ホールに入り、そのまま通路へ進んでいるため、言うまでもなく地下のはずがない。にもかかわらず周囲に、じめじめとした湿気を感じてしまう。地下水が天井から落ちる音さえ聞こえるように思える。すべて錯覚に違いないのに、そんな妄想が止まらない。

「この通路って何度も曲がってるけど、俺たちは外の鉄柵に沿って、車を駐車した方へ進んでるんじゃないかな」

帖之真の指摘通り、途中でいくども通路は折れ曲がりながらも、常に同方向へと進んでいる感覚がある。

「そうですね。方角としては、西に向かっているはずなんですが——あっ、こんなところに枝道があります」

苺が突然、驚きの声をあげた。

彼女の懐中電灯に加え、接近したカメラのライトが照らし出す右手の壁には、縦に細長い筋のような空間が開いている。

「枝道って言うよりも、大きな壁の亀裂《きれつ》みたいね。えっ、苺ちゃん入るの?」

後ろから覗《のぞ》き込む玲子が心配するように、大人が身体を横にしないと入り込めない隙間である。そこに苺が半身を入れたため、彼女は慌てたらしい。

「ずっと奥まで続いていて、途中で曲がっているようですが、これも通路の一種みたいです。ひょっとすると今までも存在していたのに、うっかり見落としていたのかもしれません」

苺は隙間の奥を懐中電灯で照らしつつ、そう言って悔しがった。

「とりあえず今の目的地は、お弁当広場だからさ。苺ちゃん、先に進もう」

それでも帖之真の言葉で気を取り直して、再び歩き出した。

やがて前方が、薄ぼんやりと明るくなってきた。しばらく進んで左手に折れると、もう少しだけ通路が延びており、その先は意外にも開放感のある野外へ、それも何とも奇態な風景の中へ、みんなが飛び出す羽目になった。

「へぇぇ、思ったよりも綺麗《きれい》じゃないの」

玲子は感嘆の声をあげると、通路から出た先に広がる石畳の空間を歩いて、さらに先の石段を苺よりも先に下りかけたのだが、

「……でも、よく見るとまったく手入れがされてないわ。それに周囲の彫像の趣味が良くないというか、正直どれも気味が悪いわね」

前言を撤回する台詞《せりふ》を口にして、やにわに立ち止まった。

そこは緑の迷宮だった。生垣を迷路状に配することで、幾何学的な美を表現するか、

もしくは本物の迷路を作り出すか、この二種類に分かれるのが迷宮庭園である。両者の一番の違いは、何と言っても生垣の高さにある。前者が大人の腰くらいだとすると、後者は頭上をはるかに越えるほど伸び上がる。その中で実際に迷うことを意図しているかどうかで、この差が出ると言っても良い。

目の前の緑の迷宮は、明らかに前者だった。ただし玲子が無気味に感じたように、迷宮には醜悪な容姿の怪物の彫像が、あちらこちらに佇《たたず》んでいる。しかも生垣は刈り込まれて整えられぬまま不細工に伸びており、何とも無惨な姿をさらしている。その酷《ひど》い有様は当然、本来の迷宮庭園とは似ても似つかない。

「最初から廃園として造ったんだから、そりゃ手入れなんかしないだろ」

玲子の横に帖之真は並びながら、

「もっとも廃れた光景が当初からのものか、ここが無人になってから荒廃したのか、どっちにも見えるけどな。まっ、そんなことより真ん中にベンチとして使えそうな石もあるしさ、ここで昼にしようや」

緑の迷宮の中央には、円形の睡蓮《すいれん》の池があった。周囲には墓石を横倒しにしたかのような、長方形の石が四つ見える。てんでんバラバラに、まるで適当に転がしたみたいに置かれているのが、また何とも薄気味が悪い。

「これじゃ仲良くみんなで向かい合って、というわけにもいかないか」

しばし帖之真は思案してから、それぞれの石の両隅に弁当とペットボトルの茶を置くようにと、シンと恵利香に指示した。

「あとは椅子取りゲームよろしく、いち早く自分の好きな場所に座るということで、いいんじゃないか」

そんな昼食のルールを彼が口にしたところへ、ようやく通路から最後に顔を出した騎嶋が、いきなり注文をつけはじめた。

「ここは絵になりますね。カメラを回しますから、みなさん適当に、生垣の間を歩いてもらえませんか」

「そこまでしなくてもいいのに……」

ぼそりと玲子が愚痴めいた台詞を漏らしたが、ひとりを除く全員が言われた通りに、周囲を散策している素ぶりをした。

問題のひとりである東男は、ベンチ代わりの石に早くも腰かけている。もちろん騎嶋も気づいていたが、完全に見て見ぬふりをするつもりらしい。

「ふん、差し詰め荒れた庭園の中を彷徨《ほうこう》する、ゾンビってとこか」

緑の迷宮の中心点からみんなの演技を見回しつつ、東男が憎まれ口をたたく。もっとも当の役者たちには聞こえない程度の囁《ささや》きで。

この男の言動は、当然ほめられたものではない。それでも荒廃した生垣の中に林立する動かぬ怪物たちに交じって、うろうろと人間が歩く眺めが、さながらゾンビのようだという見立ては、あながち間違っていなかった。

「苺ちゃん、憧《あこが》れの廃園の中に入った感想は？」

ぎこちない動きを見せている彼女を気遣ったのか、玲子が話しかけた。

「とっても面白いです。最初から廃園全体のイメージがあったわけではなく、おそらく個々の場面場面をつなぎ合わせて、こういう風に造ったと思うのですが、それが見事に味になっているといいますか――」

「その味が私には、まずく感じられるんだけど……」

「ええ、決して美味ではありません。珍味とも違いますし……やっぱりまずいという表現がぴったりかも」

苺は賛同しつつも、自然な笑みを浮かべている。

「そうは言っても苺ちゃんには、きっと惹《ひ》かれるものがあるんでしょ。この無気味な雰囲気にも？」

「はい。もちろんすべてが、自分の好みではありません。けど……面白いなとは感じます。ただ私なら、こういった風景の中に人間を置きます」

「人間を、置く？」

「あっ、いえ……例えば今、みなさんが歩いているような感じです。どうも一藍氏は自分だけのために、この廃園を造った様子がうかがえます。彼以外の人間がこの中に身を置く光景など、端《はな》から頭になかったといいますか……」

「ああ、そういうこと。人間不在ってやつね」

「こういう風景の中に人を配してこそ、もっと面白味が出ると――」

「うわあぁっ！」

そのときシンの絶叫によって、二人の会話が中断した。

「どうしたぁ？」

帖之真が後輩を心配する声をあげ、全員がシンのいる場所へ駆けつけた。

そこは玄関ホールから辿った通路の出口の、ちょうど反対側に位置する場所だった。尖頭アーチを抱いた新たな別の入口の前にあたる。

緑の迷宮の外れらしく、生垣も高く壁のように聳《そび》えており、向こう側を覗くことはできない。緑の壁の左右に目をやると、同じような尖頭アーチを持つ扉が三つ見える。どうやら彼は真ん中の扉を開けたところで、あの大きな悲鳴をあげたらしい。

「怪奇俳優志望のお前でも、腰を抜かすほどの恐ろしい化物が、その向こうに潜んでいたのか」

特に怪我もしていないと判断したのか、帖之真が冗談めかしたのだが、

「あ、ある意味……ど、どんな怪物よりも、恐ろしいっす……」

シンは完全に動揺しているらしい。

「何だって？　一体どういうことだよ」

「あぁ、帖さん！　ダメっすよ。落ちたらどうするんすか！」

帖之真が扉に手をかけて開けるのと、シンが先輩の身体を引き戻したのが、ほぼ同時

だった。

「な、何だぁ、これは……」

扉の向こうは、まさに断崖《だんがい》絶壁だった。そこにはわずかの余裕もなかった。扉を開けて一歩でも踏み出せば、そのまま真っ逆さまに墜落するしかない、まったく恐ろしい中空だった。

「し、死ぬかと思った……」

今ではシンよりも帖之真の方が、はるかに動揺している。

「シン君、よく無事だったわね。こんな扉……私だったら……」

そこまで言って自らの運命が頭に浮かんだのか、玲子が身震いした。

「いやぁ、ほんとに危なかったっす。開ける瞬間に、扉の向こうから風が唸《うな》るような音が、ふっと聞こえたんすよ。とっさに身をひいたから助かったけど、そうでなかったら今ごろは……」

「他の二つも同じなのか」

帖之真とシンは手分けして、残りの扉も調べた。その結果、あとの二つの扉も同じ仕掛けだと分かった。あえて違いをあげれば、左手は断崖の要所要所に岩の突起が出ており、右手は数メートル下に出っ張りが見える。という差異だろうか。

「これって、どういうことっすか」

「さあなぁ……。確実に言えるのは、左手の扉から出ると、岩の突起に身体を打ちつけながら落ちて行く羽目になり、真ん中だと何の障害物もなくまっすぐ落下して、右手だと運が良ければ出っ張りの上に落ちて助かるけど、そこで餓死を持つことになる——ってことかな」

帖之真の妙にユーモラスな口調——ただし目は笑っていない——に対して、

「一藍の罠《わな》よ！　ここに忍び込んだ者が、何も知らずに扉を開けて墜落死するように、頭の可怪《おか》しな作家が考えたのよ」

玲子が怒りと恐れの混じった声音で叫んだ。

「どうやら彼は、ここに入る人間のことも考えていたようよ。ただし苺ちゃんが考えるように、風景の一部としてではなく、あくまでも排除すべき存在としてだけど」

「それにしても、お二人とも無事で良かったです」

まるで自分が崖《がけ》から落ちかけたかのように、騎嶋の顔色は悪い。

「ちょっと、いくら何でもこれは……」

そこで玲子がカメラの方に視線を向け、何か文句を言いそうになった。こんな状況なのにカメラを回す無神経さに、思わず腹を立てたようである。

しかし辛《かろ》うじて思い留《とど》まったのか、そのままそっぽを向いた。

「よし、今後は扉を開けるとき——いや、それだけじゃすまないな。この中でのすべての行動に関して、各人が充分に注意するようにしよう」

帖之真がまとめると、みんなで迷宮の中央に戻って、ようやく遅い昼食をとった。

もっとも帖之真が提案した椅子取りゲームはなく、みんなが適当に、それぞれ石の上に腰かけた。誰もがあまり食欲を見せずに、会話も一向に弾まないまま、まるで通夜の席のような暗い雰囲気が、睡蓮《すいれん》の池の周囲に漂いはじめた。

# 9　奇妙な門番

「ちょっと恵利香、いつまで食べてるのよ」

みんなの弁当箱とペットボトルはとっくに空なのに、まだ彼女のものが半分くらい残っているのを目にして、玲子が後輩をしかった。

「ジュースを飲むのも遅かったけど、今は全員が一緒にお昼を食べて――」

「これから強行軍なんだから、ゆっくり食わせてやれよ」

すぐに帖之真がかばう発言をしたが、そんな彼も本心では呆《あき》れているように見えるためか、玲子が首をふりながら、

「でも帖さん、こういう団体行動には早いうちに慣れさせないと、のちのち苦労するのは、この子なんだしさ」

「そうだな。玲子のように男並みの早食いになる必要はないけど、苺ちゃんくらい普通に食べられないとな。いや、それにしても玲子こそ、弁当を食べながらも、心は目の前の飯にあらずって感じだったぞ」

とっさに出た軽口をごまかすためか、帖之真が当人に突っ込みを入れた。

「えっ……」

ところが、そう言われた彼女の表情が見る間に強張《こわば》っていく。

「やたらに周囲を見回してたじゃないか」

「そ、それは……」

「トイレでも探してたか」

ふざけた感じの物言いながら、帖之真はじっと彼女の顔を見つめている。

「おいおい、玲子らしくもないな。何だよ？　はっきり言えよ」

「もちろん気のせい……だと思うんだけど、私たちがここに来てから、まわりの怪物が動いてるような……」

「何ぃ？」

「だから気のせいだって——」

否定する言葉とは裏腹に、やはり玲子は不安を覚えているらしい。

「あのー私も実は、そんな気がしたんですけど……」

その証拠に玲子は、遠慮がちに苺が口を開いたとたん、

「やっぱり！　そうよね？　どの像が動いたのか、はっきり指摘できるわけじゃないけど、最初に目にしたときと何かが、どこかが違うなっていう感じがあるのよ」

「玲子さんだけならともかく、苺さんも同じような感覚に陥ったのなら、ちょっと無視できませんね」

「さっきの罠のような扉のこともあるし……このままロケハンを続けて、本当に大丈夫なの？」

騎嶋の問題発言に怒ることなくロケハンの心配をする玲子は、かなり〈魔庭〉に対して危機感を持っているように見える。

「ずいぶんと進んだ気がするけど、まだ入口のあたりなんでしょ」

そう言いながら彼女はポケットから煙草を取り出すと、一応は苺にも勧めてから一服した。苺が断わったのに対して、横から手を出した恵利香には、「未成年でしょ」と一喝している。

「そうですね。通路の中で籬さんが仰《おっしゃ》ったように、私たちは鉄柵《てっさく》に沿うように進んだはずです。つまり東の玄関ホールから西の緑の迷宮へと、ほぼ一直線に移動した形になります」

苺は手書きの地図を示しながら、

「西側は断崖絶壁だと分かりましたので、ここからは北に向かうしかありません」

北側に並んで生えている糸杉の中に見える門扉に、みんなの注意を向けた。

「本格的に〈魔庭〉の中に足を踏み入れるのは、これからってわけか」

帖之真が考え込む仕草をすると、玲子が問題を提起する口調で、

「そうよ。なのに危うく墜落させられかけた扉や、知らぬ間に動いている怪物の像なんかがあって……すでにヤバくない？」

「一藍の造った〈魔庭〉の中ですからね」

騎嶋の無責任なつぶやきに、玲子はカチンときたのか、

「だから、そんな頭の可怪しい作家の妄想を実体化した場所の奥へと、このまま何の知識も持たないまま、のこのこと入り込んで大丈夫なのって、私は言ってるのよ！」

「いえ、それはそうですけど……。そういった危険がないかを調べるのも、今回のロケハンの目的でもあるわけでして……」

「玲子、本気なのか。引き返した方がいいと、本気で思ってるのか」

しどろもどろの騎嶋とは違い、帖之真が真剣な表情で逆に彼女に問いかけた。

「えっ、うん……」

玲子の返答はあやふやだった。不安を感じているのは間違いないが、この場から撤退するのが得策なのかどうか、いざとなると判断ができない。という気持ちを表すような態度である。

騎嶋が困惑した顔つきで周囲に目をやるが、東男はさっと顔をそらして、彼と視線を合わせないようにしている。帖之真は玲子の様子をうかがい、恵利香は先輩を心配そうに見つめ、苺は成り行きを見守っているらしい。

そんな中でシンだけが、そわそわと落ち着かなげだったが、

「玲子さん、せっかくここまで来たんっすから、もう少し先まで行きましょうよ。俺、今回の映画で、はじめて自分のやりたい役をもらえるんすよ。あっ、いや……自分勝手

なこと言ってるかもしれないっすけど、もうちょっとだけ様子を見ませんか」

半ば訴えかけるように玲子に詰め寄った。

「そうね。戻るっていう判断は、まだ早かったかもね。私の方こそ、自分の感覚だけで言って――ごめんね。作品に対する想いは、それぞれに持ってるんだもの。そう簡単に捨てちゃいけなかったわ」

シンに詫《わ》びるように玲子は微笑んだが、かといって完全に不安が払拭《ふっしょく》されたわけではなさそうである。

「飯の前にも言ったけど、とりあえず各自が注意を怠らないこと。そういう心構えでいこうぜ！」

彼女の様子に誰よりも早く、帖之真は気づいたらしい。ことさらに元気よく声をあげて、みんなを鼓舞しようとした。

「……後悔しなきゃ、いいけどな」

ところが、ぼそっと口にした東男の言葉が、その場の空気を一気に重苦しいものに変えてしまう。

「ぶ、部長……。せっかくみなさんが、やる気になって下さったんですから……」

さすがに騎嶋も呆れたのか、口調は柔らかいながらも批判的な物言いをした。しかし当の東男は、そっぽを向いたまま無視している。

「それで恵利香ちゃんは、もうお弁当はおすみでしょうか」

唐突な帖之真の問いかけと、彼女の天然惚《ぼ》けの返しによって、辛《かろ》うじて明るさが戻ったところで、

「よし、じゃあ出発しよう！」

張りのある帖之真の発声によって、一行は先に進みはじめた。

緑の迷宮の北側に壁を作っている糸杉の群れの、中心部分と西端のほぼ真ん中あたりに、彼らが辿《たど》るべき門扉はあった。

鉄製の門扉の格子の間には、向こう側を容易に覗《のぞ》けないほど蔦《つた》が複雑に絡まり合って繋っており、さながら緑の扉とも言うべき有様である。両側の門柱は煉瓦《れんが》積《づ》みながら全体に風化が目立ち、頭上のアーチ部分は少し強い地震でもあれば、たちまち崩れ落ちそうに見える。しかし何よりも強く目を惹《ひ》かれたのは、門柱の前に向かい合って立つ二体の怪物像だった。

「こいつら、門番ってわけか。それにしても他の像とは少し違うな。どこかユーモラスとでもいうか」

真っ先に近づいた帖之真の感想通り、二体の像は明らかに緑の迷宮の中に凝立する怪物たちとは容姿が違っていた。しかも左右の像を比べると、姿形からポーズまでが正反対だった。左手の像の顔は長細いのに、右手は真ん丸である。左は笑っているのに右は怒っている。片や両手を前に出しているが、片や腕組みをしている。立っているのと座っているの。服を着ているのと真っ裸の。という風に、ことごとく対比できる面白さが

二体にはある。

「ホラー作家の頭の中は、怪奇と幻想だけじゃないわけか」

帖之真が蔦の門扉を開けると、すぐさま足元に石段が現れて、その先に一本の道が延びていた。両側には土色の煉瓦壁がそそり立ち、まるで古代の遺跡の中の路地にでも迷い込んだ眺めである。

「廃園と言っても、緑ばかりじゃないんだな」

意外そうに帖之真はつぶやいたが、すぐ叫ぶように、

「おい、見ろよ！　塔があるぞ」

彼が指差す北の彼方《かなた》に、とんがり屋根を頂く石塔らしき建造物の上部が、ひょっこりと森の向こうから頭を出していた。

「一藍氏の住居でしょうか」

遠慮がちに帖之真の横から首を出した苺は、もう興味津々の顔をしている。

「あんな奇妙な塔に住んでたわけ？」

玲子は理解できないと言わんばかりの声を出したが、

「実際の住居かどうかは分かりませんが、この〈魔庭〉全体を見渡すための、一種の見張り台のようにも見えます。もしそうなら塔の近くに、きっと彼は住んでいたのではないでしょうか」

あくまでも苺は真面目に、自らの考えを口にした。

「一応あの塔を目標に進むか」

帖之真は判断を下すと、それまで通り苺に先頭を譲った。そこから再び一列に並び、一行は〈魔庭〉を進み出した。

石段を下りて狭い通路を歩く苺の後ろ姿は、今にも古代遺跡に呑《の》まれてしまい兼ねない頼りなさを見せている。

ところが、その視線が絶えず左右の壁に向けられはじめると、彼女の覚束ない雰囲気が一変した。玄関ホールから辿った隧道《すいどう》の中に認めた、例の枝道のような隙間と同じものが、いくつも現れ出したからである。

「これも一種の通路と考えて、まず間違いなさそうですね」

興味深そうに隙間を覗き込む彼女の顔は、一端の研究者の表情になっている。

「なぜこんなに幅が狭いのか、それがよく分かりませんが、ひょっとすると庭内のルートに変化をつけるためかもしれません。わざと歩行を困難にして――」

「うわあぁぁぁ！」

後方で悲鳴が起こった。

苺がふり向くと、帖之真、玲子、恵利香、騎嶋が同じようにふり返っており、石段の途中では東男が下りかけた状態のまま、後ろを向いて固まっている。

全員の視線が集まった先には、倒れた二体の門番像の下敷きになって、まったく身動きできないでいる天本シンの姿があった。

# 10　古代遺跡

「シン！　大丈夫かぁ！」

帖之真の叫びが切っかけとなり、全員が口々にシンの名を呼びながら門扉まで急いで戻ってきた。

彼は緑の迷宮側から見て、頭を門扉の向こうに出した恰好《かっこう》で倒れている。その上半身には左の門番が被《かぶ》さり、脚の上には右手の像が横たわっていた。

「……間一髪っすよ」

みんなが自分のまわりに来るのを待っていたように、シンが漏らした。

「これは……像が両手を前に出していなかったら、もろに直撃されてましたね」

騎嶋の言うように、左の門番は倒れていながらも、伸ばされた両手が地面に突き刺さっているため、シンの身体との間に隙間ができている。

「けど脚は、やられたようっす」

帖之真と騎嶋は二体の像をまたいで緑の迷宮側へ戻ると、まず左手の門番を起こしてから、右手の像に取りかかった。

「あぁっ、ゆっくりお願いします……ううっ……」

像で右脚の脹《ふく》ら脛《はぎ》を打ったと訴えるシンが、痛みをこらえる表情を見せながらもうめいている。

「骨が折れてる感じとかするか」

「いえ、そこまで酷《ひど》くはないっすけど、しばらく動かない方が――」

帖之真が同意していると、シンを心配しながらも玲子が気味悪そうに、

「これも一藍の罠《わな》なの？」

「……わ、分からないっす。みなさんが通ったときには、何ともなかったのに、最後に俺が通り抜けようとしたら――」

「いきなり、ぐらっと？」

「ええ。すぐ脚に衝撃を感じて……。でも気がついたら、もう自分も二つの像も倒れてましたからね。だから、どういう状況だったのか、俺にもさっぱりっすよ」

二人の会話に耳をかたむけていた帖之真が、

「豪ちゃん、どうする？」

「シン君には気の毒ですが、ここに残ってもらうしかないですね。この先どう進むのか分かりませんが、我々が戻ってくるとき、ここは間違いなく通るでしょう」

そう言いながらも騎嶋は、苺に顔を向けて確認をとった。

「だから彼には、ここで待っていてもらいましょう。もし脚の具合が良くなったら、追

いかけてくるということで」

「シン、そうしろ。ここで無理すると肝心の本番のとき、脚が役に立たなくなるかもしれないからな」

「はい、分かりました。俺に構わずに、どうか行って下さい」

そのとき苺が、〈魔庭〉の地図をシンに渡した。いぶかる彼に、あとから追いかけてくるときに必要になるからと、少し照れた様子で説明した。

「けど、地図がないとみなさんも――」

シンは渋ったものの、ほぼ覚えているという苺の発言と、地図がなければ彼の合流も難しいのは間違いないため、あっさりと決着がついた。

「最終の目的地は、このあたりになると思います」

苺が地図を指差しながら、一行が辿る予定のルートをシンに説明した。もしも途中で誰かはぐれる羽目になっても、別行動をとる必要が出ても、全員が集まる地点は同じなので、シンにもそこを目指すようにと教えている。その目的地とは帖之真が最初に目にして叫んだ、あの塔のあたりと思われる場所だった。

「弁当を食べた石のベンチまで、俺がだっこしてやろうか」

ニヤニヤしながら帖之真が訊《き》くと、むすっとしながらもシンは真面目な顔つきで、

「いいっすよ、ここで。みなさんは先に行って下さい。俺もなるべく早く、あとを追いかけますから」

そこで再び一行は、古代遺跡の路地のような空間まで戻った。

道は途中で鉤《かぎ》の手に左右どちらかに折れて、またすぐに北へと延びる……という繰り返しである。よって数メートル先までしか常に見通せない。しかも直線の道の左右のどこかに、例の細い枝道が現れるという案配で、今にも前方の角や壁の隙間から、ひょいと何かが顔を覗《のぞ》かせそうな不安を覚える。

そんな怯《おび》えを玲子が、あたかも払うような口調で、

「ちょっと前まで、一体どこに十億近いお金を使ったのよ――って思ってたけど、こんな山の中に、こんな妙なものを、一から造ったんだとしたら、確かにいくらあっても足りないでしょうね」

感心しながらも呆《あき》れたように、廃園の感想を口にした。

「しかし一藍は、ここに住んでたんだろ」

すると帖之真がたった今、ふと思いついたという風に、

「滅多に外へ出なかったにしろ、食料の調達など最低限の外出は必要だったはずだ」

「確かに、とっても不便よね」

「苺ちゃんの地図によると、彼の住居は最深部にあるらしい。となると彼は、外へ出るにも内へ戻るにも、いちいちこの長ったらしいルートを辿《たど》ってたのか。それを楽しんでたんだろうか」

苺は少しふり向きかけたが、すぐに前を向いて歩きながら、

「実は私も、そのことを考えてたんですが――。玄関ホールにあった小さな扉が、一藍氏の住居へと続く、実は最短通路の出入口だったのかもしれません」

「あの扉が？　いくら何でも無理よ」

玲子が即座に否定するも、苺は動じることなく、

「例の小さな扉から出入りする、という意味ではありません。あれを開けると隠し扉の仕掛けを作動させる装置があって、目の前の壁のどこかが開くとか、右手の穴だらけの壁の一部にもっと大きな穴が開くとか」

「なるほど。一藍専用の隠し通路ってわけね」

「はい。勝手気ままに廃園内をうろつく以外で、目的があって外に出なければならないときのために、専用の通路を用意しておいたとは考えられないでしょうか」

苺が自分の解釈を述べていると、十字路に差しかかった。

「ここから覗いた限りでは、どの道も先に何があるのか、まったく分かりません」

苺の説明によると、三つの道とも少し先で鉤の手に折れているらしい。

「地図では、まっすぐ進むと小さな森で、右手に行くと迷路になっており、左手は何も記されていなかった――はずです」

「よし分かれよう。苺ちゃんと豪ちゃんは、このまま直進する。玲子と恵利香ちゃんは右だ。俺と部長は左へ行く」

帖之真がテキパキと二人ずつの組に分けた。

「どこか別の場所に出たら――つまり小さな森や迷路があったら――その状況をよーく観察してから、ここまで戻ってきて報告する。そして全員で検討して、どこを目指すかを決める――っていうのはどうだ？」

「苺ちゃんが、このロリコン中年と一緒なのが何とも心配だけど、私は帖さんの提案に賛成だわ」

「だ、誰が中年なんですか、失礼な。まだ三十三ですよ」

「豪ちゃん、怒るべきはロリコンって部分だろ」

玲子と騎嶋と帖之真が軽口をたたき合っただけで、誰も異存はなかったので、その十字路で三方に分かれた。

騎嶋は苺を前にしてまっすぐ進みながら、彼だけが何度も後ろをふり向いている。右手の道に入った玲子は自分が前を歩きつつも、やはり後ろを気にしている。先輩につられて恵利香もふり返るばかりである。

この三人に比べると左の道を選んだ二人の男は、まるで目的地が分かっているかのような足取りで、どんどんと歩を進めた。そして他の二組よりも先に最初の角を折れ、あっという間に姿を消してしまった。

# 11　密　談

「東英部長、単刀直入に訊きますけど、ロッソは大丈夫なんですか」

何とも奇妙な斜面を下りながら、帖之真が突然そう切り出した。

他のメンバーと別れた十字路の先で、最初の角を曲がって以降、彼は自分たちの跡を尾《つ》ける者がいないかどうか、ずっと警戒している態度をとり続けた。それが払拭《ふっしょく》されたかに見えたとたん、いきなり核心をつく台詞《せりふ》を吐いた。

「何なんだ、ここは？　この〈魔庭〉自体が謎なのは分かるけど、それにしても一体この場所に、どんな意味があるんだ？」

ところが、ストレートな帖之真の質問をかわすように、ひたすら東男はあたりを見回している。

とはいえ彼の戸惑いも無理はなかった。二人の辿った通路が途切れた先に広がっていたのは、いきなり下降する斜面と、そこに林立する大理石の円柱、石造りの尖塔《せんとう》、錆《さ》びついた鉄柱……といった高さも太さもバラバラな棒状の物体の群れと、それらの間に棲《せい》息《そく》するかのように垣間見える、万国の神話に登場する怪物たちの彫像……という異様な眺めだったからだ。

「ここの造形物に意味を求めても、きっと仕方ありませんよ。あの像が――」

帖之真は話をそらされても怒らずに、ひとつの大理石像を指差しながら、

「ギリシア神話に登場するメドゥーサです――と言ったところで、そこから読み取れる意味など何もないんですから。すべては一藍の脳内庭園ってわけです」

「ふん、なら一藍って作家の頭の中は、どうしようもないほどイカれてた……ってことで間違いないな」

「程度の差こそあれ、ホラー小説家という人種は、そういうもんでしょ。我々のような俳優も、同じかもしれませんが……」

「私は俳優じゃない。大体こんなとこに、いること自体が変なんだ」

「そんな可怪《おか》しい事態が起きている。それは取りも直さずロッソさんが、会社として妙になってるからじゃないんですか」

当初の自分の問いかけにうまく帖之真が戻したところで、再び東男は話題を変えようとする素ぶりを見せたが、急に開き直った口調で、

「遅れているギャラは、来月中には何とかするから、もう少し待ってくれ」

「それはいいんです。いいえ、決して良くはないけど、ちゃんと支払ってもらえるのなら、少々の遅延くらい文句は言いません」

「それなら、もういいだろ」

「豪ちゃんは冗談めかしてましたが、社長が資金集めで走り回っているって、あれは本当のことですよね」

「…………」

「でも、それが今回の映画を撮るための資金というのは、どうなんですか。その前に、会社をつぶさないために必要な——」

「おい、どこから聞い……い、いや、誰が一体、そんな噂を流してるんだ！」

東男が顔を赤らめて怒鳴ったが、帖之真は真摯《しんし》に心配する様子で、

「業界は狭いですからね。特定の誰からというより、その手の噂は遅かれ早かれ流れてくるものです。だからといって使ってもらう立場の俺が、もちろん口出しすることじゃありません。けど俺もホラーが好きだからこそ、ロッソさんとお仕事をさせてもらってるわけですよ。だから、その好きな会社が生き残るためとはいえ、もしもその手の分野に手を出すのであれば——」

「な、何の話だ？」

「この際はっきり言いますが、アダルト物ですよ。それも——」

「よりによって、何をバカな……」

「かなりヤバいところから、借り入れがあるそうじゃないですか。しかも一気に清算するために、ある種のビデオ制作を、そのヤバい筋から示唆されている……。そうなると考えるまでもなく、一番もうかるのはアダルト物です。でも、あの業界は競争が激しい

ですから、新規参入で売れるものを撮るためには、どうしたってマニア物に走らざるを得なくなります」

「う、うちが、SMやロリコンやスカトロ物でも、や、やるって言うのか！」

「具体的なことは分かりませんが——」

「社長の兄の洞末新一《しんいち》が、業界でも有名なプロデューサーなのは、君もよく知ってるだろ。その弟の会社が、そんな——」

「でも社長は、お兄さんの新一さんとは、非常に仲が悪いって聞いてます。つまり向こうの立場を考えるような——」

「ひ、ひとの家庭のことなど、兄弟間の関係など、おいそれと分かるもんか」

「そうですね。あくまでも噂ですから。けどロッソさんの噂に関しては、かなり信憑性《しんぴょうせい》があるって俺はにらんでます。そんなに短い付き合いじゃないので、噂だけで判断したつもりもありません。本当はどうなんですか、東英部長？」

あくまでも冷静な帖之真の態度に、東男は何も返せないでいる。

「俺も男ですから、アダルト物を否定するつもりはありません。ある意味、その必要性は充分に認められるべきだ、とも思ってます。ただ——」

帖之真はいったん言葉を切ってから、

「小説や映画のホラー分野が、今日ここまで大衆化したにもかかわらず、少しでも子供が残虐な事件を起こすと、または子供がその手の事件の被害者になったとたん、自分だけが有識者だと思っている連中が、必ずホラーたたきをします。そういう記事を読んだり意見を聞いたりするたびに、子供が被害者の性犯罪に対して叫ばれる、児童ポルノの取りしまりと完全に同じ論調であることに、俺は激しい憤りを覚えるんです。いいですか、児童ポルノは犯罪ですが、ホラー映画は犯罪じゃない！」

帖之真は右手を拳《こぶし》にして盛んに力みながら、

「児童ポルノは、たとえ出演している子供が納得ずくだったとしても、当然のごとく許されざる重罪ですが、ホラー映画は無惨にも殺される犠牲者役の大部屋女優が、どんなに納得していなくても罪にはなりません。なぜなら、前者は卑劣な極悪非道の畜生にも劣る犯罪行為ですが、後者はすべてが虚構の完全な娯楽だからです」

「おい、何もうちの会社は――」

「待って下さい。もちろんロッソさんが、児童ポルノに手を染めると確信してるわけじゃありません。でも言ったように、ロッソさん規模の会社が新規参入して成功するためには、なまじの企画をやっても無理です。そんな現実は俺が指摘するまでもなく、部長も分かっているでしょう。社長ならなおさらです。だからこそ俺は疑ってるんですよ。単に噂だけに踊らされている、アホじゃないつもりです」

「それは……」

「もちろん、いきなりハードな作品は撮らないでしょう。とはいえマニア物には走らざるを得ないんじゃないですか。そうなると次第に、より過激に、より極端に、と深みにはまっていくのは目に見えてます。俺は、ホラーマニアの間で高い評価を受けているプロフォンド・ロッソに、そうなって欲しくはありません」

「…………」

「シンのことも考えてやって下さい。あいつは怪奇俳優になりたくて、テレビのヒーロー物〈カメレオンマン〉をけって、ロッソさんの今回の作品を選んだんです。それには将来のロッソさん企画のホラー映画に対する、彼なりの意欲もあると思います。でも、そうじゃない方向に進んでしまったら……」

「ホラーだけじゃ食えないから、アダルトもやる。企業としては、別に当たり前のことじゃないか」

「ですから――」

「まぁ待て、最後まで聞け。ホラーとアダルトの二本柱など、一向に悪くないと個人的には思う。背に腹は代えられんからな。しかし、だからといって、うちがアダルトもやると決まったわけじゃない」

東男の台詞《せりふ》を耳にして、帖之真の顔に希望めいた表情が浮かんだ。ただし完全には信じられないのか、まだ疑っている様子が垣間見える。

「企画部長の俺が言うんだから、これほど確かなことはないだろ」

相手の疑いを肌で感じるせいか、東男は太鼓判を押すような物言いをした。それでも帖之真が納得していないように映ったのか、

「よーく考えろよ。あのホラーしか頭にない朴念仁の社長が、アダルト物に手を出すと思うか。いかにホラーを撮るためとはいえ、自分に興味のない分野をやる人じゃないだろ。ましてアダルトなんて――」

「――分かりました。今は部長を信じます」

半信半疑らしい帖之真だったが、これ以上の話は無理だと考えたようである。

「先に行っててくれ。少し休んでから追うよ」

さらなる突っ込みを、どうやら東男は警戒したらしい。一緒に戻った場合、その途中で話を蒸し返されるかもしれない。その危険を避けているのが見え見えである。

「それじゃ、あとで合流しましょう」

いち早く帖之真も察したのか、軽く手をあげてその場を離れた。

こうして奇妙な斜面の世界には東男英夫と、とある太い柱の陰から無気味に伸びている、ひとつの影だけが残った……。

# 12 惨劇

「大した役者でもない若造が、偉そうな御託を並べやがって――」

帖之真の姿が完全に消えるのを待って、その場に東男は座り込んだ。

「そもそもこんなとこに、なぜ俺や騎嶋が来なきゃなんないんだ。あいつは好きでやってるにしろ、本来の営業課長の仕事があるだろ。だいたいが役者でもない癖に、これまでの〈怪探シリーズ〉なんかでも、やたらと顔を出しやがって。予算の削減だと偉そうに言ってるが、要は出たがりなだけじゃないか」

ひとり言めいた愚痴だったのが、少しずつテンションが上がっていく。

「いや、あいつのことはどうでもいい。俺なんか来たくもないのに、急ぎの仕事を後回しにされて迷惑もいいとこだ。最初っからこんな茶番劇なんぞ、社長の洞末ひとりで充分だろうが！　なのに社員を二人も使いやがって、そういうバカしてるから会社がかたむくんだよ！」

ついには怒りに吠《ほ》えるくらいまで、その口調が激しくなった。

そんな犠牲者の様子をうかがいながら、影は背負っていたリュックの中から非常にコンパクトに畳まれた真っ黒な雨合羽《あまガッパ》の上下を取り出すと、ゆっくりと着込んだ。

やがて身支度を終えた影は、次に目と鼻と口の部分が網目になった、やはり真っ黒なマスクを被《かぶ》ると、おもむろに黒い手袋をはめ、それまでに整えたすべての準備を確認するかのように一通りチェックを行なった。

それから最後に、真っ赤な柄を持つ、曇天の下でも鈍く光る大ぶりのナイフを取り出して右手に持ち、そおっと柱から柱へ円柱の陰に隠れながら、静かに忍び寄るようにして、少しずつ切り裂くべき相手に近づきはじめた。

「何が〈魔庭〉だ。何が呪われた場所だよ。単なる頭の可怪《おか》しな物書きが、たまたま手にしたあぶく銭をムダ遣いしただけじゃないか。己の妄想を実体化させるために、せっかくの大金をドブに捨てたわけだ。まったくバカバカしい限りだよ。そういうアホな場所の廃墟《はいきょ》を舞台にして——おっと、ここは最初から廃墟として造ったのか。はっ、はっはっは っ……」

という空虚な笑いが、ふっと急に途絶えた。

ぽかんと口を開けたまま斜面に座り込んだ東男と、その少し下の円柱の陰からぬっと姿を現した影が、無気味なほどの静寂の中で対峙《たいじ》している。

「……お、お前は?」

ほんの一瞬だけ東男の瞳《ひとみ》に、影の正体が分かったような輝きが見えた。だが、すぐに自らの考えを否定したのか、ふるふると盛んに首をふっている。そして遅蒔《おそま》きながら、

ようやく恐怖を感じ出したようで、

「お、お前は……だ、誰だ？　ここで、何をしてる？　どうして俺に、そんなものを向ける？」

相手からの答えを期待していないことは、そう口にしながらも彼が、後ろ向きのまま必死に斜面を上ろうとする様からもよく分かる。

「く、く、来るなぁぁ！」

ついに東男は叫び声をあげると、立ち上がって斜面を駆け上り出した。

しかし残念ながら、彼は革靴なのに対して、影はウォーキングシューズである。ただでさえ滑る革靴のうえに、早く逃げなければという焦りが、彼の足を文字通り引っ張った。二、三歩も進んだところで、前のめりに倒れてしまった。

影は素早く近づくと鋭利なナイフで、まず東男の両足のアキレス腱《けん》を切断した。

「があぁぁっ、ク、クソッ！　な、何をする……や、止めろぉぉ！」

耐えきれないほど酷《ひど》い痛みのせいで斜面を転げ回る東男の、その右脚を素早く影は捕まえると、手早く革靴と靴下を脱がせてから、斜面を俎板《まないた》の代わりにして足の指を一本ずつ切り落としはじめた。

「ひいぃぃぃぃっ！」

犠牲者の絶叫が奇っ怪な空間に響き渡り、その血が見る間に斜面を伝い流れてゆく。

思わず東男が仰向《あおむ》けになったところへ、影がナイフをふり降ろした。それを反射的に遮ろうと両手を前に出したため、今度は彼の掌《てのひら》がズタズタに切り刻まれた。たちどころに指も何本かが切り落とされ、血飛沫《ちしぶき》とともに宙を舞った。

このとき東男の脳裏に、抵抗して戦うよりも逃げよう……という思いが強く浮かんだのだろう。次の瞬間うつぶせになると、両手の肘《ひじ》だけで斜面を這《は》い上がり出した。

しばらく影は、そんな彼の様子を冷ややかに眺めていた。それから犠牲者の足の裏から踵《かかと》、脹《ふく》ら脛《はぎ》、膝《ひざ》の裏、太腿《ふともも》という具合に少しずつ上部へと、ナイフを左右にふり払いながら切り裂きはじめた。ズボンと背広越しにもかかわらず切れ味は素晴らしく、犠牲者の全身が血塗《ちまみ》れとなるのに大して時間はいらなかった。

やがてナイフが肩口まで辿《たど》り着くと、最早《もはや》ぐったりとなった犠牲者の身体を仰向けにさせてから、影は最後のひとふりで彼の喉《のど》を切り裂いた。一気に鮮血がほとばしり、それほど濡《ぬ》れていなかった犠牲者の正面を、たちまち赤く染め上げていった。

〈魔庭〉の西側という以外、確かな場所さえ定かではない奇妙な斜面において、プロフォンド・ロッソの企画部長である東男英夫は、その背面をなますのように切り刻まれたうえ、止《とど》めに喉を裂かれて絶命した。

惨殺者である影は、その凄惨《せいさん》を極めた惨殺体を、この異様な斜面に出現した新たなオブジェであるかように、しばらくの間ひたすら冷徹な眼差《まなざ》しで凝視し続けた。

こうして〈魔庭〉猟奇連続殺人の幕が、ようやく切って落とされたのである。

# 13　黒怪人

帖之真が十字路に戻ると、すでに他の四人が彼を待っていた。

「東英さんは？」

「あとから追いかけるってさ。で、通路の先には何があった？　こっちは下ってる斜面に出たけど、妙な柱や塔が林立してて、相変わらず訳が分からん場所だったよ」

玲子の問いかけに言葉少なに答えると、帖之真は左手の道の先で目にした奇っ怪な風景の詳細を語った。

「僕たちの方は、しばらく進むと上りの階段があって、その上に秘密の花園のような、閉ざされた小さな森がありました。お蔭《かげ》でそこを舞台にして、苺さんの素晴らしい映像を色々と撮影できたんですけど――いや、まぁ、それはいいですか……えへん、その小さな森の中には道が通っていて、少し歩いてみましたが、そこから別の場所に抜けられる通路が見つからなくて――」

「私たちが見逃した可能性もありますから、その先が行き止まりだとは、まだ断定できません」

騎嶋の説明を受けて、律儀にも苺が補足する。

「ここに戻ったのは、私たちが一番早かったんだけど――」

玲子が恵利香以外の三人を順に見ながら、

「なぜかって言うと、この右手の道の先で見つけたのが、どうやら本物の迷路らしいからなの」

「あの緑の迷宮みたいなんじゃなくて？」

「うん。生垣じゃなく土壁のようなものだし、第一それに高さがあるのよ。少しだけ入ったんだけど、迷ったら大変だから、すぐに戻ってきたわけ」

「秘密の花園に本物の迷路か……」

どちらを選ぶべきか――という表情で帖之真が、苺に顔を向けた。

「センパイ、あのことは言わないんですかぁ」

そのとき恵利香が、意味深長な様子で玲子に囁《ささや》いた。それまでのように語尾を伸ばした甘ったるい物言いではなく、明らかに真剣さのにじむ口調である。

「分かってるわよ。私も見たんだから……」

「何だ？　何のことを言ってる？」

いらだたしげに後輩をしかる玲子に、帖之真が尋ねる。

「最初は、この子が言い出したんだけど、何かが私たちを尾《つ》けてるって……」

「……何かって、何だ？」

「それが分からないから、何かなのよ。通路は見通しが悪いから、尾けようと思えば簡単よね。でも、そんなことする人はいないじゃない。で、すぐにシン君かと思って彼の名前を呼んだけど、何の返事もなくって……。恵利香の気のせいだって、最初は言ってたんだけど……。ここに戻ってきてから、私も見たのよ。例の狭い通路から、こっちを覗《のぞ》いてる真っ黒いヤツを――」

「真っ黒いって、顔が？　それとも全身が？」

「ちらっとしか目にしなかったから……」

「恵利香が見たのは、全身が真っ黒けでしたぁ」

「あなた、そんなにはっきり言えるほど、それを見たわけじゃないでしょ」

「そうですけど、黒以外の色がなかったのは確かですぅ」

玲子と恵利香がやりとりをする横で、帖之真が腕組みをしながら、

「〈魔庭〉に棲《す》む真っ黒い怪人――ってわけか」

「我々の七人の他に、ここには八人目がいるってことですか。そんなもの本当に存在してると思いますか」

帖之真にだけ耳打ちした騎嶋の言葉が、しっかり聞こえたと言わんばかりに玲子は強い調子で、

「豪さんがニヤけながら苺ちゃんを撮ってる間、私たちは女の子だけで、ここで怯《おび》えてたのよ」

「す、すみません。女の子という表現は気になりますけど……い、いえ、何でもありません。帖さん、どうしますか」

謝りながらも一言が多いために、玲子に噛《か》みつかれそうになった騎嶋が、慌てて帖之真に話をふった。

「二人とも見てるんだから、気のせいってことはないだろ。かといって俺たち以外の何者かが、ここに忍び込んでいるとも思えない」

「まさか、一藍ってことは……」

「彼がどこに、なぜ消えたのか——それが分からないから、何とも言えないけど。ただ可能性としては低いんじゃないか。もし彼だとしても、そんな黒い恰好《かっこう》をする必要が、どうしてある？」

「帖さんは覚えてませんか……。『スラッシャー　廃園の殺人』に出てくる殺人鬼って、全身が黒ずくめの〈黒怪人〉だったでしょ」

と騎嶋が口にしたとたん、それまで活発だった会話が一気に途切れた。

恵利香は物凄《ものすご》く怯えた表情を、玲子に向けている。その玲子は不安そうな様子で、帖之真をうかがっている。すると先輩を見習うように恵利香も、ひたすら帖之真を見つめ出した。

二人に凝視された彼は、両腕を組んで考え込む仕草を見せている。騎嶋は黒怪人の姿を撮ろうとでもいうように、カメラを構えた状態で十字路の四方に視線を送っており、苺は反応に困った表情を浮かべていた。

「とにかく先に進もう」

　やがて帖之真が口を開いた。

「ちょっと帖さん、私たちが見たのが、その黒怪人かどうかは分からないけど、得体の知れない何かがいたのは本当なのよ」

「玲子たちの目撃談を、別に疑ってるわけじゃない。とはいえ不審者がいたと、断言はできないわけだろ」

「そうだけど……もしかしたら、ここに私たちが入ったあとから、誰かが侵入したのかもしれないじゃない」

「それは無理だよ。入口の扉には、ちゃんと鍵《かぎ》をかけたからな。あの鉄柵《てっさく》をよじ登るのは、どう考えても不可能だろうし、他に出入口があるとも思えない」

「つまりそいつは、僕らが来る前から〈魔庭〉にいた者、ここに棲んでいる者、ということになりますよね」

　騎嶋が気味悪そうな声を出したが、帖之真はあっさりと、

「そんな人間が存在してればな」

「やっぱり帖さん、私たちが見たっていうの、信じてないんじゃない」

「違うよ。玲子たちが何かを目撃した事実イコール、豪ちゃんが言うような者が〈魔庭〉にいるって話には、必ずしもならないだろ」

「じゃあ、私たちが見たのは何なの？　ここで殺された人の幽霊？」

「それは〈魔庭〉の黒怪人以上に有り得ない」

　この帖之真と玲子のやりとりに、恵利香が遠慮がちに割り込んだ。

「センパイは、枝道から覗く黒い何かしか見てないと思いますけどぉ、恵利香はぁ、後ろから尾けてくる気配を感じましたぁ」

「それが人間のものだった——と言うのか」

「はい。ひたひたひたっ……って、あとを跟《つ》いてくるようなぁ……」

「うーん」

　再び帖之真は両腕を組んで天を見上げたが、すぐに顔を戻すと、

「分かった。けど、だからといって今から戻るのは、あまりにも中途半端だろう。とりあえず別行動はしないと決めて、最終地点まで行かないか。このままだとロケハンの意味がないし、へたをすると後日また出直しにもなり兼ねない。ここで帰ったんじゃ社長も納得しないぞ」

「せめて黒怪人の姿を、カメラに撮れれば別でしょうけど」

「そうだ。そういう証拠があれば、ロケハンを中止せざるを得なかった理由になる。でも今の状態じゃ、そう勝手なことはできない」

　玲子と恵利香は顔を見合わせていたが、やがて玲子が軽くうなずき、恵利香もこっくりと首を縦にふった。

「帖さんと豪さんが先に進むって言うなら、それに従うわ。ただし絶対に女だけにしないでよ。それは約束してちょうだい」

「大丈夫だ、約束する。そうと決まったら――」

「あのー、東英部長さんは、待たなくていいんですかぁ」

恵利香が名前を口にしたが、

「あとから来るっていうんだから、何か目印さえ残しておけば別にいいでしょ。それとも恵利香だけ、ここで東英さんを待つ？」

しかし玲子が少しも問題にせずに、恵利香も慌てて首をふったので、

「よし、早く行こう」

すかさず帖之真が、みんなを促したのだが、

「行くって帖さん、どっちに？」

騎嶋が北と東、それぞれの道を指差した。

「ちょっと考えたんだけど、俺は迷路を進むべきだと思う」

「ええっ！　迷うかもしれないのに？　秘密の花園の方には、苺ちゃんも言ってたように、どこかに通じる道があるかもしれないんでしょ。だったら――」

玲子が反対意見をとなえたが、帖之真は動じることなく、

「一藍の立場になって考えてみろよ。誰もが足を踏み入れるのを躊躇《ためら》うであろう迷路の方にこそ、最深部へ通じる道を作るんじゃないかな」

「なるほど。それはそうですね」

すぐに相槌《あいづち》を打った騎嶋に対して、玲子は浮かない表情をしている。恵利香も同様らしく、自分たちが行って戻ってきた右手の道へと、いったんは視線を向けたものの、不安そうな眼差《まなざ》しを帖之真の顔に戻した。

「苺ちゃんは、どう考える？」

「地図の感じから言えば、私も迷路の方かな……って思います。ただ一藍氏が最深部までの通路を、果たして一本に絞っているかどうか――」

「彼の性格なら、きっと一本だけじゃないか」

「ちょっと帖さんに、一藍の性格が分かるの？」

その断定的な物言いに、玲子が思わず突っ込みを入れると、帖之真は苦笑いを浮かべつつ、

「もちろん彼の作品を通じてしか分からないし、小説の内容イコール作家の内面なんていうとらえ方が、いかに単純でアホウな考え方であるか、ということも理解してるつもりだけど、一藍の場合は少し特別じゃないかと思ってさ」

「そうですね。『スラッシャー　廃園の殺人』の作品内の舞台と、実際の〈魔庭〉との類似を見ても、それは明らかかもしれません」

騎嶋が具体例をあげながら、帖之真のフォローをした。

「分かりました。でも絶対だからね。女だけにしないって約束は――」

玲子が念を押すのに男性二人がうなずき、東男へのメモを手頃な石の下に残してから、一行は十字路を右手にとると、本格的な迷路へ向かって歩き出した。

# 14 迷路

迷路の入口には、またしても番人のような彫像が二体、それぞれ通路の左右に分かれて立っていた。どちらの容姿も、教会建築によく見られるガーゴイルの悪魔像に似ている。ただ左手が招き入れる仕草を見せているのに対して、右手は立ち去れと言わんばかりの恰好《かっこう》をしており、なぜか左右で正反対の態度をとっていた。

「これは、どっちを信用すべきなんですかね」

騎嶋は首をかしげつつも、二体の像をカメラに収めるのに余念がない。

「どっちだって言われても豪ちゃん、こりゃ両方とも悪魔みたいにしか見えないから、左右とも信用できないよ」

「ほんと、いい趣味してるわね」

帖之真の意見に、玲子が一藍を皮肉った。

「こんな目に遭うこともあるかと思い、一応は準備してきました」

一通り悪魔像を撮り終わると、騎嶋は肩にかけていた鞄《かばん》から、おもむろに荷造り用の紙紐《かみひも》の束を取り出した。

「おっ、さすがだな。左側の像の手首に、その紐《ひも》の先を結ぼう。俺がしんがりになるから、歩きながら紐を解いてくよ」

「それじゃ入ります」

騎嶋の掛け声を合図にして、これまでと同じく苺を先頭に、一行は迷路に足を踏み入れた。

玲子の報告通り、通路の両側は土壁である。ただし最初からの演出か、それとも十数年も風雨にさらされた影響か、いたるところで削げ落ちており、かなり荒廃した雰囲気が漂っている。足元の地面に目を落とすと、雨でも降れば泥濘《ぬかるみ》と化しそうな赤土で、とても酷《ひど》く荒れた眺めがあった。

この壁面と地面の荒れた状態が、迷路であると同時に立派な廃墟《はいきょ》でもある……という何とも不可思議な空間を、その場に現出させていた。迷うかもしれない不安と同等に、この中で自分が朽ちるかもしれない恐れまで、ここでは強く感じられる。それほど異様な世界であった。

「ねぇ、苺ちゃん。ここの出口って、私は北の方向にあると思うんだけど……」

しばらく無言で進んだところで、玲子が口を開いた。

「はい。あの地図では、北北東という予想になっていました」

苺がふり返りつつ答える。後ろには玲子、恵利香、カメラを回す騎嶋、そして命綱の紐を解きながら進む帖之真の姿がある。

「でしょ？　なのにさっきから、どうも南へ南へと向かってる、そんな気がするんだけど、私の勘違いかしら？」

「いいえ、玲子さんの感覚は正しいです。ただ、この手の迷路は造るときに、実際の出口とは逆の方向へ、反対の方へと通路を設ける傾向があります。つまり最短を目指して進むと、自《おの》ずと遠離《とおざか》ってしまう。そういう意地の悪い造りになっている場合が、実は多いんです」

「そうなの、ごめんね。私ったら、余計な口出しを……」

「いいえ、一般的にそうだというだけで、まったく根拠はありません。だから私も決して自信があるわけでは……」

苺の歩みが次第に遅くなり出したところで、後方から帖之真の声が響いた。

「何の考えもなしに、単に行き当たりばったりに、この中を進むことを思えば、苺ちゃんの先導がどれほど心強いか。俺なんか方向音痴だからな」

「…………」

そのとき、何かが聞こえた。

全員の足が、その場で止まる。みんなが後ろをふり返り、次いで左右の壁を見上げ、そして再び前を向くという動作を繰り返した。

「……今、何か――」

「しぃっ」

玲子が口を開くのと、それを帖之真が制するのとが、ほとんど同時だった。

「…………おーい」

今度は確かに、そう呼ぶ声が聞こえた。

「誰かが呼んでるわ……シン君じゃない？」

「…………おーい」

「そうよ！　あの声は彼だわ」

興奮する玲子をなだめるように、

「もう少しはっきりするまで、ここで待とう」

帖之真は極めて冷静な反応を示した。

そんな彼の態度を目にして、浮かれかけた玲子は身がまえ、騎嶋と恵利香は耳をすます様子を見せた。

「もしかすると例の黒いヤツが、私たちを誘《おび》き出そうとしてる……ってことも有り得るものね」

玲子の囁《ささや》きが迷路の通路に、かなり薄気味悪く響いている。

「……おーい」

次第に声は一行へ近づきつつあった。少しずつながらも確実に、迷路の中を進んでいるのが分かった。

「おーい、誰かいないっすかぁ……」

「やっぱりそうよ、シン君だわ！」

いち早く玲子が躍り上がって喜び、釣られて恵利香も笑顔を見せたが、男性二人には疑っている感じがまだ残っている。

「帖さん、大丈夫よ。あれは、シン君の声よ」

「帖さぁーん……、玲子さぁーん……、みんなぁ、どこにいるんっすかぁ」

玲子の言葉を裏づけるように、今度は明らかに天本シンだと判別できるほど、はっきりとした声が聞こえた。

「おーい、シンかぁ。俺たちはぁ、こっちだぁ」

すかさず帖之真が声を張り上げる。

「ああぁっ、帖さぁーん。やっと追いついたっす」

「もう脚はぁ、いいのかぁ」

「はぁーい。まだ少し引きずってますけどぉ、何とか歩けるっすよぉ」

「それでなぁ、近くに紐がないかぁ」

「ひ、紐っすかぁ？」

「白い紐だよ、足元を探せぇ。その紐さえ見つかればぁ、もう心配ない。それを辿《たど》って俺たちのところまでぇ、ちゃんと来られるからなぁ」

「分かりましたぁ。すぐに探し出して、そっちに合流しま――うわあぁぁっ！」

そこで突然シンの声が途切れて、すぐに悲鳴が聞こえた。

「シン！　どうしたぁっ」

「な、な、何だぁ……お前《いか》はぁ……」

「シン君！　どうしたのぉ」

「く、黒いぃ……変なヤツがぁ……うわっ、何だぁ……」

ひときわ高いシンの声が響いたとたん、

「待ってろぉ！　今行くからなぁ」

叫ぶと同時に帖之真が、急いで来た道を戻りはじめた。

「あっ、帖さん！　ひとりで行っちゃダメですよ」

すぐに騎嶋がその後ろ姿を追いかけ、女性三人も続く恰好になる。

「シン！　どこだぁ」

「帖さぁん……こっちっすぅ」

声は前よりも近くで聞こえたが、いかんせん迷路の中である。直線距離にすると数メートルの地点にいたとしても、そこに行き着くためには数十メートルの道程を辿らなければならない、そんな可能性もあった。

しばらく声の応酬が続いて、お互いの距離が狭まったように感じたところで、

「……な、何だよ。なんで尾《つ》いてくるんだよぉ」

壁ひとつ向こうで、焦りながら怯《おび》えているシンの声が聞こえた。

「そこかシン？　どうした？　誰かいるのか」

帖之真が壁に向かって叫んだ直後、

「うわあぁぁっっ、く、来るぅ！　あいつが、お、追いかけてくるぅぅ」

シンの絶叫と、ほぼ同時に走り出す気配が伝わってきた。

「ま、まさか黒怪人が、シン君を……」

信じられないという騎嶋の口調だったが、それに応《こた》える前に帖之真は紐を彼に手渡して、自分は脱兎《だっと》のごとく駆け出した。

「あっ、待って下さい！　はぐれたら、どうするんですか」

そう言いながら騎嶋も走り出しかけたが、辛《かろ》うじて思い留《とど》まったのか、くるっと後ろをふり向いて、

「みなさん、離れないで下さい。少し早足で、帖さんを追います」

手早く注意してから、帖之真の走り去った方へ迷路を戻りはじめた。

「帖さぁーん！　シンくーん！」

みんな口々に二人の名を呼びつつ、白い紐を辿って進んだ。そして分かれ道に来るとすべての通路を少し先まで覗《のぞ》いて、彼らの姿がないかを確認した。

いつしかシンの叫びも、帖之真の呼びかけも、まったく聞こえなくなった。それは二人が遠くへ行ったというより、彼らが声を出すのを止めたため……のように思えた。迷路の中には二人の名を呼ぶ、騎嶋と玲子の悲痛な叫びだけが虚《むな》しく響いた。

「もう、どこにいるのよ！」

かなり来た道を戻ったところで、玲子が愚痴りつつも心配そうな声を出したとき、

「おい！　こっちだ……」

かなり近くで、低く鋭い呼びかけがあった。

「えっ、帖さん？　どこですか……」

騎嶋がいぶかしそうに、次の分岐点を右に曲がった。紐《ひも》が続いているのは左手だったが、どうやら声は右手から聞こえたらしい。

そこに帖之真の姿があった。彼はまっすぐ延びる通路の、入ってすぐ右側にある枝道の前に佇《たたず》んでいる。

「……良かった。ここで帖さんとはぐれたら、大変なことになってました。それでシン君は？　見つからなかったんですか」

「――うん、あいつは……いや、でも……」

騎嶋の問いかけに、答える帖之真の歯切れが珍しく悪い。

「ここに入ったんですか……。あっ、足跡が残ってるじゃないですか。それも二つ。でも、どうして帖さんは――」

騎嶋は枝道を覗き込んだが、すぐさま怪訝《けげん》そうな顔を帖之真に向けて、

「これは、どういうことです？」

「何？　何なの？　ちょっとシン君、大丈夫なの？」

二人の様子があまりにも可怪《おか》しいので、玲子が物凄《ものすご》く不安そうにしている。しかしだ

からといって自分から、その枝道の中を見ようとはしない。

「今さっき豪ちゃんたちが来た通路に、俺が入ったとき——」

帖之真が低い声で喋《しゃべ》り出した。

「先の分岐点を右に曲がる瞬間の、黒いヤツを目にした。つまり俺たちが立ってる、この通路に入ったわけだ。それで俺も追いかけた。ところがここに入ると、誰もいない。見ての通り、この通路はまっすぐ延びている。俺が駆け込む前に、あの突き当たりの角を曲がるのは絶対に無理だ。ということはシンも黒いヤツも、この目の前の枝道に入ったとしか考えられない。他に枝道がないうえ、豪ちゃんが言うように、足跡が二つあることからも、それは間違いないはずなんだ」

「なら、何の問題もないじゃない。どうしたの、二人とも？」

「覗いてみろよ、この中を——」

そう言って帖之真が枝道の前から身をひいたため、玲子は自然に彼と入れ替わる羽目になった。

「ちょ、ちょっと恵利香ぁ、苺ちゃん——一緒に見てよ」

ひとりで覗くのは厭《いや》なのか、二人を呼び寄せて、ようやく三人で顔を突っ込む。

問題の枝道の造りは、これまでの道と少しも変わらなかった。ただ唯一の違いは、そこが行き止まりだったことである。

「えっ、何なのこれ？　だって足跡が……」

玲子が指差す地面には、二種類の足跡が残っている。ひとつは走って駆け込んだ足跡で、もうひとつは歩いて入り込んだ足跡だった。

「おそらく、この走ってるのがシンで、歩いているのが黒いヤツだろう」

二つの足跡は枝道を奥まで進んだ地点で、突き当たりの壁の前で終わっていた。まるで二人とも行き止まりの壁の中へと、そのまま吸い込まれたかのように……。

「でも帖さん、それなら二人は、どこに行ったの？　ううん、黒いヤツなんかどうでもいいわ。シン君は、一体どうなったのよ」

思わず詰め寄る玲子に、ただ帖之真は首をふっている。

「この枝道だけ、土壌が少し違うようです。他の道には足跡なんか、いくら捜しても見当たりませんからね」

騎嶋が自分たちのいる通路と、その前の道の土を手ですくって調べている。

「じょ、帖さん……は、入るの？」

玲子の驚いた声音を背に、帖之真が問題の枝道に足を踏み入れた。その姿を目にした騎嶋も、慌てた様子で続いた。

「……何もないな。行き止まりは普通の土壁だし、両側も同じだ。地面も少し土壌が違うだけで、赤土であることに変わりはない」

周囲を観察しながら奥へと辿り着いた帖之真が、淡々と説明した。

「この壁を乗り越えるのは、まず無理でしょう。仮にできたとしても、とたんに壁面が崩れて、真新しい跡が残ります。そういう痕跡《こんせき》は、どこを見てもありません」

次いでカメラを回していた騎嶋がダメ押しをして、二人とも謎をはらんだ行き止まりの枝道から戻ってきた。

「それじゃシン君は、この行き止まりで消えたって言うの？」

「より正確に表現するとしたら、シンを追って入った黒いヤツが、彼をどこかに連れ去った――ということになるか」

「どこかに秘密の抜け道が、きっとあるのよ。ねぇ苺ちゃん、そう思わない？」

いきなりふられた玲子の問いに、苺が困った表情を浮かべている。

「いや、それはないだろ。俺と豪ちゃんで見たけど、壁にも地面にも、少しでも変わったところは皆無だった。もし人間が通り抜けられる穴があれば、ここまで完全に隠せっこないよ」

「そうですね。玄関ホールの石組の壁ならともかく、この土壁と赤土の地面では、ちょっと難しいでしょう」

騎嶋が相槌《あいづち》を打ったときである。

「ひぃぃぃ！　あ、あっ、あそこに……」

恵利香の押し殺したような悲鳴が突然、あたりに響いた。

「何よ、どうしたって――」

玲子がとがめるように後輩を見たが、彼女の眼差《まなざ》しを追って顔を向けたとたん、そのまま絶句した。

すぐに帖之真と騎嶋が、玲子に続いて同じ方を向く。しかし一言も声が出なかったのは、彼女と同じだった。

みんなが見詰める先に、まっすぐ延びた通路の果てに、全身が黒ずくめの怪人が立っていた。

# 15　追跡

黒怪人は一歩、二歩、三歩……と前に出てくる。それにつれ、一番前に出ていた帖之真が後ずさりをはじめ、みんなも少しずつ下がり出した。

「じ、じ、帖さん……」

彼のすぐ後ろにいる騎嶋が、何か言いたそうに口を開いたが、それを聞かなくても帖之真には分かったのか、

「いいか。ヤツがこっちに向かってきたら、紐を辿《たど》って迷路の入口まで逃げるぞ。そこから先も、これまで来た道を走って戻る。俺が一番後ろを走るから、とりあえず『止まれ』って言うまでは突っ走れ。いいな」

小声ながらも全員に聞こえるように囁《ささや》いた。

「でも、シン君は……」

玲子が声を震わせながら返すと、

「ここを出たら、とにかく携帯の通じる場所まで車を走らせて、警察に連絡する。シンの救出はそれからだ。あっ、東英さんもな」

「そんな……その間にシン君が、黒いヤツに……」

「玲子、それを言うな。今の状況じゃ仕方ない。ヤツが何者で、なぜ〈魔庭〉にいて、何をしようとしてるのか、まったく何も分からないんだぞ。へたをすると全員が、ヤツの餌食《えじき》になってしまうかもしれない」

「餌食……」

その言葉の忌まわしい響きに怯《おび》えたように、玲子が恵利香と顔を見合わせた。

「来るぞ！」

帖之真の叫びとともに、黒怪人がこちらに向かって走り出して、みんなが踵《きびす》を返して逃げはじめたように見えた――のだが、

「クソッ、逃げるな、待てぇ！」

実際に踵を返して逃げ出したのは黒怪人の方で、それをとっさに帖之真が追いかける恰好《かっこう》になった。

「あっ、帖さん、ダメです！　追いかけちゃいけない！　戻ってきて下さい」

騎嶋の必死の呼びかけを背にしながら、それでも帖之真は立ち止まることなく、黒怪人が消えた前方の曲がり角を右に折れた。

「帖さぁーん！」

まだそれほど離れていないのに、すでに彼を呼ぶ声が小さく聞こえるのは、土壁が邪魔をしているせいだろうか。

「……何者なんだ、あいつは？」

自分を心配して呼ぶ声を、あえて帖之真は無視するように、ひとり言を口にしつつ走った。ただし走るといっても通路の幅が狭いうえに、直線の道でも結構すぐに曲がり角に差しかかるため、どうしても全速力は出せない。

「あの黒いヤツは、本当に一藍なのか」

思わずといった感じで自問して、

「……いや、無理だろ。作家が行方不明になったと見なされてから、少なくとも五、六年は経ってる。その間、誰にも姿を見られることなく、しかも最低限の食料を調達しながら、こんな環境の中で生きるなんて……」

即座に自ら否定した。

「となると一体、あの黒ずくめのヤツは……」

そこで分岐点に差しかかったので、帖之真は素早く左右の通路の、見通しの利く地点まで踏み込んだ。すると左手の曲がり角に消える黒い姿が、ちらっと見えた。

「こっちだ。逃がすか」

彼も同じ道を選んで走り出す。

「それにしても、あいつは例の行き止まりから、どうやって抜け出したんだ？　それにシンをどこに隠した？」

最早《もはや》そういう自問が止まらないとばかりに、帖之真は先を急ぎながらも、その口を閉じようとはしない。

「迷路に入ったシンのあとを、ヤツは追いかけてきた。つまり西の方向から来たことになる。ひょっとすると東英部長も、あの黒い怪人に……」

そこで少しバランスを崩したのか、彼は転《こ》けそうになって左手を土壁に突き、何とか体勢を立て直した。

すると意外にも壁が大きく削られて、あたりに土ぼこりが舞った。どうやら見た目以上にもろくなっているらしい。

「この中にいるとき激しい地震があれば、ただではすまないな」

急に現実的な恐怖を感じたのか、帖之真は両側の土壁に目をこらしたが、すぐに再び前を向くと、

「今はとにかく、あいつに追いつかないと。シンをどうしたか喋《しゃべ》らせて――いや、その前に、あの黒いマスクを剝《は》いで、その正体を見てやる！」

自らに気合いを入れるような台詞《せりふ》を吐いて、次の分岐点を左手に曲がった。

「えっ……」

ところが、帖之真は新しく足を踏み入れた通路のはじまりで、反射的に立ち尽くしてしまった。

その道の突き当たりに、黒怪人がいた。それも全身をこちらに向けた恰好で、身動きひとつしないで突っ立っている。

「……あんなところで、何をしてるんだ？」

帖之真は首をかしげた。

「あそこで、行き止まりなのか……」

まっすぐに延びた通路は、途中の右手に枝道が見えている以外、突き当たりまで何もない。

「いや、それは可怪しいな。この先が行き止まりかどうかは、あの枝道の前まで進んだ時点で分かるだろう」

彼のいる場所からは確認できなかったが、通路の半ばまで行けば、突き当たりの左右に道が続いているかどうか、見て取れるような状況である。

「なのに、どうして……」

帖之真が戸惑いを口にしたとき、黒怪人の頭が一瞬だが右手に動いた。帖之真からは左手になる。その動作を見て、彼は叫んだ。

「あぁっ、そうか！　あそこで道は、左手に折れてるんだ。でも、その先が行き止まりなんだ。あいつは、あの角まで行ったところで、ようやく知った。だから引き返そうとしたけど、そこに俺が飛び込んできたのか」

ここで帖之真の顔に、微《かす》かだが笑みが浮かんだ。

「通路の右手の枝道まで、ほぼ同じくらいの距離だな。ここまで走ってきた感触では、あいつが俺より速いわけでもない。つまりは五分五分だ」

そう判断すると、いつでも走り出せる構えを見せながら、彼は少しずつ通路を前進しはじめた。

「できるだけ距離は縮めておきたいからな」

それでも相手を刺激しないように、ゆっくりと歩を進めていく。

「さぁて真っ黒さんよ、どうやって逃げる?」

そんな彼の囁きが聞こえたかのように、黒怪人は再び自分の右手の通路に顔を向けてから、また帖之真へと戻した。そんな動きを何度も繰り返している。

「見たところ身体つきは、俺と大して変わらない。仮に取っ組み合いになっても、互角ってとこか……」

相手に観察するような眼差《まなざ》しを向けながら、なおも帖之真がつぶやく。

「こっちはヒーロー物に出て、アクションもやってるからな」

かなり自信のある台詞ながら、その声音には一抹の不安もふくまれている……ように感じられた。

そのとき突如、黒怪人が動いた。身体ごと右を向いたかと思うと、そのまま通路へと入って行く。

「えっ?　そこは行き止まりだろ……」

訳が分からないという声を帖之真は出したが、

「うん、そうだよ。もし普通の通路だったら、ヤツが立ち止まっていたはずない。俺に追いつかれるだけだからな。とすると罠《わな》か……」

　相手の姿が見えなくなったとたん、帖之真の足取りが鈍る。

「角を曲がったところで、じっと身を潜めて、俺が慌てて飛び込むのを、ヤツは待ってるんじゃないか」

　さらに歩みが遅くなる。

「でも妙だな。もし待ち伏せするつもりなら、この通路に俺が入る前に、自分の身を隠すのが自然だろう。わざわざ己の姿をさらしてからなんて、まったく意味がない。やっぱり行き止まりだと気づいたときに、俺が現れたんだ」

　ようやく枝道の前に差しかかる。前方の突き当たりに改めて目をこらすと、やはり左手方向にだけ通路が折れているのが分かった。

「ヤツとしては引き返したい。けど通路中央の枝道に、俺よりも先に飛び込む自信がない。だから、さもこの先も道が続いているみたいに、どうにか見せかけようとした。そして曲がり角で、俺を待ち伏せる。そう考えたに違いない」

　問題の枝道の前を通り過ぎながら、帖之真は結論を出した。

　そこから彼は、できるだけ右壁に沿うように進んだ。突き当たりを左手に曲がっている角から、少しでも距離をとるためである。さらに曲がり角まで数メートルの地点から、足音どころか気配までも消すように、わざと歩みを遅らせた。

　もう残り一メートルといった場所では、ほとんど右壁に背中を張りつけんばかりにして、蟹《かに》のように横歩きになった。

そんな体勢のまま通路の突き当たりに差しかかる。

そうして恐る恐る曲がり角を、ゆっくりと覗《のぞ》き込んで……、

「……えっ？　バ、バカな……」

# 16 消失

帖之真が覗き込んだ通路は、確かに彼がにらんだ通り数メートル先で行き止まりになっていたのだが――

……誰もいなかった。

ただ赤土の道が高い土壁にはさまれて、まっすぐに延びている。その突き当たりに見えるのは、両側の壁と同じように聳《そび》える土壁だけである。

「そんな……有り得ない……」

ふらふらした足取りで帖之真は通路に入ったが、すぐに立ち止まって両側の壁を調べ出した。それから前方を凝視して、

「あの黒いヤツは、ここへ確かに入った……」

そう口にしながらも慌てて後ろをふり返り、突き当たりを右に折れる通路がないことを、改めて確認した。

「いや、仮に右手に通路があったとしても、あいつは間違いなく左に曲がった。しかも右側には、やっぱり壁しかない。つまりここに入る以外に、ヤツには行き場がなかった

ことになる」

彼は再び行き止まりの通路に顔を向けると、

「なのに、その姿が見えないなんて……そんなバカな……」

やがて帖之真は両手を左右に伸ばすと、両側の壁の存在を確かめるように掌《てのひら》を這《は》わしつつ、または目に見えない存在と化した黒怪人が、自分の横をすり抜けないように注意するかのごとく、ゆっくりと奥へ進みはじめた。

「この通路の土壌は、足跡を残さないのか」

両手で壁を触りながらも、両目は地面に注がれている。そうして前進しながら、少しでも壁が崩れている箇所を両手が探し当てると、そこで足を止めて熱心に調べるという行為を繰り返した。

はっと何かを感じたように、急にふり返ることもあったが、そのたびに安堵《あんど》したような、失望したような表情を浮かべては、また奥へと慎重な足取りで進んでいく。

「変なところ、妙なところは、どこにもない……」

やがて突き当たりまで来たところで、彼は目の前の土壁をじっと見つめ出した。

「残るは、この壁だけだ……」

しかし自分の前に立ちはだかる壁が、散々これまで見て、触れてきたものと何ら変わらないと、どうやら分かったらしい。

「クソッ！」

いきなり叫んだかと思うと、帖之真は右の拳《こぶし》を正面の壁にたたき込んだ。

どんっという鈍い音がして、少なからぬ土塊が落ちるとともに、あたりに土ぼこりが舞った。

やがて土壁の粉塵《ふんじん》が地面に積もって収まると、何とも薄気味の悪い静寂が、狭く細長い通路に充《み》ち満ちた。

「一体どうなってるんだ？　ヤツは二度までも、どこにも逃げ場のない行き止まりの通路の中で消えた……。二度とも他に行き場などない。なのに俺が覗くと、通路には誰もいない。両側と突き当たりは土壁で、よじ登ることはできない。仮にできたとしても必ず痕《あと》が残るはずだ。地面は赤土で、もちろん地中にはもぐれない。じゃあヤツは、どこへ消えたんだ？　もう何が起こってるのか、俺にはさっぱり……」

いつしか両手を目の前の壁について、うなだれる帖之真の姿があった。

そのとき──

すうっと一本の手が、彼の首筋へ伸びた。どこからともなく現れた、黒い手袋をはめた手には、小型のスタンガンが握られている。

もちろん帖之真は自分のすぐ背後に、そんな危険が迫っていることを知らない。ただ無防備な背中を、ひたすらさらすばかりで……。

真っ黒な手が彼の首筋へと、ゆっくり近づいていく。

こうして第二の犠牲者が、難なく影に捕えられた……。

# 17 惨殺

影は倒れた籬帖之真を仰向《あおむ》けにすると、行き止まりの壁に頭を向け、大の字に四肢を広げさせた。さらにリュックから四本の木の杭《くい》と紐《ひも》と金槌《かなづち》を取り出して、両手首と両足首の側に杭を打ち込み、それに手足を紐で縛りつけた。

そこまでの作業をすませると、影は東男英夫のときと同様の身支度を整え、改めてすべての準備を確認してから、右手に真っ赤な柄を持つ大ぶりのナイフを構えた。まだ血《ち》糊《のり》を一滴も吸っていない新たな凶器を……。

薄暗い行き止まりの通路の地面に磔《はりつけ》にされた犠牲者と、それを冷徹に見下ろす黒怪人の殺人者という光景は、まさにB級ホラー映画のような場面ながら、当然そこには禍々《まがまが》しいまでの生々しさが漂っていた。作り物ではない本物の悍《おぞ》ましさが……。

しばし影は犠牲者を見下ろしたあとで、おもむろに自分の仕事を開始した。東男のときと違っていたのは、ナイフを犠牲者の肌に突き立てる前に、まず衣服を切り裂きはじめたことである。

「……ううぅぅっ」

しばらくすると帖之真がうめき出した。

彼の衣服を剝ぎとっては後ろに投げていた影の動作が、ぴたっと止まる。目の前で死人が蘇《よみがえ》ったかのように、恐る恐るといった様子で犠牲者を見ている。

「お、お、お前は……だ、誰……」

帖之真が頭をもたげて、なおも口を開こうとしたが、影はナイフをスタンガンに持ちかえると先端部分を彼の心臓に当て、何のためらいもなく放電した。

「があぁぁぁっ」

苦痛のうめき声とともに、びくんっと帖之真の上半身が跳《は》ね、すぐにぐったりと動かなくなった。ぷーんと人肉の焦げる臭いが、これから起こる惨劇を予兆するかのように狭い通路に漂っている。

スタンガンの威力を確かめるためか、影は少しの間じっと犠牲者を観察している様子を見せた。

帖之真の半眼に開かれた瞼《まぶた》の中の瞳《ひとみ》を覗く限り、どうやら意識はあるように感じられる。ただ身体が動かないだけなのかもしれない。

そう影も判断したのか、すぐに中断していた作業を再開した。すべての衣服を切り裂いて剝ぎ捨て、瞬く間に帖之真を全裸にした。

三十路《みそじ》前とはいえ、彼の身体はヒーロー物で準主役を張っていたときと何ら変わらない、均整のとれた美しい姿を見せている。甘いマスクとは少しアンバランスな筋肉質さも、彼の性的な魅力を高めているように映る。女性だけでなく同性の男が目にしても惚《ほ》れ惚《ぼ》れするような、そんな一体の彫像のような容姿だった。

ただし影にとっては性的興奮も芸術的感動も、まったく関係ないらしい。まだまだ張りのある肌を、艶《つや》を保っている皮膚を、鋭利なナイフの切っ先で愛撫《あいぶ》するように撫《な》でる様から、その興味が別にあるのは明らかである。

切れ味の鋭い刃物には、みずみずしい人肌こそがふさわしい――とでも主張しているような気を、はっきりと影自身が発している。

しばらく犠牲者の全身を眺めていた影は、まず右肩から肘《ひじ》までの二の腕の皮膚を、すうっとまっすぐ切り裂いた。ただし影の手つきには、ナイフを深く突き刺さずに、できる限り皮だけを裂くような繊細さが感じられる。その切り裂きがうまくいくと、次は肘から手首まで進めて、最終的には右腕側面の皮膚をすべて剝《は》いでいた。

「ううぅぅっ……や……やめ……ろぉ……」

左腕に取りかかろうとして、犠牲者のうめき声が聞こえた。

影は再びナイフをスタンガンに持ちかえ、帖之真の心臓に当てようとしたが、ふと動きを止める仕草を見せると、彼を観察しはじめた。

「は、は……離せぇ……い、痛い……は、離して……くれぇ……」

影は犠牲者の言葉に耳をかたむけていたが、何を話したいのか聞くためではなく、どこまで相手に意識があるのか、または回復しているのか、今の状態で放っておいても作業の邪魔にならないか、それを確認するためだったかもしれない。

「ど……どうして……痛いぃ……こ、こんな……こと……い、痛いぃ……」

影は問題ないと判断したのか、左腕に取りかかり出した。

「……や、やめぇ……ろぅ」

ばんざいの恰好《かっこう》で伸ばされた両腕の側面の皮が、やがて完全に剝がされた。

もっとも医者でもない素人が、メスではなく大型のナイフで切ったため、皮膚だけを裂いたつもりでも、実際は筋肉までかなり傷つけていた。両の肩口から手首にわたって流れ出た血糊が、皮膚の下の薄汚れた黄色っぽい脂肪と混ざり合い、吐き気を催す色合いを見せていることでも、この行為の乱暴さが分かる。

ところが、血の量が次第に増えるにしたがって、鮮血が地面の赤土に溶け込みはじめたことで、奇妙な眺めが現出した。まるで両腕の手首から肩の部分だけが、地中に埋まっているかのように見えている。

影は冷静な眼差《まなざ》しで、ひとまず己の成果を堪能《たんのう》した。そして次にナイフの先端を頸切《けいせつ》痕《こん》にあてがい、そこから一気に臍《へそ》まで胸元を切り裂いた。

「ぐげえぇぇぇっっ！　やめぇ……やめて……やめてくれぇぇ……」

助けを求める帖之真の声が、はっきりと聞こえはじめる。

しかし影には少しも気にした素ぶりなどなく、今度は肋骨《ろっこつ》に沿うように、ナイフを左右斜めに走らせ出した。

最初は慎重な手つきだったが、次第に乗ってきたのか、いつしか興の赴くままにナイフを振り払っている。そのうち臍を越えた下腹部にまで、凶器の鋭利な切っ先が達しはじめた。

「た、た、頼むぅ……もう……もう……もう……」

まだ致命傷は与えていないはずなのに、あまりのショックからか犠牲者の息は絶え絶えである。

相手の哀願にまるで応《こた》えるように、影はうなずき返しながらも、その動作とは完全に矛盾する行為を平気で続けている。手で桃の皮を剝《む》くように、胸の皮膚を左右に開いていく。丁寧に扱ったつもりらしいが、どうしても皮膚は途中から千切れ、また犠牲者の身体からも剝がれてとれてしまう。

「な、なぁ、なぜ……だぁ？　ど、どうして……と、と、とる……なぁ」

影の残虐な行為を認識しながらも――いや、その行為のすべてが分かるだけに――何のために実行しているのか、それが帖之真には完全に理解不能らしく、苦しい息の下から問いかけてくる。

だが影は意味もなくうなずき返すばかりで、一向に己の手を止めようとしない。むしろ淡々と進めるばかりである。

「やぁ……やぁ……やめろぉぉっ！」

そのとき帖之真が突然、がばっと顔をあげて絶叫した。

ふいをつかれた影は慌てふためき、びくっと驚いて身を退いた調子に、危うくナイフを取り落としかけた。

そんな影の姿が滑稽《こっけい》だったのか、こんな状況にもかかわらず帖之真が笑い出した。喉《のど》の奥で声が絡まったような響きながら、確かにそれは嘲笑《ちょうしょう》だった。

影は激怒したのか、しきりに身体を震わせている。仕事の対象物にしか過ぎない犠牲者に笑われるなど、あまりにも屈辱的だったからだろうか。

影は改めてナイフを逆手に持つとふり上げた。

ナイフが上がってから帖之真の男性器を目がけて下りてくる一瞬の間に、「ぎやあぁぁぁぁっ！」という犠牲者の悲鳴が響き渡る。

しかし影は突き刺す寸前で、それを辛《かろ》うじて止めた。

「はぁ、はっ、はぁ、はっ……」

帖之真の激しい息づかいだけが聞こえる。ナイフのすぐ下で、彼の一物が腐った果実のように萎《な》えている。むっとする血臭に混じって尿の刺激臭が漂い、彼が失禁したことが分かった。

「くっくっくっくっ……」

やがて犠牲者の息づかいに呼応するような笑いが、何とも厭《いや》らしい含み笑いが、真っ黒なマスクの網の目越しに影の口から漏れた。

「おぉ、お前はぁ……な、な……何者……なんだぁ？」

その笑いに禍々《まがまが》しいばかりの異常性を感じ取ったのか、帖之真の声音には、これまで以上の絶望が表れている。

もちろん影は、そんな問いなど無視した。残っていた腰までの皮をすべて剝《は》いでしまうと、次いで下腹部に取りかかった。さすがに男性器だけは陰茎も陰嚢《いんのう》も、皮剝ぎ作業は困難と見なしたのか、手をつけようとはしない。

このころには最早《もはや》どんなに犠牲者が泣き、喚《わめ》き、叫び、また懇願しようとも、影はまったく耳を貸さなくなっていた。

ただ、あまりにも彼の声が高くなって、残りの犠牲者に聞かれる恐れがあると判断したときだけ、剝き出された胸筋と肋間筋《ろっかんきん》の上からスタンガンを心臓に当てて放電した。肉の焼ける臭いは皮膚のときとは違い、より濃く鼻を突くような刺激があったものの、影が気にした様子はない。

下腹部が終わると脚へと進む。股《また》のつけ根から膝《ひざ》までを先に裂き、まず太腿《ふともも》部分の皮を剝いでから、膝から足首までを処理する。両腕と同じ要領で淡々と行なっていく。ナイフさばきもかなり慣れてきたようで、その動きには職人のような美しい流れさえ感じられた。

顔面から首筋、両手首と両足首、そして男性器だけを残して皮を剝がれた帖之真は、理科室の実験台の上に張りつけられ、解剖された蛙のような姿と化していた。想像を絶する苦痛とショックのせいか、たび重なるスタンガンの威力か、それとも全身からの多量の出血のためか、彼は意識をなくしているように見えた。だが、まだ息があるのは確かだった。

影は冷ややかな眼差しで犠牲者の隅々までを、じっと、ゆっくり、舐《な》め回すようにとらえると、満足したように肩の力を抜いた。まさに一仕事を終えた充実感を、身体全体で味わっているようである。

余韻を楽しむごとく少し間を置くと、影は改めてナイフをふり上げ、そして今度こそ狙い通りに犠牲者の一物の上部に、その先端を思いっきりたたき込んだ。

「があああぁぁっっっ！」

籬帖之真が最期の絶叫を放った。が、それで終わりではなかった。

次の瞬間に影は、突き立てたナイフを一気に縦方向へ、見事なまでに真一文字に引くと、男性器を真っ二つに切り裂いた。

瞬く間に血潮があふれ、彼の脚の間が血の海と化した。

「ぐぐぐうぅっっ……………」

帖之真の口からは、もう弱々しいうめき声しか漏れない。

影は犠牲者を見下ろしながら、その命がゆっくりと失われていくのを、ただ静かに傍観しているようだった。

それから影は数歩ばかり下がり、ひたすら凝視しはじめた。

迷路の直中《ただなか》の通路の突き当たりで、四肢を広げた状態で全身の皮を剝がれて絶命している血塗《ちまみ》れの屍体《したい》を、己の冷徹な瞳《ひとみ》に焼きつけるように……。
回廊の先に展示された一個の芸術作品を、あたかも眺めるごとく……。

# 18 逃走

「……ねぇ、ちょっと今、帖さんの声が聞こえなかった？」

玲子が通路の前後と両側の壁を見回しながら、騎嶋と恵利香の二人に顔を向けた。

「もうずいぶん前に、誰の声もしなくなってますけど」

「恵利香もぉ、何も聞こえませんでしたぁ」

否定されたにもかかわらず彼女は、まだ未練ありげに周囲を見回している。

「それに帖さんは、さっきの黒怪人を追って、とっくに遠くへ行ってるはずです。たとえ声をあげたところで、僕たちに聞こえるかどうか」

「あら、それは逆かもよ。この迷路の中で私たちから離れたからといって、必ずしも本当に遠離《とおざか》ってるとは限らないでしょ」

「あっ、そうか。迷路の道程として辿《たど》った距離よりも、両者がいる現在地を直線で結んだ距離の方が近いことも、普通に有り得ますからね」

二人の会話に首をかしげている恵利香のために、騎嶋が簡単に説明をした。

「いつまで私たちは、ここで待ってなきゃいけないの？」

後輩が納得する様子を目にしつつ、いらだたしげに玲子が愚痴る。

「二人と別れたのが、ここですからね」

「そうだけど帖さんは、あの黒いヤツを追って行ったわけでしょ。向こうが逃げるままに、それを追いかけたんだから、ここまで戻る道順なんか、とっくに見失ってると思わない？」

「うーん確かに……。しかし苺さんは違います」

「紐《ひも》を辿って戻ったのよね」

玲子が尋ねると、こっくりと恵利香がうなずいて、

「玲子さんと騎嶋さんがぁ、帖さんに気をとられてたとき、苺ちゃんが『ちょっと調べて来ます』って、その紐を手繰りつつ通路へ入ってったんですぅ」

「……調べるって、彼女は何のことを言ってるのかしら？　それもひとりで……」

「彼女なら心配いりませんよ。ああ見えて、結構しっかりしてます。秘密の花園めいたところでも、ちゃんと戻って来ました」

「えっ？　あの二人ずつに分かれたとき、ひとりにしたの？」

「あの庭園の中には、いくつも枝道がありました。彼女が手分けして調べようって、そう言ったんです」

「だからって言う通りにしたわけ。何のために帖さんが、あなたと苺ちゃんを組ませたと思ってるのよ。豪さんに彼女を守らせるためでしょ」

「それは……」

「苺ちゃん、大丈夫でしょうか」

心配する恵利香と違い、とんでもない発言を騎嶋がした。

「ひょっとして、怖くなって逃げたとか……」

「ちょっと豪さん、あなた、彼女が好きなんでしょ？　なのにそんな言い方して、苺ちゃんが可哀想じゃないの」

決してからかいではなく、玲子は本気で怒っているように見える。

「す、好きって……僕は、別に……」

「少なくとも気に入ってる。そうでしょ。そういう風に見るのはよくないわ。彼女は私たちを放っておいて逃げる子じゃない。もしも逃げるにしても、ちゃんと理由を話してから、そうするに違いないもの」

「恵利香もぉ、センパイの考えに賛成ですぅ」

女性たちから強く責められ、騎嶋はたじたじの状態だった。

「…………おーい」

そのとき微《かす》かな声が、どこからともなく聞こえた。

「今の聞いた？　あれって帖さん？　それともシン君？　あっ東英部長？」

「苺さんということも……」

声の主が誰なのか、玲子と騎嶋が話していると、

「……おーい」

再び同じ声がした。前よりも少しだけ近づいているらしい。

「もうちょっと大きく、はっきりした声音なら、誰か分かるんですけど」

「こっちも呼んでみるべきじゃない？」

「相手の正体が分からないのに、ですか」

「名前を呼んで、その反応を見ればいいのよ。このまま何もしないより増しだわ」

そう口にすると玲子は、まだ何か言いたそうな騎嶋を無視して、

「帖さぁーん……。シンくーん……。聞こえるぅ、返事してぇー」

四方八方に叫び回った。

「おーい……。どこだぁ……」

すぐに応答があった。

「ここよぉ……。ここにいるわぁ……」

しばらくやりとりが続いたあと、向こう側の声が急に止んだ。

「どうしたのかしら……。迷ったのかな」

「迷うって言っても、最初から向こうも、その状態ですよ。それに声くらいは、これまで通り出せるはずです」

「まさか……襲われた……」

「そ、それは……」

玲子と騎嶋が顔を見合わせ、そんな二人を恵利香が交互に見つめていると、

「おーい」

意外にも目の前の壁のすぐ向こうで、か細い声がした。

「帖さん？　シン君なの？　私たちはここよ！　この壁のこっちにいるわ！」

思わず玲子が土壁に両手をついて、それを見上げながら叫んだ。

「おーい」

ところが戻って来たのは、弱々しい呼びかけだけである。

「どうしたの？　怪我してるの？　すぐ行くからね」

「玲子さん、待って下さい」

騎嶋は勢いづく彼女を必死になだめ、闇雲に動くのは危険だといさめたが、

「でも誰かが怪我をして、壁の向こうに倒れてるかもしれない。声を出すのが精一杯だったらどうするのよ」

玲子は言うことを聞きそうにもない。

「ちょっと落ち着いて下さい」

それでも騎嶋は、ひとりで彼女が駆け出さないように腕をつかんで、

「帖さんかシン君か東英部長か、それとも苺さんなのか、とにかく名乗って下さい」

あくまでも冷静な態度で、壁の向こう側に声をかけた。

「おーい」

しかし返ってきたのは、いかにも弱々しげな声だけである。

「やっぱり変だわ。普通の状態じゃないのよ」

つかまれた腕をふりほどいて、玲子が自分だけでも壁の向こうへ駆けつけようとしたときである。

「おーい、そこにいるのかぁ……」

「そう、ここよ！　この壁のこっちよ」

「そうかぁ……じゃあ、そこで待ってろよ」

それまでの弱々しい声音ではない、はっきりとした言葉が返ってきた。しかも、いきなり太くなった声には、禍々《まがまが》しいまでの悪意が感じられる。

「た、た、大変だ……ヤ、ヤツですよ。あの黒怪人が、この壁のすぐ向こうに、い、いるんですよ」

取り乱す騎嶋を、今度は玲子が必死になだめる。

「豪さん、パニックってる場合じゃない。早く逃げないと」

「えっ、で、でも……どこに？　ど、どっちへ逃げたら……」

自分たちが辿って来た方向と、帖之真が黒怪人を追いかけて姿を消した道と、二つを交互に見やりながら、騎嶋はますます慌てふためいている。

「もちろん、来た道を戻るのよ。その紐を辿って、迷路の入口まで。きっと途中で苺ちゃんにも会えるわ。あとは四人で逃げるの。帖さんが言ってたように、この〈魔庭〉から脱出するのよ！」

「逃げる……脱出……」

「恵利香もいい？　行くわよ」

玲子は後輩に声をかけ、うろたえる騎嶋から半ば強引に命綱の紐を奪い取り、それを辿りながら通路を戻りはじめた。

そんな先輩の姿に感化されたのか、恵利香も今までのスローモーな雰囲気から一転して、ともすれば足のもつれる騎嶋を急《せ》き立てはじめた。

こうして玲子を先頭に、パニックのままの騎嶋、彼を追い立てる恵利香といった順番で、三人は迷路の入口を目指して進んでいった。

時折その後ろから――、いや、どこかは分からない方向から――、

「おーい……待てよぉ……」

という無気味な声が聞こえたが、誰も相手にしない。悪夢のごとき迷い道から抜け出すこと、それしか頭にないかのように、ひたすら三人は紐を辿り続けた。

いくつもの分岐点、いくつもの角を曲がり、ある地点で短く延びた通路の突き当たりを、玲子が右手に折れようとしたときである。

向こう側から、ひょいっと影が現れた。

「ひいぃぃぃっっ！」

玲子が悲鳴をあげつつ立ちすくみ、彼女の背中に騎嶋と恵利香が衝突して、三人が将

棋倒しになりかけたところで、

「大丈夫ですか」

それを前から支えたのは苺だった。

「ま、ま、苺ちゃん……」

「すみません。驚かせてしまって」

「ううん、そんなことより……逃げるわよ。さぁ早く」

「はっ？　逃げるって……」

「説明はあとよ。とにかく紐《ひも》を辿って、迷路の入口まで行くの。ほら、この紐を渡すから、苺ちゃんが先頭になって――」

「……無理です」

「えっ？　何を言ってるの？　この紐を手繰って――」

「……できないんです。もしやと思って私、紐を辿ってみたんですが、途中で切られてました」

「な、何ですって！　この紐が切断されてた？」

苺の姿を目にしたせいか、それとも彼女の報告によるのか、とたんに騎嶋の態度が急変した。

「ええ。しかも紐を切った人物は、切断した地点に紐を捨てなかった……のではないかと思います」

「どういうことです？」

「つまり切った紐の先端を持って、まったく関係のない通路をしばらく進んでから、そこで紐を捨てたんじゃないか……と。私、紐が切られていた地点から、方々に歩いてみました。あくまでも感覚的な判断に過ぎませんけど、それまでの紐の長さから考えて、意外と近くに迷路の入口があるような気がして。でも見覚えのある通路には、一向に出ません。どこも似たような光景ですが、最初の方の道は意図的に覚えているつもりでした。だから壁の様子とかで、ある程度は分かる自信があったんです。けど、そんな通路には結局、出ることができなくて……」

「つまり黒怪人が紐を切断したうえで、さらに僕たちを迷わせるために、そんな小細工までしたってことですか」

「それ以外には考えられないわね」

騎嶋の疑問に、玲子は苺に代わって答えてから、

「こうなったら逆に、出口を目指しましょう」

「ええっ、いかに紐が役に立たなくなったとはいえ、我々が今いる地点からなら、やっぱり入口の方が近いんじゃないですか」

「確かにね。けど苺ちゃんでも、入口は見つけられなかったのよ」

「なら、なおのこと出口に辿り着くのは――」

「ひとの話は最後まで聞くの。一番の理由は、あの黒いヤツも、きっと私たちが入口に

向かってると考えるんじゃないかな」

「あっ、裏をかくんですね」

「向こうがどこまで迷路に通じているか分からないけど、私たちよりも詳しそうじゃない。それで同じ方向に進むとなると、どうしてもこっちが不利になるわ」

「とはいえ出口まで、ちゃんと辿り着けるでしょうか。あの黒怪人に遭ってしまう危険もあるわけで……」

騎嶋は玲子に喋《しゃべ》りながらも、苺をちらちらと見ている。

「あのー、出口を目指す困難さは、この迷路に入ったときも同様にありました。いずれにせよクリアする必要があるわけです。それと途中で遭遇してしまう可能性ですが、迷宮がどれほど入り組んでいても、基本的には一本道であるのに対して、迷路は何通りものルートが存在しているはずですから、うまくいけば——」

「へぇ、迷宮ってそうなの？」

苺の説明に、場違いにも玲子が感心している。

「迷宮の場合は構造上、左右どちらかの壁に手を添えながら進めば、最終的には必ず中心部へ辿り着けます。また入口まで戻ることも可能です」

「そうなんだ」

「もっとも規模の大きなものですと、そんな余裕はないかもしれません。つまり延々と歩く羽目になりますからね。まず体力が続きませんし、そのうち飢えもしますから。やはり道順が分かっていないと、極めて危険なことになります」

「そういう講釈は、あとで聞いて下さい。そうと決まれば一刻も早く、出口を目指しましょう」

すっかり立ち直ったと思《おぼ》しき騎嶋が、現金にも二人を急かせた。

そこからは再び苺が先頭に立ち、玲子、恵利香、騎嶋の順で、迷路の出口を目指して歩き出した。

通路の角を曲がるたびに、自分たちを追いかけてくる謎の黒怪人と、ばったり遭遇するのではないか……という恐れを全身で表しながら、ひたすら歩き続けた。

# 19　怪人の正体？

「あっ、出口です！」

珍しく興奮した苺が指差す前方を見やると、通路の突き当たりの左手から、明らかに陽の光と思しき明るさが射し込んでいる。

「やったぁ！　苺ちゃんすごい！　さすがだわ」

「しぃっ、玲子さん、声が大き過ぎます。あいつに聞かれたら、どうするんですか」

はしゃぐ玲子を、慌てて騎嶋がいさめる。

「大丈夫よ。迷路の中でも、大して声は届かなかったでしょ。それに黒いヤツも今ごろは、とっくに入口から出てるんじゃない。私たちの後を追ってるつもりで、廃園の玄関に向かってるわよ」

「……恵利香、疲れましたぁ」

彼女の甘ったれた口調を耳にしたせいか、残りの三人も急に疲労感を覚えたような顔をした。

目の前には石畳の広場があり、その中央には涸《か》れた噴水が見える。四人は噴水の側まで進むと、ぐったりと座り込んだ。

迷路の壁を背にした広場は、両側と正面に奇っ怪な小館の建つ、完全に閉ざされた空間だった。本来は口を開けた巨大な数匹の怪魚が水を吐くに違いない、何ともグロテスクな噴水がある以外は、ただ石畳の地面が広がっているだけで、かなり寥々《りょうりょう》とした空気が漂っている。三方を塞《ふさ》ぐ小館の異形な眺めさえも、決して賑《にぎ》やかしにはなっていない事実が、なぜか恐ろしく感じられてならない。

奇態な小館の造りには西洋館の趣きがあるものの、通常なら玄関扉や窓やバルコニーが見られる前面部分に、鍾乳石《しょうにゅうせき》かと見紛《みまが》う異様な房飾りがぶら下がり、中央に穿《うが》たれた穴から薄暗い内部が見えている……という奇っ怪な外観で、まるで建物全体が劫火《ごうか》によって溶け出したかのように映っている。

「グロッタですね」

「何なのそれ？　名前からして気持ち悪いわね」

誰かに訊《き》かれる前にと思ったのか、苺が建物の名称を口にしたが、玲子は露骨に顔をしかめて早くも立ち去りたそうである。

「ルネサンス庭園には必ずと言ってよいほど造られている、人工的に作られた洞窟《どうくつ》のことです」

苺は少し苦笑しつつも説明をはじめた。

「当時はちょっとした古代ブームで、あるとき地底に遺跡が発見されました。その洞窟の湾曲した天井には、線紋様と——その多くは蔓《つる》植物です——動物や怪物が絡み合った奇妙な紋様が描かれていました。それはグロテスク紋様と呼ばれるようになり、ここから一般的に奇怪なものをグロテスクと呼ぶようになります。このグロッタは、その古代の地下遺跡のいわば再現なのだと思います」

「いかにも一藍が好みそうね。けど私は中に入らないわよ」

「外見のグロテスクさに比べると、内部は天窓から陽光が幻想的に射し込んでいたり、天井画に牧歌的な風景が描かれてあったり、美しい女神像が飾られていたりと、グロッタの多くは素晴らしい内観を持っていて——」

「でも、ここは〈魔庭〉ですからね。あまり楽観は……」

グロッタそのものを擁護する苺に対して、遠慮がちながら騎嶋が否定的な意見を口にした。だが彼女は特に反論せずに、

「おっしゃる通り一藍氏のことですから、おそらく内部も房飾りが繁殖した状態になっていて、芸術的な裸体の男女像の代わりに、それこそ悪魔か怪物が待ち受けているのは間違いないかも——と、私も思います」

「玲子さぁん、こんなとこでお休みしてて、大丈夫なんですかぁ」

それまで黙っていた恵利香が、急に口を開いた。もっとも彼女自身は、その場から少しも動きたくないような様子である。

「とにかく少し休憩しなくちゃ」

玲子が煙草を取り出し、騎嶋と苺にも一応は勧めてから一服しはじめた。二人が断わったのに対して、またもや恵利香は手を差し出したが、ぴしゃっと玲子にたたかれてふくれ面をしている。

「玲子さん、煙草なんか吸ってると息が上がって、いざというときに走って逃げられませんよ」

騎嶋が心配そうにたしなめたが、

「今ここで止めたからって、すぐ効果が出るわけじゃない。だったら精神的な安定剤として吸う方がいいに決まってる。それよりも豪さん、あの黒いヤツは何だと思う？　何かの冗談や悪戯《いたずら》ってことは考えられる？」

煙草については取り合わず、黒怪人の正体を問いかけた。

「ヤツが何者なのか、ずっと考えてたんですが——。まったく関係のない者が、たまま〈魔庭〉に入り込んで、僕らという別の侵入者に出会って——なんてことは、あまりにも無理があると思うんです」

「じゃあ、何らかの関係者だってこと？」

「まず思い浮かぶのは、一藍自身です。〈魔庭〉の所有者にして、その創造者でもあるわけですからね。しかも行方不明になっている……」

「けど、この中で消えた……という証拠はないんでしょ？」

「はい……。ただ当時の一藍を考えると、ここ以外にどこに行き場があったのか、とも思うわけです。姿が見えなくなったのなら、やはり〈魔庭〉の中と見なすのが、彼の場合は自然じゃないでしょうか」

「そう言われると、確かにそうね」

「次の容疑者は、ここに入ったまま出て来なかったと言われている、城南大学建築学科の三回生の土末裕樹です。彼と一緒だった女子高生の雪森佐緒里もいますが、彼女には家庭の事情以外に変わった評判がなかったのに対して、実は土末には奇妙な噂が一時期流れていて……」

「奇行があった、とかいうあれ？」

「それもふくめてというか、その元凶かもしれませんが――」

「奇行の元凶？」

「彼は――というよりも土末家では、昔から犯罪者が、それも殺人犯が多く出ている。という話が実はあります」

「本当？　そんなことってある？」

「僕が読んだのは、三流週刊誌の『週刊日話《にちわ》』ですから、どこまで信用していいのか分かりませんけど、彼の先祖に複数の殺人犯がいたのは、どうも事実らしいです」

「だからって彼が……」

「ええ、決めつけるのは乱暴です。ただ彼が〈魔庭〉に足を踏み入れたせいで、ここの異様な空気に感化された、眠っていた何かを覚醒《かくせい》させた……というB級ホラー映画のような出来事が、もし起きたのだとしたら……」

「まさか、いくら何でも……」

「しかし彼の言動が変だった、という証言は実際にありましたからね」

「じゃあ女子高生の雪森は、土末の最初の犠牲者になるの？　そして第二の被害者が、ひょっとすると一藍で……」

　騎嶋は真面目な顔でうなずくと、

「その後の四人についても、彼らどちらかの仕業だと考えられます。ただし一藍にしても土末にしても、こんな人里離れた〈魔庭〉の中で、果たしてひとりで生きてこられただろうか……という疑問は感じます。仮に頭の可怪《おか》しな殺人鬼だったとしても、彼らも人間ですからね」

「分からないわよ。私たちが見つけていないだけで、この中のどこかに野菜畑や果樹園があるかもしれないじゃない。最初からここは廃園だって頭があるから、夢にもそんなことを思わないだけでさ」

「うーん、自給自足をする殺人鬼ですか。どうにも滑稽《こっけい》ですが、現実はそんなものかもしれませんね。でも、もっと無理なく犯行が可能な人物が、実はひとりいるんです」

「誰なの、それ？」

「雪森佐緒里の異母兄となる、雪森洋大です」

「ああっ、半分は血がつながってる妹に懸想した――っていう変態兄貴ね。けど彼は、ここに住んでるわけじゃないでしょ」

「だからこそ問題ないわけです。普段は自宅にいるんですから。ただし例の四人組のように、ここに入り込む者がいると、そのたびに自分もあとを追って……」

「ちょっと豪さん……」

急に現実的な怖さを覚えたのか、玲子は非難するように騎嶋を呼ぶと、気味悪そうに周囲を見回した。

「そうだとしても彼は四六時中、ここの入口を見張ってるの？　そんな見張る場所なんか、どこにもなかったよ」

「そうでしょうか。一番の見張り場が、ひとつあったじゃないですか」

「えっ？　嘘……」

「そこで玲子さんは、彼に会ってるかもしれません」

「……あっ、あのガソリンスタンド！　薄気味の悪い雑貨屋……。あそこにいた無気味な男が、彼だって言うの？」

信じられないとばかりに玲子は、まず騎嶋を見てから、次いで恵利香に顔を向けた。後輩の意見も聞きたかったからだろう。

だが話の意外な展開に驚いたのか、恵利香はひたすら先輩の顔を見返すばかりで、少しも言葉が出てきそうにない。

「あのスタンドと雑貨屋の名前は、確か〈ホワイト・ウッド〉だったでしょ。これって

〈雪森〉じゃないですか」

「げっ」

その容姿からは考えられない下品なうめき声を、玲子が発した。

「もちろん〈雪〉は〈スノー〉なので、それを〈ホワイト〉とするのは間違いです。けど感覚的にはOKでしょうから……」

「そうね。第一あの気色の悪い変態男なら何をしても――それこそ人殺しであろうと、やりそうだわ」

英単語の相違などささいな問題だと言わんばかりの、彼女の口調である。ただ、すぐに怪訝《けげん》な顔つきになって、

「ちょっと待って……。あそこが雪森佐緒里の実家か、もしくは実家が経営している店で、あの男が問題の洋大だったとして――。私たちが立ち寄ったのは、あくまでも偶然だったわけよ。しかも出発したとき、あの男は店に残っていたわ」

「確かに立ち寄ったのは、たまたまです。でも〈魔庭〉に向かう者の多くが、あそこに寄るのは必然かもしれません。あの店に着くまでの、かなり長い距離の間、ガソリンスタンドはないわけですから。そして〈魔庭〉を訪ねるためには、どうしても車が必要になります。つまり問題の店にいるだけで、ごく自然に〈魔庭〉へ向かう者をチェックできるわけです」

「なるほど」

「部長とシン君も立ち寄ったはずですから、すでに彼はここに来る準備をしていたとも考えられます。そこに我々までが姿を現したとしたら、どうですか」

「こんな可愛い女の子が三人もいるんだから、絶対に張り切るに違いないわ」

女の子という言葉に騎嶋が反応しかけたものの、あえて我慢したのか、

「そうですね。余計にやる気を出したでしょう」

「でも私たちより先に、ここに入るのは不可能でしょ」

「そこは僕も引っかかりました。しかし何も先の必要は、よく考えるとありません。あとからでも、庭内の道さえ知っていれば、いくらでも先回りできますからね。それよりも問題は、鉄柵《てっさく》の扉の鍵《かぎ》です。入る前に目にしたと思いますが、簡単に複製が作れるような代物じゃありません。一藍との関係を考えると、とても洋大が合鍵を持っていたとは思えません」

「どこかに秘密の出入口があるのかも……。彼は何度も忍び込んでいるわけでしょ。そのたびに一藍が鉄柵を高くしたり、何らかの対策をとる。けど、また彼は別の方法で侵入する。そんな繰り返しをしてたのなら、彼が独力で出入口を切り開いてたとしても、別に不思議じゃないわ」

「でもぉ、どうしてその人が、恵利香たちを襲うんですかぁ」

相変わらずの彼女の声音だったが、はっと玲子は身じろぎしてから、

「そうよ。あの黒いヤツの正体よりも、帖さんとシン君がどうなったのか、それが一番

肝心なことじゃない」

「うちの部長も……もしかすると、ですけど」

「東英さんも？　そうね。帖さんの話だと、あとから追いかけるって言ってたらしいから、とっくに姿を見せていないと変だわ。つまりは三人か……。しかも男ばっかりじゃないの」

　そう口にしたとたん、玲子は自分の言葉に怯《おび》えるような様子で、

「ねぇ。この男性ばかりというのは、単なる偶然かしら？」

「どういうことです？　黒怪人が意図的に、男ばかりを襲っていると？　あいつに、そういう趣味があるとか」

「茶化さないで……。もし本当に、あの黒いヤツが私たちを襲うつもりなら、まず女性に手を出すよりも、反撃に出られると明らかに厄介な男の方から――って普通は考えるんじゃない」

「そ、それって部長よりも僕が、要は弱そうだって言ってる……」

「変なとこで、すねないでよ。それこそ東英さんは、たまたまでしょ。帖さんと一緒にいたけど、なぜか彼だけを先に行かせてしまった。それでひとりになった。だから狙われた。という風に考えられるじゃない」

「あっ、なるほど。そうですね」

「黒いヤツにとっては、帖さんとシン君さえ片づけてしまえば――」

「あぁっ、やっぱり僕を勘定に入れてない……」

騎嶋が情けない声を出していると、二人がやり合っている最中に中座した苺が、三方のグロッタを一通り調べ終わって戻ってきた。

「左右の建物の内部は、完全に閉じられています。ただし正面は第一房から第三房まで続いていて、奥にも扉がありました。多分その向こう側に、先へ進む通路があるんだと思います」

「どうする？　このまま進む？」

苺の説明を聞いた玲子が、三人の顔を見回した。

「でも帖さんたちを、このまま放っておけませんよね。ここまで逃げてきてから言うのは、何ですけど……」

「それは仕方ないわよ。あのまま迷路の中でうろうろして、帖さんたちを見つけられたとは思えないもの」

玲子の口調は素っ気なかったが、恥じ入るような騎嶋を慰めているのが分かる。

「シンさんたち、どこにいるんでしょう？」

「あの行き止まりの通路で、シン君と黒怪人が消えた事実を考えると、そう簡単には捜せないかもしれません」

恵利香の言葉に騎嶋が重々しく答えると、それに対して玲子が、

「やっぱり秘密の抜け道があるんじゃない？」

「黒いヤツは帖さんたちの意識を何らかの方法で奪って、秘密の通路からどこかに運び込んだってことですか。つまり三人は、まだ生きてると……」

「な、何よ、豪さん——。まさか帖さんたちが、もう……」

「いえ……ぼ、僕も、そんなこと分かりませんよ」

「でも、あの黒いヤツに、すでに三人が殺されてるかもしれないって、そう思ったんでしょう？」

「…………」

「もしそうなら私たちも、このまま無事ですむはずないわね」

「……ひとりずつ？」

騎嶋の低い声に、玲子はうなずきながら、

「皆殺しを考えているとしても、私は驚かないわ」

「ええっ……でもぉ、どうして恵利香たちが、そんな目に遭わなくちゃいけないんですかぁ」

「理由なんて、きっとないのよ」

「あるとすれば、僕たちが〈魔庭〉に入ってしまったから——ということ。それだけでしょうね」

「そんなぁ……。騎嶋さぁん、そんな理由なんて、無茶苦茶ですよぉ」

半泣きの状態で恵利香が抗議したものの、騎嶋は肩をすくめただけで、すぐさま玲子に話しかけた。

「迷路の中で出口に進もうと言った、あの玲子さんの判断は、こうしてみんなが無事でいるわけですから、やっぱり正しかったわけです。ただ結果的には〈魔庭〉の入口から遠離《とおざか》ってしまいました。帖さんたちもふくめて、今からどうするか。玲子さんの意見を聞かせて下さい」

「冷たいようだけど、三人を私たちで捜すのは無理だと思う。むしろ私たちの中から四人目、五人目の消える人間が出るだけで……ね」

「それじゃ帖さんが言っていたように、ここから脱出して警察に駆け込む。それしかないわけですね」

「うん。それに専念するのが、私は得策だと思う。黒いヤツの正体も目的も、三人の安否も、まったく何も分からない状態なんだから……」

「となると、もう一度この迷路に入って――」

「いいえ、奥へ進むの」

騎嶋が反論する前に、すかさず玲子は苺に顔を向けた。

「苺ちゃん、言ってたわよね。一藍が〈魔庭〉の奥にある住居から外部へ出入りするとき、いちいち庭内の通路を通っていたとは考えられないから、玄関ホールにあった小さな扉は、きっと隠し通路に関わりがあるに違いない――ってね」

「実際に小さな扉が関係しているのか、それは分かりません。けど何らかの隠し通路が存在しているのは、まず間違いないと思います」

「そうか！　その通路を辿《たど》るわけですか」

彼女の考えに感心した騎嶋だったが、ふと顔を曇らせて、

「あの小さな扉には、鍵がかかってました。あのとき仮に扉が開いたとして、そう簡単に隠し通路を発見できたかどうか……。まったく同じことが、住居側の出入口にも言えませんか」

「その点に関しては、意外とたやすく見つかるかもしれません」

応《こた》えたのは玲子ではなく苺だった。

「玄関ホールは、何と言っても〈魔庭〉の入口ですから、一藍氏も慎重に秘密の通路を隠したと考えられます。けれど住居まで他人が来ることを、果たして彼が想定していたかどうか。つまり秘密の通路とはいえ、それほど隠すことに重点を置かなかった可能性があるわけです」

「家の中を一通り探せば、簡単に見つかるかもしれない。そういうことですか」

早くも喜ぶ騎嶋だけでなく、玲子と恵利香の表情にも希望を感じさせる笑みが少し浮かんでいる。

「さっそくですが、出発しましょう。まだ住居までどれくらいかかるのか、まったく分かりませんから。へたをすると陽が暮れる前に、辿り着けないかもしれません。こんなところで夜を迎えるのは、絶対に避けたいですからね」

騎嶋と同じように、女性たちも空を見上げた。

曇り空の西の果てに薄い橙色《だいだいいろ》があって、まるで泥水を吸った綿の塊に、じわっと少しずつ血がにじみ出したような光景が広がり出している。これからの四人の運命を暗示するかのような、それは何とも言えぬほど薄気味の悪い眺めだった。

得体の知れぬ魔物が跋扈《ばっこ》する逢魔《おうま》が刻《とき》……。

それが〈魔庭〉に訪れようとしていた。

# 20　グロッタ

涸《か》れた噴水を抱えた石畳の広場の、その正面に建つグロッタの小館は、左右の建物に比べると一回り大きかった。

「まるで吸血蝙蝠《こうもり》でも棲《す》んでそうね」

外観の鍾乳石《しようにゆうせき》かと見紛《みまが》う奇っ怪な房飾りの群れを、眉《まゆ》をひそめて眺める玲子とは対照的に、

「あの垂れ具合なんか、とても人工のものとは思えません。本当に見事な出来映えじゃないですか」

騎嶋は熱心にカメラを回している。

「ちょっと豪さん、入るわよ」

呆《あき》れた玲子の声を合図に、一行は目の前のグロッタに足を踏み入れた。

そこは十六畳ほどの広さと高いドーム型の天井を持つ、がらんとして薄暗く無気味な静寂に満ちた空間だった。

明かりと言えば天窓から射し込む曇天の光だけで、壁面の装飾もほとんど認められな

い。それでも目が慣れてくるにつれ、丸天井から周囲の壁にわたってグロテスク紋様が微細に描かれているのが、はっきりと見えはじめる。

「内部は思ってたよりも狭いわね」

「外観が威圧的だった分、こぢんまりと感じるんでしょうか。けど結構がらんとしていて気味が悪いです」

「この描いてあるのってぇ、植物なんですかぁ」

玲子と騎嶋の会話をよそに、恵利香が珍しく苺に質問した。

「そうですね。ただ枝葉の先に怪物が生《な》っていたりしますから、想像上の植物――それも食虫植物のような感じがありますけど」

「嫌だぁ、気持ち悪いぃ。恵利香ぁ、虫とかダメなんですぅ」

「人間の首が跳んだり、腸が出るのは平気だけどね」

すかさず玲子が茶々を入れると、

「嫌だぁー」

恵利香が場違いな嬌声《きょうせい》をあげて、怒ったように先輩をたたく真似をした。

「はいはい。ところで、真ん中のこれは何かしら？」

後輩を軽くいなしてから、玲子が室内中央を指差した。

ドームの天頂部分の真下に、中国の水墨画にでも描かれていそうな岩山が、全体が円《えん》錐《すい》形の細長い石の塊が、ぬっと立っている。まるで下に垂れる房飾りに逆らうかのように、地表から上に向かって伸びていた。四方には高さもまちまちな箇所に、大きな窪《くぼ》みが見える。その四ヵ所だけが奇妙に凹《へこ》んでいる。

そんな正体不明の岩山を取り囲むように、少し離れた地点に九体の様々な怪物像が円陣を組む姿があった。あまりにも異様な岩山と怪物像によって、その場には奇っ怪な雰囲気が漂っていた。

「この周囲の化物たちが、あの中央の岩山に向かって、祈ってるように見えない？　まるで聖なる山に――じゃないわね。魔の山に礼拝してる感じかな」

「須弥山《しゅみせん》ならぬ、ワルプルギスの夜のブロッケン山ですか」

「訳の分からないこと、もう言わないでよ。帖さんがいる……」

わけじゃないんだから――という言葉を呑《の》み込んだらしい玲子と騎嶋の間に、何とも気まずい空気が流れた。

「苺ちゃんは、どう思いますぅ」

そのため恵利香が機転を利かせたようだったが、

「私には、椅子に見えます」

苺からは思わぬ答えが返ってきた。

「椅子ですって？　これが？」

驚いたように騎嶋は叫んだが、改めて岩山を観察するうちに、苺の意見に納得しはじめたみたいで、

「この窪みに腰かけるわけですか。そうやって一藍は、内壁のグロテスク紋様を鑑賞したのかもしれませんね」

「天気が良ければ天窓からは、かなりの陽の光が入るはずですから。あとはその日の気分に合わせて、座る場所を変えたんだと思います」

「さしずめまわりの怪物たちは、一藍の僕《しもべ》か崇拝者ってとこかしら。それとも危ない宗教の信者と言うべきかもね」

玲子の辛辣《しんらつ》な物言いに、騎嶋は苦笑を浮かべて、

「まぁ見ての通りの化物ですから、崇拝者や信者というよりも、彼を守る番人のつもりだったとも考えられます」

「はっきりしてるのは、彼は頭が可怪《おか》しかったってこと。こんな気味の悪い像に囲まれて、あんな変な岩の椅子に座り、天井から壁に描かれた気持ち悪い紋様を眺めて、ひとりで悦に入ってたんだから――救いはないわ」

「そこまで言わなくても……。少なくともグロテスク紋様は見事ですよ」

「豪さん、誰のお蔭《かげ》で私たちが、こんな目に遭ってると思うの？　確かに勝手に入ったのは事実だけど、そもそも一藍が〈魔庭〉なんて――」

「はい、分かりました。先に進みましょう」

玲子の口を封じるためか、その背中を押すように騎嶋が次の間へと誘《いざな》い、すかさず莓と恵利香も二人に続いた。

第二房も同じ構造ながら、高さと広さは一回り小さく映る。ただし天井からは吸血蝙蝠の群れが、周囲の壁からは地獄の軍団にしか見えない怪物たちが、こちらに向かってくる圧倒的な光景が、いきなり目に飛び込んできた。

「な、何なの、これ……」

思わず玲子が怯《おび》えて後ずさり、騎嶋たちも入口で立ち止まる。頭上と左右前方から迫りくるものたちには、それほど物凄《ものすご》い現実性《リアリティ》が感じられた。

すると苺が一歩だけ、そっと足を踏み出した。彼女は続けて二歩、三歩と前進したところで、

「これは、騙《だま》し絵です」

「ええっ？　彫像じゃないの？　というより一瞬、本物かと思ったわ」

玲子の驚きは、騎嶋と恵利香の気持ちも代弁していたに違いない。

「そのまま少しずつ中に入って下さい。周囲の絵が変わりはじめますから」

苺に言われた通りに三人が歩を進めると、

「ああっ、本当ですね。いったんは何かの模様のようになって、今度は地獄風景のような眺めに変わりました」

「一体どういう仕組みなの？」

「まず平面の絵を立体的に見せるのが、この手の騙し絵の特徴なんですが、それとは別にアナモルフォーズと呼ばれる、見る人の立つ位置によって、はじめて絵柄がはっきり

認められる技法があります。ちょっと信じにくいんですが、ここでは物凄く高度な技術によって、その二つを融合させているとしか思えません」

「パノラマとは、また違うんですよね」

「パノラマの場合は、円形空間の中心に立つわけですし、円そのものの大きさが必要になってきます。そういう意味では、極めて単純な仕掛けなんです。でも、この内部に描かれているのは……」

説明しながらも周囲を眺めているうちに、あまりの迫力に言葉をなくしたのか、苺は黙り込んでしまった。

「すごい技術なのは分かるけど、何だか酔いそうだわ」

同じくあたりを見回していた玲子が、目頭を押さえて下を向いている。

「恵利香もぉ、気持ちが悪くなってきましたぁ」

「この内部に閉じ込められでもしたら、二、三日で——いやいや一日で、精神に異常をきたすかもしれませんね」

「数分でもごめんだわ」

そう言って次の間へと逃げ出した玲子に続き、すぐに恵利香と騎嶋も第二房をあとにした。ただし苺だけは残って、なおも魅せられたように頭を巡らせている。

「苺ちゃん、いつまでもいると、きっと身体に毒よ」

やがて痺《しび》れを切らせた玲子の声が聞こえて、ようやく苺も第三房まで進んだ。

「もっとも前の部屋よりも、ここが増しかどうか、それが問題だけどね」

さらに空間が一回り縮まっているのが、第三房だった。そのうえ例の鍾乳石《しようにゆうせき》のような房飾りが、天井から周囲の壁へと全面にわたって垂れ下がっており、何とも異様な圧迫感を覚える。しかもグロテスクな房飾りは重力に逆らうように、あちこちの床からも無数に生えている。

「この気味の悪い塊の陰に、あの黒いのが隠れていそうで厭《いや》だわ」

室内に入ったところで、玲子が立ち止まりながら囁《ささや》く。

「大丈夫ですよ。人間が隠れていれば、いくら何でも分かるでしょう。それにヤツは、もっと南の方にいるはずです」

「あいつは色々な抜け道を、きっと知ってる。だから先回りなんて簡単にできる。私たちが玄関に向かっていない——と気づきさえすればね。それに果たして、あいつが人なのかどうか……」

抜け道については騎嶋も軽くうなずいたが、さすがに人間云々《うんぬん》には首をかしげた。しかし逆らうような台詞《せりふ》は口にせずに、

「相手が人間でないのなら、それこそ〈怪異探訪シリーズ〉の平島玲子の出番じゃないですか」

「止めて……。私は帖さんとは違う」

ただし当人の反応は、あくまでも現実的である。

「そんな風に平島さんが感じるのも、強《あなが》ち無理はないかもしれません。まわりの房飾りを、よく見て下さい」

そこで何かに気づいたのか、苺が周囲を見回しながら室内を歩きはじめた。彼女の視線を追うように、騎嶋も動きながら、

「房飾りを見るって、もうずっと眺めてますけど……あっ、そうか！　鍾乳石に見せかけたうえに、その中に動物や怪物の姿まで、実は潜ませてあるんですね。いわば騙し絵の立体版とでも言いますか――」

「えぇっ？　どこにそんなものが……」

「ほら、玲子さん、あの右手あたりを見て下さい。二本足で立ってますけど、羊みたいなのがいるじゃないですか」

「立ってる羊？　そんなもの……あらっ、ほんとだ！」

ようやく玲子も認められたのか、これまでのように無気味だと感じる前に、単純に喜んでいる。

「けど、あの羊って……目がいーっぱいあるよね」

もっともすぐさま眉《まゆ》をひそめると、気持ち悪そうにつぶやいた。

「あっちには頭がいくつもある、龍《りゅう》みたいなのがいますよぉ」

恵利香も見つけたようだが、特に気にする様子はない。

「第三房は『ヨハネ黙示録』の世界を、ひょっとすると再現しているのかも……」

あたりの観察を熱心に続けながら、ぽつりと苺が漏らした。

「最初にあった緑の迷宮や、帖さんたちが目にした柱の林立する斜面にも、すべて何かモチーフがあるんでしょうか。てっきり一藍がその場の思いつきで、適当に造ったものだとばかり――」

「私もそう思ってましたが、どうなんでしょう？　本当のところは……」

苺と騎嶋のやりとりを聞いていた玲子が、

「ちょっとお二人さん、仮にそれが分かったとして、抜け道を発見する手がかりになるとか、そういう利点はあるの？」

「ないとは断言できませんが、あまり期待があるとも……」

苺の否定的な言葉に、騎嶋も賛同してうなずくと、

「なら、そんなこと考えるの止めて、さっさと先へ進みましょう。頭の可怪しい人の、その頭の中を理解しようなんて、まったくムダよ。特に今はね」

玲子にうながされて苺と恵利香が、第三房の奥に見える両開きの扉に向かった。騎嶋はあとを追いつつも、カメラ撮影に余念がない。

「ちょっと豪さん、もう撮る必要はないんじゃない」

さすがに呆《あき》れたらしい玲子の口調である。

「根っからの業界人間っていうか、またはサラリーマンの性《さが》なのか。いずれにしろ今の状態を考えれば、のんびりカメラなんか回してられないでしょ」

そう言いながら目の前の扉を開けると、さっさと女性だけで先にくぐった。

「あっ、ちょっと待って下さい。玲子さーん」

後ろで扉が閉まる音を耳にした騎嶋が、慌てて三人に続こうとして、

「あれ？　開きませんけど……」

扉の取っ手を回そうとしたが、一向に動かない。

「豪さん、何やってんのよ」

扉の向こうからは、焦《じ》れたような玲子の声がしている。

「あ、開かないんですよ、扉が……」

「ええっ？　たった今、私たちが――」

玲子が扉を開けようと、ガチャガチャと取っ手を鳴らす音がしたが、やはり目の前の扉はびくともしない。

「まさか豪さん、こんなときに、ふざけてるんじゃないでしょうね」

「ち、違います！　本当に開かないんです」

騎嶋は自分の言葉を証明するように、左右の取っ手をつかむと、扉全体を外さんばかりの勢いで揺すり出した。

「どういうことなの、これ……？」

「玲子さんが開けたんですか」

「そうよ。私のあとに苺ちゃんと恵利香が続いて、それから自然に閉まったのよね」

後半は二人に確認している様子だった。

「ということは、ひょっとすると一度だけしか、ここは開かないのかも……」

「何のために？」

「さすがに分かりませんよ。まぁ考えられるのは、一藍の自衛策のひとつでしょうか。たとえ〈魔庭〉内に招いた人物でも、ここから先は通さない。一藍が入ると同時に、鍵《かぎ》がかかってしまう……仕掛けとか」

「彼の住居が近いから？」

「どうでしょうね」

「扉を破れそうな道具なんて、そこにはないよね」

「先に行って下さい。僕は扉を開ける方法を――この部屋のどこかに、そういう仕掛けがあるかもしれません――見つけるか、もしくは別の道を探します」

「別の道って、そんなものが……」

「簡単には分からないでしょうけど、一藍なら造ってそうです。これまでにも枝道がいくつもありましたから。とにかく僕は大丈夫です。予定通りに進んで、一刻も早くここを脱出して下さい」

扉の向こうで一瞬の間があってから、

「そうね。豪さん、ごめん。それじゃ行くわ。くれぐれも無理しないで……」

「玲子さんたちも……。あっ、それから――」

「何？」

「あのー、苺さんのことを、そのー、よろしく頼みます」

「…………」

「れ、玲子さん？」

「はいはい、分かった。恵利香と二人で、あなたの苺ちゃんは、しっかり守るからね」

そんな扉越しの会話を交して、騎嶋と彼女たちは別れ別れになった。

# 21 虐殺

「やれやれ、ああは言ったものの、結局は置いてきぼりか」

閉じられた扉に向かって騎嶋は愚痴ってから、ゆっくりとふり返って薄気味悪そうに第三房の内部を眺めた。

「玲子さんが黒怪人の影に怯《おび》えたのも、こりゃ当然かもな」

無数の房飾りに埋もれている奇態な動物や異様な化物などが、いっせいに彼の方を向く錯覚に陥るほど、改めて眺める第三房は無気味だった。これらに苺が気づかなければ良かったのに……と少し恨む気持ちさえ芽生えている。

「さてと――」

無理に自分を元気づけるように、わざと大きな声を出してから、

「別の道を探すよりも前に、まずは扉を開ける方法だな。どう考えても、その方が早いだろう」

騎嶋は扉の両側を熱心に調べ出した。

「そう思って見ると、この房飾りって代物は、何かをカモフラージュするのに打ってつ

けだな。そこまで考えて一藍も、こんな内装にしたんじゃないだろうけど」

場所によっては房飾りの中にまで足を踏み入れて、彼は扉の仕掛けを探した。

「…………」

その最中に三度ばかり、ゆっくりと後ろをふり返った。怪訝《けげん》な面持ちで顔を向け、一通りまわりを見回して、ふに落ちなそうに首をかしげつつ、しかし無言のまま再び向き直る――という大仰な仕草を繰り返す。

もっとも最初のうちだけで、やがて扉の周辺の検《あらた》めに集中しはじめた。

「変だなぁ。何もないぞ」

しかし、いくら調べても何も見つからない。仕方なく扉の前まで戻ると、もう一度じっくり室内を見渡した。

そこで何かに気づいたのか、騎嶋は興奮気味に、

「もしかすると仕掛けは、あっち側にあるのかもしれない」

口にするが早いか、目の前の扉とは反対側――第二房と接する出入口の方――へと歩き出した。

「それぐらいのひねりは、あって当然だよな」

ぽっかりと開いた第二房の扉口で彼は立ち止まり、そこで再び仕掛けを探しはじめようとして、

「…………」

今度は突然、はっと後ろをふり向くと、何とも不審そうな表情を浮かべた。まるで自分には見えぬ透明な化物が、いつしか知らぬ間に、すぐ背後に迫ってきている……のを感じたような動きである。

しかしながらふり返った騎嶋が、本当に信じられないものを目にして、あまりの驚愕《きょうがく》に声も出せないでいた次の瞬間――

ズウゥゥチャアァァ!

黒怪人によって繰り出された、大型の真っ赤な柄を持つ鋭利なナイフの先端が、彼の下顎《したあご》の皮膚を破って突き上げられ、口角下制筋《こうかくかせいきん》と広頸筋《こうけいきん》の間を通ってオトガイ舌筋《ぜっきん》と上縦《じょうじゅう》舌筋を突き破り、一気に口の中へ出たかと思うと、さらに上顎の硬口蓋《こうこうがい》へと深く突き刺さった。

あっと言う間にナイフの半分近くが、彼の顔面の前部三分の一ほどを、完全に刺し貫いていた。

「があぁごおぉぉおうぅぅぅ」

たちまち下顎から噴出した鮮血が、犠牲者の胸に降り注ぐ。と同時に彼の喉《のど》の奥から声にならない絶叫が無気味な音色となって、血飛沫《ちしぶき》とともにあふれ出した。

血塗《ちまみ》れの声にならない悲鳴が、不鮮明ながら第三房に低く無気味に響きわたる。

影がナイフから手を放したとたん、その場に崩れるように騎嶋は両膝《りょうひざ》をつき、両手を自分の顎まであげようとした。しかしナイフに触れる前に、がたがたと彼の身体が小刻みに震え出した。

我が身に何が起こったのか、彼の脳がまともに理解するまでに、ある程度の時間がかかったように見えた。

犠牲者の口は、ちょうど半開きだった。何か言葉を発しようとしたところへナイフが突き刺さり、口も舌も最初の発音が出る寸前の形で、ぴたっと止まったかのように見える。だらだらと血糊《ちのり》を垂らす口からは、その音が今にも聞こえそうである。しかし彼が何と言うつもりだったのか、それは永久に分からない。

しばらく影が様子をうかがっていると、犠牲者は急にすとんと尻《しり》を落として、ゆっくりと横ざまに倒れ込んだ。受けた傷の深さ以上に、強いショックが原因だろうか。

すかさず影は第二房と第三房の境目に立つと、騎嶋の両足首を丈夫な紐《ひも》で縛り上げてから、それをつかんで引きずり出した。

「ごごごぉっごぼぉぉうぅぅぅ」

犠牲者の喉が無気味に鳴る。仰向《あおむ》けにされて血が食道に流れ込んだのか、苦しそうに頭をふっている。そのうちようやく横を向くことができて、半開きの口から血糊が糸を引いて垂れはじめた。そうして鮮血の軌跡が描かれていった。

影は相変わらず冷徹な眼差《まなざ》しで、その様子をじっと見つめる――いや、その状況を正確にとらえているだけである。仮にこのまま騎嶋が絶命したとしても、それは仕方のないことだと思っているかのように。それでも、できれば生かしたまま次の仕事に移りたいと考え直したのか、少しだけ引きずる速度が上がった。

床が平坦《へいたん》ではない第二房を苦労して横断すると、影は第一房に入った。そこで一息つき、次いで部屋の中心を目指す。円陣を組む怪物たちの間を通り抜け、やがて岩山の椅子まで辿《たど》り着いた。

そこから影は、弱々しく抵抗する犠牲者の両脇の下に手を差し入れ、どうにか岩山の窪《くぼ》みに苦労して座らせた。

まず新たな紐で右手首を縛り、ぐるっと岩山を一周させて、今度は左手首を結んでから、次いで足にも同じことをする。最後に額と目と鼻の下、さらに下唇と顎の間にも紐を通すと、完全に頭が動かない状態にした。

「があぁぁ……ごおうぅぅ……」

騎嶋はその間ずっと、地の底から聞こえてくるような、とても声とはつかぬ気味の悪い音を、血潮に塗れた口から漏らし続けた。

影は岩山から少し離れると、自分の仕事の出来映えを確かめるごとく眺めたあと、おもむろにリュックから金槌《かなづち》を取り出した。そして再び、犠牲者に近づき出した。

「ががっごおぉぉぉっ」

精一杯の力強さで、騎嶋が首を左右にふろうとするが、しっかりと固定された頭は微《かす》かに震えるだけで、びくとも動かない。

そんな犠牲者の姿に冷たく視線を定めたまま、影は静かに歩を進める。まさに今、この瞬間を楽しんでいるのに、あえて高ぶる気持ちを抑えるみたいに、あくまでも冷静な足取りを崩さない。

それでも犠牲者の目の前まで来ると、そこまで無意識にこらえていた息を、影は大きく吐き出した。そうして右手に持った金槌をナイフの柄の下に当て、軽《たた》くコツコツという音を出してから、いったん真下に下降させて止め、そこから一気に叩き上げた。

「があっごぅ」

最初の一撃は、うまく柄の中心をとらえられず、ほとんどナイフが食い込まなかったらしい。しかし二度、三度と叩き上げるうちに、その先端は硬口蓋を突き抜けて鼻腔《びこう》へと入ったようである。

がごおぉっ、があぁぁっ、ごぼごぼぉぅ……と犠牲者の喉が、うるさいくらいに鳴り続けている。

そして仕上げの強烈な一撃によって、血に塗れて鈍く光るナイフの切っ先が、鼻の肉を破って顔の真ん中へと、ついに突き出した。

影はその有様をじっくりと眺めたあとで、下顎から鼻柱まで突き刺さったナイフを強い力で、素早く一気に下方へ引き抜いて、それを今度は犠牲者の喉笛《のどぶえ》に、まっすぐ突き立てた。

「があぁごっ……ごぼっごぼっごぼっ……」

ひときわ籠《こも》った厭《いや》な音が出たあと、騎嶋豪の限界にまで見開かれた両目の輝きが、すうっと静かに消えていった。

奇っ怪なグロッタの第一房の中央にある岩山の椅子に座り、身体を固定されたまま絶命した彼の姿は、このグロテスクな小館のまるで主人《あるじ》のようだった。

そんな悍《おぞ》ましい光景を影は、ひたすら満足そうに見つめ続けていた。

# 22　階段地獄

「玲子さぁん、どうですかぁ？」

声を低めながらも呼びかけてくる恵利香に、狭い枝道を調べていた玲子は懐中電灯の明かりをふりつつ出てくると、

「さっきの広場やグロッタの方に向かうというより、北西の方向に進んでる感じかな。豪さんと苺ちゃんが話していた、秘密の花園に通じてるのかも」

「やっぱり抜け道は、あるんですねぇ」

「そうだといいけどね。苺ちゃんはまだなの？」

玲子の問いかけに、恵利香がうなずく。

二人が佇《たたず》んでいるのは、グロッタの第三房の扉から続く鍾乳洞《しょうにゅうどう》のような、くねくねと蛇行した隧道《すいどう》を少し進んだ地点で、やや上りの洞内だった。

「私が入った左の枝道が、もし本当に北西へ延びているなら、苺ちゃんが選んだ右の枝道は、ひょっとすると南東に向かってるのかもね」

「真南じゃないですけど、さっきの広場の近くに出るんでしょうかぁ」

「さぁ、そう簡単にいくかどうか……。苺ちゃんも大胆よね。いくら懐中電灯を持ってるからって、こんな暗闇の狭い隙間に入ってってくんだから」

「苺ちゃんはずーっと、枝道に入りたがってましたからねぇ」

「今回は豪さんの救出という目的があるとはいえ、よくひとりで……」

「それは玲子さんも、同じじゃないですかぁ」

「まぁね」

「恵利香なんかぁ、ここで待ってるだけでしたけど、もう怖くて怖くてぇ……」

そのとき隧道内で、無気味な音が響いた。ざっざっざっと何かが動いているような、こちらに近づいて来るような物音である。

「セ、センパイ……」

「しっ、動かないで……じっと静かにしてるの」

二人が身じろぎもしないでいると、やがて右手の枝道から苺が姿を現した。

「──苺ちゃん、良かった……。そっちの道は？」

彼女を認めたとたん、玲子は安堵《あんど》の溜息《ためいき》を漏らしながらも、すぐに枝道の状況を聞き出そうとした。

「方角としては南東に進んでいるみたいですけど、あの広場やグロッタに通じているにしては、どうも少し東に流れ過ぎている気がしました」

「私の方は逆に、北西に向かってる感じだった」

「左右の枝道が対称になってる、とも考えられます。かなり先まで行ってみましたが、進めば進むほどグロッタから離れるようで、仕方なく戻ってきました」

「やっぱり豪さんには自力で扉を破るか、抜け道を見つけてもらうか、どっちかしかなさそうね」

「はい。残念ながら……」

次の瞬間、玲子が妙な素ぶりを見せた。隧道内の前後の暗闇を見通すように、何度も後ろと前方を見やっている。

「どうしたんですかぁ、玲子さぁん……」

突然そんな仕草をしたため、恵利香も怯《おび》えた声を出している。

「……変な臭いがしない？」

「えぇっ？　何がですかぁ……」

「それは分からないけど、可怪《おか》しな臭いがしないかって訊《き》いてるのよ」

「血のような……」

ぽつりと苺がつぶやいた。

「とにかく先を急ぎましょう」

玲子が慌てたように二人をうながして、蛇行する坂を上がりはじめた。

グロッタから続く通路は隧道ながら、要所要所に天窓が設けられており、まったくの暗闇ではない。ただし曇天の夕暮れが迫った外の光は弱々しく、その内部を本物の鍾乳洞のごとく感じさせている。グロッタの第三房から繁殖したかのような房飾りが、隧道の内側を覆っているため、なおさら鍾乳洞みたいに映るのかもしれない。

常に蛇行しつつも、中途からは上りと下りの変化が現れ出した人工洞窟《どうくつ》を、三人は黙々と進んだ。新たな枝道が左右に何度も現れたが、最早《もはや》それを調べさえせずに先を急ぐ。そうして辿り着いた緩やかな下り坂の突き当たりに、ようやく出口らしい両開きの扉が見えてきた。

「やっと出口らしいわね」

疲労感と歓喜がともに感じられる声をあげて、玲子は扉の前まで一気に走り下りてから、その取っ手をつかみかけたが、

「あぁっ、そうだ！　ちょっと来て！」

思わず手を引っ込めると同時に、急いで二人を呼び寄せた。

「この扉にも仕掛けが、またあるかもしれない。だから二人とも、私が扉を開けている間に、素早く外に出るのよ」

そう言いながら玲子は自らの身体で、まず扉を支えるように開けた。それから苺と恵利香を先に通らせ、次に跳びのくように扉から我が身を離した。

「あっさり通過できたわね」

ほっとした反面、妙に物足りなさも感じる。そんな玲子の口調だったが、それに応《こた》える声は聞こえてこない。

不審そうに玲子が扉からふり返ると、目の前に苺と恵利香が呆然《ぼうぜん》と佇んでおり、その向こうに何とも奇態な光景が現出していた。

「な、何なの……これ?」

三人の眼前にあったのは、巨大な穴から立ち上がっている、無数にひしめく階段の群れだった。

幅も長さも材質も異なる様々な階段が、上へ下へと向かい、斜めに交差しつつ、時には隣接して、また時には直角に折れて、曲線を描き、場所によっては複数の段が完全に融合したあと、再び別々の方向へ延びている。まるで階段だけで造られた超立体的な巨大パズルのごとき、何とも異様な空間が、そこに存在していた。

「あり得ないような風景を描く、あの何とかっていう画家の絵みたい……」

「エッシャーでしょうか」

「そう、それ! どこまで上っても終わらない階段とか、延々と続く水の流れだとか、ともかく訳の分からない絵があるでしょ。あれを本当に再現したみたい」

「さっきのグロッタにあった騙《だま》し絵と、これって違うんですかぁ」

玲子と苺の会話に、恵利香が割り込んできた。

「こうして眺めていると、騙し絵を見ている錯覚に陥りますが、これらは全部が、れっきとした本物の階段のようです」

「……手すりがないわよ」

「石、コンクリート、木材、硝子《ガラス》、鉄板……と、材質はバラバラですね」

「雨でも降れば、確実に足を滑らせるじゃないの。これも一藍の罠《わな》?」

「どうでしょう? ただ個人的な感想ですが、彼ならこの段々を、おそらく喜んで上り下りしたような気がします。雨天は危険なので、やらなかったと思いますが……」

「そう言われると、一藍らしいって思えるんだから、変なものね。で、これって迂回《うかい》できないの?」

玲子の疑問に、苺と恵利香も左右に目をやった。だが左手には石組の壁が聳《そび》え立ち、右手には自然のものらしい岩山の姿がある。

「無理みたいね。けど苺ちゃん、こんな無茶苦茶な階段を通って、向こう側まで抜けられると思う? そもそも向こう側があるのかな」

「ここへ来るまでの間に、いかに『迷宮草子』の記事情報が少なかったか、改めて気づきました」

「こんな階段の化物なんて、少しも触れてなかったの?」

「はい。遠くに見えた印象的な塔や、先ほどのグロッタについても……。私たちが通ってきた道が、もし仮に正規のルートだったとしたら、そこから外れた箇所を中心に、明らかに記事は書かれていたと分かります」

「一藍の差し金ね」

「迷路の写真は載ってましたが、それも一部分だけで、とても全体像まで把握できませんでした。そもそも〈魔庭〉のどこにあるのか、それさえ謎でした。もしかすると他の場所に存在している、まったく別の迷路だった可能性もあります」

「化物階段を実際に上ったり下ったりしないことには、ここを通り抜けられるかどうかなんて、見当もつかないってわけね」

とりあえず三人は巨大な穴の縁まで近づき、安全に足を下ろせる段を探しはじめた。へたをすると足を踏み外して、全身を段々に打ちつけながら、あっという間に下まで転がり落ちてしまうかもしれない。

「この階段がいいんじゃない」

岩山の近くにいた玲子が、二人を呼んだ。

玲子と苺で段に片足を下ろして確かめた結果、大丈夫そうだと判断する。もっとも先の段までは分からないが、どうしようもない。

他に適当な階段も見当たらなかったので、そこから三人は階段地獄へと足を踏み入れることになった。

「できるだけ上り下りをしないようにして、とにかく向こう側に少しでも近づくルートを、選ぶようにした方が良いと思います」

苺の意見は取り入れられたが、実際に階段を辿《たど》りはじめると、そう簡単にはいかなかった。途中で別の段と接していても、必ずしも移れるとは限らない。

そうなると安全に移動できる場所まで、昇降を繰り返す必要が出てくる。つまり自然に誘導されてしまう。そんな計算したような組み合わせが、いかにも無秩序に見える階段には、どうやら仕掛けられているらしい。

「恵利香、こっちよ。ほら、そこからこっちの段に移るの」

そのうち気がつくと、三人の間に距離ができていた。それは迷路のときと同様、直線距離の問題ではなく、あくまでも段を辿ったときの開きだった。

「あらっ、苺ちゃんは……どこなの？」

しかも階段が別の段の下を通ったり、折れたり曲がったりしているため、しばしば誰かの姿が見えなくなる現象も起きた。

「苺ちゃーん！」

「はーい。ここですぅ。下にいまーす」

「どうして、そんなとこに……」

「ひょっとすると、ここの出口は穴の向こう側ではなくて、実は地下にあるんじゃないか――そう思ったんです」

「あまり離れない方がいいけど、そういう考えなら上と下に分かれましょう。このいまいましい階段から抜け出す道を見つけたら、お互い大声で知らせること」

「分かりましたぁ」

苺とやりとりをした玲子は、恵利香と一緒に地上の出口を探しはじめた。

しばらく上ったり下ったりを繰り返すも、出てきた隧道《すいどう》の向かい側へ進んでいるつもりが、いつしか左手の石組の壁に近づいていたり、その反対側の岩山に行こうとしていたりと、常に方向感覚を狂わされてしまう。個々の階段が複雑怪奇に入り交じっているため、ずっと同じ方角を目指すのは不可能に思えた。

あまりにも異様な階段地獄の中を、大きな胸を息づかせ、形の良い尻《しり》を突き出し、白い素足をさらしながら、平島玲子と粕谷恵利香が進んでいく。そのあられもない姿は、男性の目には毒に違いないほど艶《なま》めかしい。まさに媚態《びたい》の限りをつくしていた。もちろん本人たちが意図したものではなく、そういう恰好《かっこう》を自然にとらざるを得なかったからに過ぎない。とはいえ今ここに騎嶋がいれば、喜々としてカメラを回したことだろう。それほどエロティックな眺めを、二人は知らぬ間に提供していた。

しかし当の彼女たちに恥じ入る余裕などは毛頭なく、ひたすら目の前の段を辿るばかりである。

「こんな目に遭うと分かってたら、絶対に来なかったわ」

「恵利香もぉ、そうですぅ」

二人とも愚痴をこぼすのが精一杯らしい。

「あっ、玲子さん、壁がありますぅ！」

それでも二人は交差した階段の隙間から、石組でも岩山でもない土肌の壁が見える場所に、どうにか辿り着いていた。

「あの壁からなるべく離れないようにして——そうね、まず右の方へ動きながら、出口を探すわよ」

ともすれば遠離《とおざか》りそうになりつつも、玲子と恵利香はできるだけ壁に沿いながら、右手の岩山側へと移動していった。

「あそこぉ！　あれって隙間ですよねぇ？」

もう岩山にぶち当たるという手前で、恵利香が素《す》っ頓狂《とんきょう》な声をあげた。

彼女が指差す土肌の壁と岩山とが接するあたりに、縦に細長く開いた壁の隙間のような空間が見えている。

「ふーん、案外まともな場所にあるじゃない。私はまた、思いっきり階段の上か、苺ちゃんが探している地底かと疑ったわ。でも隅っこの端って、やっぱり一藍はひねくれてるわね」

玲子は悪態をついたが、安堵《あんど》の表情も浮かべている。

「苺ちゃーん、ありましたよぉ」

さっそく恵利香が地下の苺に声をかけたが、なぜか一向に返事がない。

「苺ちゃーん！　聞こえるぅ？　トンネルの扉を出た地点から見て、北東の方向に出口らしい隙間があるのぉ」

今度は玲子が叫んだが、やはり何の応答もない。

「どうしちゃったんでしょう、苺ちゃん……」

すでに半泣きの恵利香だったが、それに構わずに玲子は呼びかけ続けた。

「この階段の北側は、自然のものらしい土の壁になってるのぉ。その壁と東側の岩山とが接するあたりに、どうやら北に通じてるらしい道があるんだけどぉ。苺ちゃーん、分かったぁ？」

できるだけ詳細な説明を玲子は心がけたが、まるで階段の墓場のような空間に、彼女の声のみが虚《むな》しく谺《こだま》するばかりで、相変わらず苺の返答はない。

「玲子さぁん……、苺ちゃんは……」

「彼女のことだから、地下にある別の通路を見つけたのかもね」

「でもぉ、もし出口を見つけたら、お互いに大声で知らせるって、そういう決まりじゃないですかぁ」

「それは……先に内部を確かめようと思って、少し確認してるだけかも。または私たちに知らせたけど、こっちが聞こえない場所にいたとか」

「まさか苺ちゃん、あの黒い怪人に……」

「ちょっと恵利香、変なこと考えないの。第一あの黒いヤツが、私たちに追いつけるかどうか――」

グロッタの第三房の入口で騎嶋に対して、黒怪人が簡単に先回りをできるのではないか、と玲子が言ったことを、幸い恵利香は覚えていないらしい。

ただし台詞《せりふ》とは裏腹な、先輩の不安そうな面持ちが目に入ったのか、

「どうするんですかぁ、玲子さぁん……」

恵利香が心細そうな声を出した。

「私たちだけで進むしかない」

「そんなぁ……」

「じゃあ私ひとりで行くから、あなたは苺ちゃんと合流できるまで、ここに残っていなさい。その逆でもいい。どっちにする？」

ことさらに強い調子で、玲子が二者択一を迫ると、

「センパイと一緒に、恵利香も行きますぅ」

囁《ささや》くような弱い声音ながら、はっきりとした意思表示が返ってきた。

こうして玲子と恵利香の二人は階段地獄で苺と別れてしまい、そこから先は自分たちだけで進む羽目になった。

# 23　廃墟聖堂

「ここって前にレンタルで観た、冒険物の映画に出てきた場所に似てますぅ。その近くに宝物が隠された秘密の洞窟《どうくつ》があるんですけど、そこへ行く途中で、こんな道を通るんですよぉ」

二人が最後に辿った階段から、目の前に聳《そび》える絶壁に開いた細い筋のような隙間に入ったところで、道の両側を見上げながら恵利香が呑気《のんき》な感想を口にした。

「おおかた『インディ・ジョーンズ』の作品でも観たんでしょ。でも意外ね、そういう映画が好きなの？」

「えーっ、違いますよぉ。そのとき付き合ってた、彼氏の趣味ですぅ」

「あっ、そうなの」

まともに相手をしたことを後悔したのか、そこから玲子は無言のまま、ひたすら深い溝の底のような道を歩いていった。

道幅は緑の迷宮の先に続いた通路とほぼ同じで、歩行そのものに困難はない。ただ、やたらと折れ曲がっているせいで先が見えない不安と、両側の壁の物凄《ものすご》い圧迫感とが、進むにつれ重く伸《の》しかかってくる。そのうえ曇天の、さらに夕暮れ時である。ただでさえ乏しい陽の光が、ほとんど射し込まない。そのため行く手にも後方にも、薄闇が横たわっている有様だった。

玲子だけでなく恵利香までも口を開かないため、どうしても重苦しい空気があたりに漂う。地の底を這《は》うような通路を進む二人の後ろ姿は、次の角を曲がった先で、ふっと消えてしまいそうに映ったかもしれない。

やがて前方に、縦に細長く切り取られた薄明かりが見えてきた。

「あっ、出口だわ！」

「良かったぁ……やっと出られますぅ」

すでに玲子も恵利香も小走りになっている。

前方の細長い切れ目が、次第に近づいてくる。早く脱出しないと両側の壁にはさまれて、今にもつぶされそうな恐怖を、この期におよんでおぼえる。駆ける足が速まる。海底から海面に浮上して空気を求めるように、一心に目の前の光を目指す。すでに夕間暮れとも言うべき陽光だったが、この狭い空間から望めば、わずかな明るさでも眩《まばゆ》い輝きに思えてしまう。

「やったぁ、出られたぁ！」

安堵感《あんどかん》に満ちた玲子の歓声とともに、二人は野外へと飛び出していた。

「はぁ……もう最後の方は、息が詰まる気分でしたよぉ」

恵利香が深呼吸をはじめると、珍しく玲子も後輩の真似をして、思いっきり息を吸い込み吐き出している。

しかし二人が歓喜していたのも、ほんの束の間だった。

「まるでSF映画のセットみたいね。宇宙の果てにある無気味な惑星か、もしくは人類が滅んだあとの未来の地球か……」

飛び出した先には、起伏のある砂丘が広がっていた。たった今、通り抜けて来た聳え立つ壁を背にして、あたり一面が砂、砂、砂、砂、砂……の世界である。

そんな砂ばかりの空間の彼方《かなた》に、ゴシック建築の教会堂の廃墟《はいきょ》が、半ば埋もれるようにかたむく姿があった。

「あれって、教会でしょうかぁ」

「学生時代にヨーロッパ旅行で見た、どこかの大聖堂に似てるわ。苺ちゃんなら、どこの国の、何時代の、何という様式かって、すぐに分かるんじゃない」

「あそこに行くんですかぁ。まわりは砂だらけなので仕方ないですけど、なんか薄気味の悪い建物ですぅ」

恵利香は前方の教会堂に目をこらしたあと、不安そうな表情をした。

「この砂丘って、どこまでも続いてるように見えるけど、案外そうではないかもね」

「ええっ、意味が分かりません」

「いくら〈魔庭〉が広いからって、あんなに先まで砂丘があると思う？」

「この風景は嘘……ってことですかぁ」

「途中までは本物だとしても、その先はそう見えるように演出してあるのよ。どうやってるかなんて、私に訊《き》かないでね。分かりっこないから」

「ならぁ、確かめに行きましょうよぉ。もしかすると仕掛けの隙間から、まったく別の場所に出られるかもしれません」

「どうかなぁ。そういう場所なら逆に、きっと通れないようにしてあるでしょ。聖堂は北にあるんだから、ここは素直に進んだ方がいいわ。あそこしか行き場がないというより、私たちはあそこに行くべきなのよ。ちょっと距離がありそうだけど……」

玲子の下した判断に恵利香も異を唱えなかったので、そのまま二人は砂丘をまっすぐ突き進み出した。

「さっきの階段といい、この砂世界といい、奥に入るほど酷《ひど》くなってない？」

予定通り北を目指しながらも、玲子が愚痴をこぼす。

「そうですよぉ。廃園って言葉から、枯れてるような場所にしても、もっと緑があるんだと想像してましたぁ」

「ここは言うなれば、一藍という作家の妄想を実体化した、彼の脳内遊園地のようなものなのよ」

「えーっ厭《いや》だぁ……気持ち悪いですぅ。それに遊園地って言っても、ちっとも遊べなくて、少しも楽しくないですしぃ」

「当たり前よ。一藍の趣味や趣向が——それも怪奇幻想的なものだけが——全面的に出ている世界なんだから、普通の人間が面白いわけないよ」

そんなやりとりを二人はしつつ、少しずつ聖堂の廃墟に近づいたのだが、

「あらっ？　意外と小さいのかも……」

ある地点を過ぎたところで、玲子が怪訝《けげん》そうな声をあげた。

「建物の大きさですかぁ」

「たいてい聖堂って、バカでかいのよ。なのにこれは——遠近法だ！　あそこまで遠いように見えたけど、実際はそうじゃない。聖堂の大きさを誤認させることで、そう錯覚させていただけなんだわ」

当初の感覚よりもかなり早く到着できた聖堂の廃墟は、実際の何分の一かの規模によって造られた代物だと、近くで見ることでよく理解できた。

「縮小されてるとは言え、ここまで再現すれば立派なものだわ。しかも最初から、わざわざ廃墟として造ってるんだから……」

東西に横たわる建造物を眺めて、玲子は感心しつつも呆《あき》れたらしい。

「あの円形の中が内陣って呼ばれる祭壇のある部分で、東の方向に造られるって聞いた覚えがあるわ。信徒が祭壇を前にすると、東のエルサレムを向くようにね。その反対側が西正面って呼ばれて、いわゆる教会堂の玄関口に当たる扉がある。その扉を入ると、身廊っていう通路があって——」

学生時代のヨーロッパ旅行の記憶が蘇《よみがえ》ったのか、玲子が聖堂の説明をはじめたが、

「センパイ、すごいですぅ。苺ちゃんに負けてませんねぇ」

という後輩の反応を耳にしたとたん、彼女は黙ってしまった。

恵利香は素直な感想を口にしただけながら、玲子は自分に蘊蓄《うんちく》語りなど似合わないと気づいたのか、恥じた表情をしている。

「さすがに一藍先生、そういう方角も正確に合わせて、この聖堂の廃墟を造ったってことになるわね。もっとも日本では、エルサレムは西の方向になるけど」

玲子は憎まれ口で説明をしめくくり、恵利香をうながして西側に回った。

廃墟聖堂の西正面に立つと、建物全体が北西にかたむいている事実が、嫌でもよく分かる。周囲が砂丘のため、あたかも時間とともに沈み続けている……ような錯覚に陥るが、もちろん一藍が最初から傾斜させて造ったに違いない。

西正面の扉を開けると、玲子が途中まで内部の様子を語ったように、目の前に身廊が延びており、その両側には側廊が走っている。この身廊と側廊を分け隔てる支柱列のアーケードが左右に連続して続き、その上部には階上廊と高窓が見られ、天頂部分はゴシック建築特有の穹窿《ヴォールト》構造になっている。もっとも縮小版のためか、ゴシック聖堂が持つ上昇性は感じられない。

ただ、どこかの深い森の奥に迷い込んだような、とてつもなく薄気味の悪い雰囲気は圧倒的にあって、ステンドグラスから微《かす》かに射し込む弱い陽の光が、堂内のあちこちに

薄暗い闇を現出させている。まるで魔物が潜んでいそうな、そんな薄暗がりを作り出していた。

「センパイ……。教会の中って、こんなに無気味なものでしたぁ……」

建築の知識など皆無らしい恵利香でさえ、この異様さは肌で感じられるのか、あたりを気味悪そうに見回している。

「うん。ヨーロッパの聖堂なんか、観光客が少なかったりすると、結構それなりに怖い場所なのよ。それを廃墟として再現してるんだから、ここが気色悪いのも無理ないわ。一藍の〈魔庭〉の中だと思うと、よけいにね」

「それで玲子さぁん……この中で、どうするんですかぁ」

かたむいた身廊を用心深く歩きながらも、これから何をするのか恵利香が大いに気にしている。

「とりあえず内陣まで――このまままっすぐ行った、あの柱が半円を描いているところよ――行って、そこで次の場所に通じる道を探すの」

「でもぉ、あっちって東なんでしょう？　北に向かわなくていいんですかぁ」

恵利香の指差す方には、支柱列の間から北の袖廊《そでろう》の扉が見えている。

「そうね。一応は調べてみるべきか」

あっさり玲子は後輩の意見を採用すると、交差部まで歩いて左手に折れ、北正面の扉に向かった。

「びくともしない。ダメだわ」

しかしながら扉は、まったく開かない。

「これは鍵《かぎ》がかかってるというより、最初から閉め切りにしてある感じね」

「ただの見せかけの扉？」

「そういうこと。ここから出る必要は、つまりないのよ」

「西側の扉から出て、北の方に回り込まなくても、いいんでしょうかぁ」

「ムダ骨のような気がするわ。砂丘が続いているだけか、それこそ砂場の終わりかもしれない。何なら恵利香、見て来てよ。私は、内陣の祭壇を調べてるから」

「ええっ……恵利香ひとりでですかぁ」

「当たり前でしょ。二人で行くなんて、効率が悪いだけじゃないの――」

そう口にしかけて玲子は、あたりを探るように見やって、

「――と言いたいところだけど、ここで別行動をとるのは得策じゃないわね」

「そうですよぉ。ここでセンパイまで姿を消しちゃったら、恵利香はこの先どうすればいいのかぁ……」

「あら、消えるのは私の方なの？」

「嫌ですよ玲子さぁん、こういう場合、最後に残るのは、たいてい若くて可愛い女の子って、もちろん決まってるじゃないですかぁ」

「はいはい、そうだったわね。どうせ私は……いえ、そんなことより恵利香、ちょっと

余裕があり過ぎるんじゃない」

「だって、迷路に、広場に、グロッタに、トンネルに、変な階段に、砂丘と来て、この聖堂の廃墟ですから……ねぇ」

「何が言いたいの？」

「抜け道はあるのかもしれませんけど、あの黒い怪人は、こっちの方向には来ていないってことですよぉ」

「私たちを追いかけてるのなら、とっくに姿を現してる――ってことか」

「こっちは、か弱い女の子ばかりですしぃ――あっ、もちろんセンパイも入ってますよぉ――ここまで通って来たところで、それこそ襲いやすそうな場所って、いっぱいあったじゃないですかぁ。それでも姿を現さないのはぁ――」

「なるほど。珍しく一理あるわ」

　女の子に玲子も入っている、という暴言を気にしないほど、彼女は恵利香の解釈に感心したらしい。

「つまり、ひとりで調べに行っても問題ない――ってことよね」

「ええっー、そんなこと言わないで下さいよぉ」

　自分の年齢に対する暴言を、やっぱり玲子は許さなかったようである。

「恵利香もセンパイの考えに賛成ですぅ。ここまで北へ進む道だったので、きっと一藍さんも気分転換に、その方向を変えたんですよぉ。北側の扉が開かないのが、何よりの証拠ですぅ」

「あらっ、それは侵入者を容易に通さないための、彼の仕掛けかもしれないわよ。これまでだって何も、親切な道標があったわけじゃないもの」

「そんなぁ……玲子さぁん……」

「分かったわよ。まず内陣と祭壇を調べて、何も見つけられなかったら、建物の北側に回ってみましょう。教会堂全体を探ることに、最後はなるでしょうけど」

泣き真似をする恵利香に苦笑しつつ、玲子は交差部まで戻った。

そこから改めて内陣に進む。やがて支柱列が半円形に閉じた、後陣と呼ばれる場所に着く。後陣を取り巻くように周歩廊が巡り、外側に当たる部分には左右に三つずつ放射状祭室が見られる。

それらを玲子は一通り眺めただけで、真正面の祭壇に歩を進めた。

通常の教会堂であれば、聖遺物などを祀《まつ》る祭壇部分に、ここでは長方形の大きな石の台が置かれていた。しかも石台の上には、横たわる男性の石像があった。

「えぇっ、これって、まさかぁ……」

「台の上に像を置いたんじゃないわね。この像と下の石はつながってるみたい。それも蓋《ふた》みたいに見えるから――これ、石棺じゃない」

玲子は石台全体を観察していたが、恵利香の興味は石像だけにあるようで、

「この人って……一藍さん？」

「――じゃないかな。帖さんか豪さんなら、きっと分かるんだろうけど」

「自分のお墓のつもりでしょうかぁ」

「あっ、そうか。この廃墟聖堂そのものが、彼自身の廟《びょう》なのかもね」

「びょう？」

「いえ、そんなことはいいわ。それより恵利香、そっち持って――」

「こっちですかぁ……。えっ、ええっ！　この棺桶《かんおけ》みたいな石の、その蓋を開けるつもりなんですかぁ」

思わず後ずさる恵利香とは逆に、玲子は石棺の向こう側へ回ると、

「ちょっと何やってるの。早くそっち側を持ってよ」

「だって玲子さぁん……。こんなものを開けて、もし一藍が入ってたらぁ……」

「彼の木乃伊《ミイラ》でも、この中から出てくると思ってるの？　恵利香、少しは学習しなさいよ。北側の扉は閉め切りで、聖堂内で最も重要な祭壇部分には、一藍自身らしい像の横たわる石の台があって、しかも像が台の蓋になってる――ということは、この石棺の中が怪しいに決まってるじゃない」

「この中に、通路の入口が……ってことですかぁ」

「当たり前じゃない。それ以外の興味で、こんなもの開けないわよ」

「でもぉ……もし別のものがぁ……」

「目を閉じてなさい。いい？　ちゃんと持った？　一、二の三で右に――いいえ、恵利

香は左の方に——蓋を動かすのよ」

勢い込んだ玲子が拍子抜けするほど、蓋は難なく簡単に動いた。

「やっぱり……」

すぐに玲子の漏らした声で、恐る恐る恵利香が両目を開くと、

「あぁっ! 階段がぁ……」

石棺の中には、真っ暗な地の底へと消える石段があった。

「こ、ここを、下りるんですかぁ……」

「そのために開けたんじゃない」

当たり前のように答えた玲子だが、さすがに少したためらいが見受けられる。

「でもセンパイ、真っ暗ですよぉ」

「懐中電灯があるから、心配しなくても大丈夫よ」

そうは言うものの、階段下の暗闇を見下ろす玲子の眼差《まなざ》しには、明らかに不安が宿っている。

「絶対に私から離れないで、しっかりついて来ること。分かった?」

それでも彼女は恵利香に活を入れると、

「行くわよ!」

自分を鼓舞するような声をあげ、玲子は闇の中へ階段を下りはじめた。それに恵利香もすかさず続き、廃墟《はいきょ》聖堂の中から二人は姿を消した。

# 24　古城の地下室

そこには荒涼たる原野が広がっていた。大海がうねるごとく何重もの丘の起伏が波打つ中に、半ば枯れたヒースの茂みのような植物が点在し、ドルイドの遺跡かと見紛《みまが》う巨石が転がる、何とも寥々《りょうりょう》たる風景である。

そんな寂寞《じゃくまく》とした景観に溶け込むようにして、やや小高い丘の上に、完全に朽ちた古城の姿が眺められる。崩れた外壁を残すばかりで、最早《もはや》そこに往時の威容は見る影もない。もちろん最初から崩壊した城をイメージして造られており、築城された事実など存在するわけもないのだが、その様が自然にありありと想像できるほど、見事なまでの空間演出がなされていた。

「……出口だわ」

かように異様な世界に、地の底から響く声が届いた。

「梯子《はしご》がある。これを上ると、きっと地上に出られるのよ」

玲子の声は原野の片隅から発せられている。そこには一枚岩が二つに割れてもたれ合い、切妻屋根のような恰好《かっこう》になった、朽ちた遺跡とでも言うべき代物が見えた。彼女の声は、その隙間の中で谺《こだま》している。

「ふう……また寂しい場所に出たものね」

やがて岩の間から玲子が顔を出し、次いで恵利香も姿を現す。

「この調子で続くなら、そのうち荒れた海原でも出てくるんじゃない。沖合には無気味な孤島があって……いや、その前に幽霊船かな」

古城を認めた玲子が、いささかうんざりしたように言う。

「ええっ、いくら何でも海は無理ですよぉ」

恵利香が真面目に受け答えをしたので、玲子は苦笑したまま後輩をうながすと、さっさと丘の上の崩壊した城を目指した。

「あのお城が、一藍さんのお家《うち》なんでしょうかぁ」

早く目的地に辿《たど》り着きたいのか、恵利香が希望的観測を口にする。

「ほとんど壁だけしか残ってないのに？」

「そうですけどぉ……ホラー作家なんですから、あんな古城に住みたいと、やっぱり思うんじゃないんですかぁ」

「それはそうだけど、あの崩れた城に住むのは無理よ」

「……あっ、地下ですよぉ」

「また地下なの」

玲子が天をあおいだが、はっと恵利香に顔を向けると、

「聖堂の石棺の中を下りたとき、私たちが進んだ方向とは反対の側にも、ずっと通路が延びてたでしょ」

「はい、ありましたぁ」

「あれって南の方向になるから、ひょっとすると例の階段が集まった場所の、地下へと通じてるんじゃないかな」

「だとしたら今ごろ、こっちに苺ちゃんが向かってるかもぉ」

再び恵利香が希望的観測を口にしたが、玲子は聞いていない様子で、

「さっき梯子を上った地点でも、通路はさらに先へと続いていた。もしもそのまま進んでいれば、あの古城の地下にでも出たんじゃない？」

「えーっとつまり、あの無数にあった階段の地下から、その通路をずーっと歩き続けていれば、あのお城まで楽に行けたかもしれない……ってことですかぁ」

「真っ暗な通路を進むんだから、楽かどうかは分からないけど、少なくとも一本道なわけだから、あれこれ考えて迷う必要はなかったでしょうね。それにもしかすると、そのまま一藍の家まで行けた可能性もあるわ」

「えぇっ……だったらセンパイ、今からでも戻ってぇ――」

「そういう可能性もあるってこと。それに城は、もう目の前じゃない」

朽ちた古城をいただく丘の麓《ふもと》まで、すでに二人は辿り着いていた。

「あのお城を調べるんですかぁ」

不安そうな恵利香に強い口調で返すと、さっさと玲子は丘を駆け上がり、先に崩壊した城跡に立っていた。

「あっ、玲子さぁん、待って下さいよぉ」

すぐに恵利香も追いついてきたが、

「なぁーんにもありませんねぇ」

呆《あき》れたような顔つきであたりを見渡している。

「こんな瓦礫《がれき》の山みたいな古城の、一体どこが面白いんですかぁ。これまでの迷路やグロッタや変な階段とかでしたら、個人の好き嫌いは別にしても、まぁ一藍さんには楽しいんだろうなぁ……って思えたんですけどぉ、これは……」

「この寂れた雰囲気が、きっといいのよ」

「……………」

「私にもよく分からないけど、何か詩情っぽいって言うか……」

「しじょう?」

「怪奇ポエムってこと。さっ、調べるわよ」

いつまでも恵利香の相手をしていられないと、玲子は崩壊した外壁を回って問題の城内へと入った。

もっとも城内といっても、野外と明確に区別がつかないほど荒れ果てており、どう眺めても屋内とは思えない有様である。

「……調べるって、一体どこを見ればいいんですかぁ」

「とにかく歩き回るの。あとは覗《のぞ》いたり触ったりと、それだけよ」

そう説明しながら精力的に動く玲子とは裏腹に、いかにも熱の入っていない態度を恵利香は示している。

「あぁっ、こんなとこに、階段がありますぅ！」

しかし出入口を見つけたのは、皮肉にも恵利香だった。

横倒しになった柱の上に、壁がもたれるように倒れている場所があって、その隙間から地下に下る階段が覗いている。

「やれやれ、結局また地中にもぐるわけね」

新たな通路の発見を喜ぶよりも前に、まず玲子は愚痴ったのだが、

「これって恵利香の、お手柄ですよねぇ」

「はいはい、偉かったね」

はしゃぐ後輩を一応ほめてから、気持ちを切り替えるように懐中電灯を点《とも》して、ゆっくり階段を下りはじめた。

ただ厄介だったのは、矯正に失敗した歯並びのような凹凸のある石組の階段や、亀裂《きれつ》が見える両側の壁が、倒壊した柱と外壁による影響を考えた一藍の細かい演出なのか、それとも実際に崩壊の危険があるせいなのか、その判断ができないことである。

とにかく二人が慎重な足取りで階段を下り切ると、そこから石組の地下通路がまっすぐ延びていた。

「……行くんですかぁ」

ためらう恵利香の声音が、暗闇の中で無気味に響く。

「廃墟聖堂からの通路だって、これと似たようなものだったでしょ」

「あっちの通路は、こんなにじめっとしてませんでしたよぉ。もっと乾いてたと思いますぅ。ただの連絡通路みたいな感じでぇ……」

「こっちは違うって言うの？」

「……分かりませんけどぉ。何だか気持ち悪くないですかぁ」

「この〈魔庭〉に入ってから、気持ちいい場所なんかなかったでしょ」

会話を打ち切るように、玲子は明かりを前方に向けた。それでも足取りが恐る恐るといった様子になる。

玲子が右手で懐中電灯をかかげ、彼女の空いた左手を恵利香が両手で握るという恰好《かっこう》で、二人は闇の地下通路を進みはじめた。どこかで地下水でも漏れているのか、肌にまといつくような湿気がある。

「どっちの方角に進んでるんですかぁ」

「えーっと、西になるわね」

「それで大丈夫なんですかぁ」

「仕方ないじゃない。一本道なんだから」

そう玲子が口にしたところで、右手へ直角に折れている前方の眺めが、ぼうっと明かりに浮かび上がった。

「ほら、あの角を曲がれば、また北に向かうことになるわ」

ところが、新たに入った通路の少し先には、鉄の扉が立ち塞《ふさ》がっていた。

「頑丈そうな扉ですけど、開くんでしょうかぁ」

「そう願いたいわね」

言うが早いか玲子が取っ手を引っ張り、ギイィィィという軋《きし》みとともに扉が開く。

「うわぁっ、中も真っ暗ぁ」

入るのを尻込《しりご》みする恵利香の横で、玲子は扉を何度も軋らせながら、

「厭《いや》な音を立てる割には、動きがスムーズじゃない？　これって誰かが最近、油でも注《さ》したんじゃないかな」

「あの黒い怪人ですかぁ」

開かれた扉の前で少しの間、二人は顔を見合わせていたが、

「ごめん。私の思い過ごしだわ――あっ、これって使えそうね」

扉の両脇にすえられた松明《たいまつ》に気づいた玲子が、ポケットからライターを取り出して火を点した。

「うわあっ、明るいですねぇ。あっセンパイ、あそこの柱にも、こっちの壁にも、あち

こちに松明がありますよぉ」

ひとつに火をつけるたびに、別の松明にも気づいて火を点す。という行為を繰り返すうちに、地下室の闇は次第に薄れていった。それでも炎の届かない暗闇が方々に残るせいか、その無気味さまで消え去ることはない。

だが室内には、そんな闇よりも恐ろしいものが実はあった。

「……な、何ですか、玲子さぁん。あの変なものは？」

「あれって……拷問刑具だわ……。ということは……厭だぁ！　ここは地下の拷問室なのよ！」

「拷問……室……」

一時は明るく感じられた室内が、ずんっと一気に暗くなったように映る。

その部屋は何本もの石柱によって支えられた、中途半端に広い牢獄《ろうごく》のような空間だった。壁と柱の要所に松明がすえられた以外は、ひたすら拷問刑具だけがひしめく異様な地下世界であった。

拷問刑具には、身体が接する箇所の全面にわたって尖《とが》った太い鋲《びょう》が突き出ている審問椅子、水責めのためのベッド代わりの台と水瓶と漏斗、別名「不眠」とも呼ばれる吊《つ》り上げた受刑者を眠らせないユダの揺籃《ゆりかご》、吊り下げた受刑者の上腕骨と肩甲骨と鎖骨をバラバラに外す振り子、受刑者の身体を引っ張るための引き伸ばし台と梯子《はしご》式台、車輪轢《ひ》き刑のためのいくつもの車輪といったものから、腰かけ式首絞め器、絞首台、ギロチン台といった死刑具、その屍体《したい》をさらすための鉄製の吊り籠《かご》まであって、ところ狭しと並べられていた。

それらの見慣れぬ恐ろしい器具を、ただ二人は呆然《ぼうぜん》と眺めていたが、やがて玲子は合点がいったという様子で、

「これらの拷問刑具は、もちろん偽物なのよ。聖堂や古城がそうだったように、一藍がわざわざ作らせて、この地下空間に設置したの。こういう古城の地下室には、こんな拷問部屋がありそうでしょ。それを単に、彼は再現したかったのよ」

「あぁっーびっくりしたぁ……。恵利香は一藍さんが、ここで本当に拷問具を使っていたんじゃないかって……」

「無理もないわ。私だって一瞬、本物だと思い込んだんだから」

「ずいぶんと奇妙なものが多いですねぇ」

「帖さんか豪さん、苺ちゃんでも、いくつかは知ってるでしょうけど、私にはさっぱり分からない――あらっ、そこに立ってる女の鉄人形は……確か鉄の処女とかって呼ばれてたはずだわ」

そう言いながら玲子は、巨大な人形《ひとがた》の棺桶《かんおけ》のような〈ニュルンベルクの鉄の処女〉を指差した。

「へえぇっ、変な名前ですねぇ。見た感じ顔は女性ですけど、首から下は胸も腰もないスタイルの悪い身体ですよぉ」

「はっはっ、恵利香らしい感想だわ。胴体部分は真ん中から観音開きになって、その内部と左右の扉の内側に、何本もの太い針が突き出てるはずよ」

「どれどれぇ――」

恵利香が気軽に鉄の処女の胴体に手をかけると、出入口の扉と同じように気味の悪い軋みを発しながらも、すんなりと開いた。

「あぁっ、本当ですぅ。針が刺さって――いえ、こっちに向いて出てますね」

「受刑者を中に入れて観音扉を閉めると、扉の内側の針が主要な内臓に突き刺さるという仕組みらしいわ。学生時代のヨーロッパ旅行で訪ねた博物館で、そんな話を聞いた覚えがあるから」

説明しながらも玲子は、鉄の処女の観音扉と拷問室の鉄の扉とを見比べるように、何度も双方に顔を向けている。

「串刺《くしざ》し刑ですかぁ。でも針が出てるのは、扉の内側だけですね。内部には一本も見当たりません」

「あっ、そうなの。針は位置が調整できるから、扉以外の針は外してあるのかもね。そうやって針を動かすのは、わざと致命傷となる箇所を刺さないようにして、受刑者を殺さずに苦しみを長引かせるためなのよ。だから絶命するまでに、二日もかかった男がいたらしいけど、これって扉が物凄《ものすご》く分厚いから――」

再び出入口の扉へ目を向けていた玲子が、鉄の処女に視線を戻したところで、

「え、え、恵利香ぁ！　あんた、何やってるの？」

信じられないと言わんばかりに叫んだ。

「こうやって入ったんですよねぇ」

だが玲子の絶叫とは対照的に、のんびりした様子で鉄の処女の中に、すっぽりと恵利香は収まっている。

「バカな冗談は止めて、早く出てきなさい！」

有無を言わせぬ玲子の物言いだったが、

「大丈夫ですよぉ。ちゃんと扉は、開き切っていますからぁ」

その焦りと怒りを少しも察していない、相変わらずの恵利香の口調である。

「いいから、早く出なさい。ちょっと気になることが、実はあるのよ」

急に声音の変わった玲子が、不安げに出入口の扉へと、またしても視線を転じたときである。

鉄の処女の観音扉が、少しずつ閉まりはじめた……。

# 25　鉄の処女

バアァァンッ！

いきなり鉄の扉の閉じる物音が地下室に響くと同時に、

「ぎやあぁぁぁぁっ……」

凄《すさ》まじいばかりの絶叫があたりの空気を震わせた。

「恵利香ぁ！」

すぐさまふり向いた玲子は、鉄の処女の観音扉が閉まっている光景を目にして、たちまち棒立ちになった。

「恵利香ぁっ！」

だが次の瞬間、叫ばんばかりに呼びかけながら、急いで鉄の処女に駆け寄った。

「…………」

しかし中からは、うめき声ひとつ聞こえない。

「恵利香……」

鉄の処女の前で、今度は囁《ささや》くように声をかけるが、やはり何の反応もない。

「恵利香ぁぁっっ！」

次いで玲子は鉄の処女をつかんだかと思うと、まさに倒さんばかりの勢いで揺すりはじめた。だが、どっしりと構える巨大な鉄人形は、ほとんど動かない。

「どうして……」

やがて彼女は両腕をだらんと垂らして、まるで放心したように後ずさったが、

「…………」

そこで何かに気づいたのか、にわかに身を乗り出した。その視線は、鉄の処女の下部に突き刺さっている。

「……血が、出てない？」

鉄の処女の足下の前面には、内部で処刑された者が流す血を受け止める、ちょうど受け皿のような窪《くぼ》みが作られている。

ところが、そこに溜《た》まるべきはずの恵利香の血が、まったく見当たらない。

「……針が抜かれてたの？　恵利香は大丈夫なの……」

受け皿から顔をあげた玲子は、そっと観音扉の取っ手を握ると、ゆっくりと恐る恐る手前に引きはじめた。

「……恵利香？」

その内部が見え出したところで、

「えぇっ？」

玲子の短いながらも鋭い疑問の発声が、鉄の処女の内側へと発せられ、それが跳ね返って拷問室に谺《こだま》した。

「な、な、何なの……これ?」

鉄の処女の中は、まったく空っぽだった。

そこには恵利香の姿も、身体の一部も、衣服の切れ端もなかった。血糊《ちのり》一滴さえ落ちておらず、何も入っていない状態だった。

扉の裏側から突き出る針は、ちゃんと元通りそろっている。ただし人間を刺したような痕跡《こんせき》は、どこにも認められない。

「ど、どういうこと……」

玲子は戸惑いながらも、鉄の処女の裏側に回り込んだ。そして一周するように戻ってくると、片足で内部の床を何度も踏みつけた。

「背中にも床にも、仕掛けなんかない……。この中にあの子が入ったのは、私の見間違いだったの?」

それから彼女は、つい先ほどまで自分が立っていた地点に移動した。

「ここで恵利香と喋《しゃべ》りながら、私は出入口の扉に目をやった。それから鉄の処女の方を向くと、彼女が中に入っている姿が見えた。出なさいと言いつつ――」

玲子は実際に出入口の鉄の扉に顔を向けながら、

「つい私は、あの扉に注意を奪われた。そのとき観音扉の閉まる音がして、あの子の悲鳴が聞こえた……」

　そこで鉄の処女の方を見て、素早くその前に駆けつける。

「ここに入ってる恵利香の姿を認めてから、出入口の扉を見て再びこっちを向くまで、わずか一秒か二秒だったはず。それからすぐ鉄の処女の前に来たんだから、その間に彼女をどうこうするなんて、誰にもできない……」

　玲子は気味悪そうに、室内に残る暗がりに目をやってから、はっと何かに思い当たったように、

「恵利香、あなたの悪戯《いたずら》なの？　だとしたら、もう出てきなさい。怒らないから。本当よ。決して怒らないって約束するから、さぁ出てきてちょうだい」

　だが室内は薄気味悪く静まり返るばかりで、微《かす》かな物音ひとつしない。

「……そうよね。仮に彼女が自分で姿を隠したとしても、私が視線をそらしてる一、二秒の間に、鉄の処女から抜け出て、両側に開いた状態の観音扉を閉め、そのうえどこかに隠れるなんて、絶対に不可能だわ」

　まるで目の前の鉄の処女に話しかけるように、玲子が喋っている。

「だとしたら一体……どうやって恵利香は消えたの？　なぜ姿が見えなくなった？　どこに行ったの？」

　ぶるぶるっと身体を震わせながらも、玲子のひとり言は続く。

「出入口の扉と鉄の処女の観音扉――どちらも軋《きし》んだけど、誰かが油でも注《さ》したみたい

に抵抗なく開いた……。とても何年もの間、放っておかれたようには、少しも見えなかった……。そう感じたのは、私の気のせいかと思ったけど……」

小さな子供が嫌々をするように、彼女は頭を左右に激しくふりながら、

「な、何なのよ……これは……。何が起きてるって言うの！」

怯《おび》えたような低いつぶやきから、いつしか恐怖に満ちた叫びへと、玲子の口調は大きく変化していた。

そんな彼女の背後に、すうっと影が立った。

# 26　凄惨な宴

暗闇の拷問室で燃え盛る松明《たいまつ》に照らされた影の姿は、当人の実体そのものが、まさに無気味な影のように映っている。

その影のような影は、すでにお馴染《なじ》みの身支度をすませ、今は事前に整えた準備に見落としがないか、充分に注意を払いながら確認をしている最中だった。

すべてのチェックを満足そうに終えると、影は腰かけ式首絞め器を抱えて、鉄の処女の真正面まで動かした。ただし両者には、二メートルほどの間隔を開けている。それから拷問室の暗がりに横たえておいた粕谷恵利香を引きずり出すと、その拷問刑具に座らせようとした。

ところが、スタンガンで身体の自由を奪ったせいで、犠牲者はぐったりしている。そのうえ腰かけ部分の板が、本当に尻《しり》を載せる程度の面積しかない。そのため彼女を座らせるだけの簡単な行為なのに、かなり手こずってしまう。どうにか腰かける恰好《かっこう》をとらせて、背もたれの柱の上部に設置された鉄輪で彼女の首を固定するまで、相当な苦労を強いられたようである。

それでも犠牲者を座らせ、首を器具でしめつけると、ぐったりとした身体も一応はまっすぐに伸びた。ただ、どうしても下半身が不安定になるのか、腰に紐《ひも》を回して柱と密着するように結びつけている。あとは両手を柱の後ろで組ませて紐で縛り上げ、ようやく全身の拘束を終えた。

影は一息つく間もなく、次いで頭部に取りかかる。まずヘアーバンドをつなぎ合わせた細長い帯を彼女の額に当て、それを柱の後ろで結ぶ。同じことを顎《あご》にも施し、彼女の頭が動かないよう完全に固定した。

こうして一人目を仕上げると、影は己の仕事に不備がないかを丁寧に確認してから、二人目の犠牲者に近づいた。

同じくスタンガンを使用した平島玲子を抱え起こすと、鉄の処女の内部に入れる。そのままでは倒れてしまうため、予《あらかじ》め両脇の下と垂らした両手首のあたり、股《また》の下と両足首の横に設置しておいた太い針の位置に合わせて、ちょうど彼女をはめ込むように立たせる。そうして身体の一部と針を紐できつく縛ることで、二人目の犠牲者を鉄の処女の内部に固定する。

すべての作業を終えたところで影は、彼女たちの周囲を取り巻く松明だけを残して、あとの明かりを消して回った。たちまち拷問室に暗闇が広がる中で、犠牲者たちの姿だけが無気味に映えている。

あえて影は闇の中に我が身を置くと、自ら演出した空間を鑑賞するかのごとく、しばらく眺め続けた。

拷問室のほぼ中央において、鉄の処女に抱かれて棒立ちになった玲子と、腰かけ式首絞め器に身を委《ゆだ》ねて座った恵利香の容姿が、まわりの柱で燃え上がる松明の炎によって、壮絶なまでの妖《あや》しさと凄《すさ》まじいばかりの禍々《まがまが》しさを帯びて浮かび上がっている。

「………」

そんな光景を見つめつつ、影は無言ながら満足げな溜息《ためいき》をつくと、あとは時が来るのを待つかのように佇《たたず》んでいる。

「……うぅっ、ううんっ」

やがて恵利香が、うめき声を漏らした。

「ううぅっ……な、何……」

意識が戻り出したのか、薄《うっす》らと目を開きかけている。しばしの間しきりに瞬《まばた》きを繰り返していたが、そのうち異様に大きく見開いたかと思うと、

「……な、な、何？　ど、どういう……こと……」

自分の置かれた状況が少しずつ分かりはじめたのか、必死に喋ろうとしている。

「……か、か、身体が……動かぁ……ない……」

しかしスタンガンの影響が残っているのか、満足に口をきくことができない。

ようやく影が動いた。彼女の目の前まで進むと、その顔を覗《のぞ》き込んでいる。ただし興味を示しているのは、犠牲者の両目に対してだけらしい。あらゆる角度から左右の目を

観察するように、その視力が正常であるかを確認するかのごとく、ひたすら犠牲者の眼《まなこ》だけを注視している。

そのころには恵利香も我が身に起きた異状から、自分の視界内に姿を現している真っ黒な人物へと、さすがに注意が移ったようで、

「ひいぃぃ……い、いっ、嫌ぁ……た、助けてぇ……」

か細い悲鳴をあげ出した。

それに影はうなずいたものの、かと言って行なったのは、ポケットから医療用のテープを取り出すことだった。傷口を押さえたガーゼなどを固定するために使用される、いわゆる紙テープである。

「な、何……」

影はテープを適当な長さに切ると、その両端を左右の指先で持った状態で、犠牲者の右目に近づけていく。

「な、な、何する……のぉ……」

思わず恵利香は首をふろうとしたようだが、がっちりと頭が柱に固定されており、ほんの少しも動かせない。

「い、い、嫌ぁっ……厭《いや》だってばぁ……」

テープが右目に迫るにつれて、彼女の瞬きの回数が異様に増えていく。

ともすれば閉じられてしまう瞼《まぶた》の下側を狙いつつ、ちょうど上の睫毛《まつげ》がテープの下半

分に貼りつくように押し当てると、そのまま一気に眉毛《まゆげ》のあたりまで引き上げて、影は素早くテープを固定した。あとは一枚目のテープを補強するために、新たなテープを何枚も貼っていく。

こうして犠牲者が、右目を閉じようとしても瞼が完全に下りない状態を、影は作り上げてしまった。

「い、痛い……目が……目のまわりがぁ……引きつって……」

無理に見開かされた右目からだけ、恵利香はボロボロと涙を流しながら、

「と、とって……剝《は》がしてぇ……お願いぃぃ……」

しきりに懇願しはじめたが、それは悲鳴へとすぐに変わった。

「い、厭あぁぁ……やめてぇ……」

影が左目にも同じ処置を施すつもりだと、とっさに察したからだ。

相変わらず影は、恵利香の言葉にうなずきながらも、実際には聞く耳を持たない態度を示した。よって一分も経たないうちに彼女の両の眼は、完全に剝《む》き出された状態になってしまった。

その異様な有様は、もちろん影が強制的に負わせたものである。にもかかわらず犠牲者があまりの恐怖から、かっと己の両目を見開いたようだった。いや、恵利香の心情を察すれば、おそらくその通りだったに違いない。

とはいえ自らが自然に作った表情ではなく、無理強いさせられている事実が、何とも

滑稽《こっけい》でありながら物凄《ものすご》く恐ろしくもある。という歪《いびつ》で異常な状況を作り出していた。

「ううぅっ……あぁぁっ……あううっ……」

今や彼女の両の瞳《ひとみ》からは、止めどなく涙が流れ続けている。

その涙のすべてを、そっと影がハンカチで吸い取る。むろん親切心からではなく、何か邪悪な目的が別にあってだろう。

「ああぁっ……れ、れ、玲子……さぁん？」

その目的が早くも達せられたようで、恵利香が自分の目の前にある鉄の処女の中に、遅まきながら玲子の姿を認めた。

普通なら意識が戻りはじめたとき、すぐさま目に入る光景だったかもしれないが、彼女を見舞った異常事態を完全に理解する前に、両の瞼に異様な処理を施されたのだから無理もない。

「……れ、玲子……さん……玲子さん……玲子さぁん！」

先輩の置かれている状況が次第にはっきりするだけではなく、恵利香の意識もしっかりしてきたようで、その口調もほぼ元に戻りつつある。

「……ううっ」

このときまさに絶妙のタイミングで、玲子がうめき声をあげた。

「玲子さぁん！　大丈夫ですかぁ！」

後輩の叫びが届いたのか、彼女が薄らと両目を開けはじめた。

「……ど、どうした……の……。な、何……が、あった……の……」

「玲子さぁん！　しっかり……しっかりして……下さい……」

そのころには再び、恵利香の両目から涙があふれていた。すかさず影が優しくハンカチでぬぐう仕草をする。

「は、離してぇ……。私と……玲子さんを……離して下さい」

黒ずくめの怪人が自分の涙をふいた——という行為を勘違いしたのか、恵利香がしきりに懇願しはじめた。

「ねっ……お願い……お願いですから……私たちを、離して下さい。だ、誰にも喋《しゃべ》りません。もう二度と、こ、ここへも来ませんから……」

その言葉に影がうなずくと、彼女の無理に作られた表情の中に、微《かす》かな希望の光が浮かんだように見えた。

だが、それも影が大型の真っ赤な柄を持つナイフを手に持って、鉄の処女へと近づくまでだった。

「だ、ダメ……ダメよ……。止めてぇ！　玲子さぁん、に、逃げてぇ！」

恵利香の声は、はっきり玲子に聞こえているようだったが、もちろん逃げるどころか身動きひとつできない。しかも正真正銘の恐れと怯《おび》えから、後輩と同じように彼女は両の眼を目一杯にまで見開いている。

「あ、あなた……だ……だ、誰なの？」

それでも精一杯この脅威に立ち向かおうとする、そんな強い意思が感じられた。声を震わせながらも影をにらみつけているのが、その証拠だろう。

「こ、ここに、住んでるの？　も、もし私たちが、不法侵入したのだとしたら、あ、謝ります。じ、自由にしてくれたら、すぐに、こ、ここから出て行きます。あ、あの子の言うように、もう二度と来ませんし、あなたの……いいえ、ここのことは、決して誰にも喋りません。それは約束します。だから……」

玲子は相手をにらみながらも、一方で必死に話し合おうともしている。

「ねぇ、聞こえてる？　聞こえてるなら、な、何か言ってよ」

そんな玲子に対しても、ちゃんと影はうなずいた。そのため彼女も恵利香と同様に微かな希望を持ったようだが、すぐに霧散したのも同じだった。

影が何ら言葉を発しないまま、ナイフを持って玲子の右側に立って、ゆっくりと衣服を切り裂き出したからだ。

「玲子さぁん……。や、止めてぇ……センパイに……ひ、酷《ひど》いこと、しないでぇ……」

影が玲子に行なう陵辱の様子を、嫌でも目の当たりにするほかない恵利香が、声を詰まらせながら嗚咽《おえつ》する。

しかし影は何ら動じることなく、むしろ次第にナイフを喜々としてふるい、犠牲者の衣服をズタズタの状態にまで切り裂いていた。

「……分かったわ」

その間ずっと大人しかった玲子が、ナイフの動きが止まったところで、

「わ、私は、好きにしていいわ。あなたの……お、思い通りになる。けど、その代わりに、あの子は離して——ね？　それならいいでしょ。も、もしそうしてくれたら、私は抵抗しないと約束する。こんな中で、こんな縛った状態だと、あ、あなたも何かと、や、やりにくいでしょ？　だ、大丈夫よ。紐《ひも》を解いても、私は逃げないから。でも、ま、まず彼女を逃がしてあげて——。そ、それから部屋に鍵《かぎ》をかけるなりして、わ、私を閉じ込めればいいでしょう。だったら心配ないじゃない」

「そ、そんなぁ……玲子さぁん……」

我が身を犠牲にして自分を逃がそうとする先輩の言葉に、恵利香はさらに泣きじゃくった。だが当の玲子は後輩を叱咤《しった》するように、

「恵利香、いい？　しっかりするのよ。ここから出してもらえたら、すぐに当初の予定通りに〈魔庭〉からも出て、そして二度と戻ってこないこと。分かった？」

「…………」

玲子の言葉にふくまれる微妙なニュアンスが、辛《かろ》うじて伝わったのか、泣くばかりだった恵利香の表情に変化が見えたあと、

「は、はい……。よ、よく、分かりました……」

ほんの少しとはいえ希望が感じられる声色で返答した。

「さ、さぁ、彼女を離してあげて——」

二人の会話にじっと耳をかたむけていたらしい影に、玲子が優しく柔らかい口調で話しかける。

「そ、それとも、その前に……中途半端に剝がした、わ、私の服を、すべて脱がしてみる？　彼女を離すのは、そ、それからでもいいわよ」

その言葉が終わるや否や、影はズタズタに裂いた彼女の衣服に両手をかけると、一気にむしり取った。

「い、嫌あぁっっ！」

覚悟をしていたとはいえ、さすがに玲子も思わず悲鳴をあげたようである。心構えのないまま下着姿に剝《む》かれた恥辱を、必死に耐え忍んでいるように見える。

それでもすぐ気丈に、

「ど、どう……ま、満足した？」

無理に笑みを浮かべた眼差《まなざ》しで、そっと影を見つめながら、

「それとも下着も、とる？　わ、私は別にいいわよ……。ただし彼女は、もう離してあげて、ね？　そうすれば、ほ、本当に私は、あ、あなたの言うがまま。約束するわ。だから……ね？」

恐怖と驚異の中から必死の思いで、男を誘惑する精一杯の媚《こ》びをふくんだ声音を、玲子は絞り出したようだったが、

「くっくっくっ……」

返ってきたのは気味の悪い影の含み笑いだった。

「な、な、何が、お、可笑《おか》しいのよ……」

無惨にも玲子の作り笑いが崩れたところで、影は彼女のブラジャーの谷間にナイフを入れて切り裂くと同時に毟《むし》り取り、次いで下着も同じように剝《は》ぎ取った。

「…………」

玲子は必死に悲鳴を呑《の》み込みながら、

「ほ、ほら……、こ、この私を自由にして……い、いいって言ってるのよ。それも、こ、こんな窮屈な、か、恰好《かっこう》じゃなくて……。わ、私が、む、無抵抗の状態でよ」

無気味な黒怪人と恵利香の前に、その全裸をさらしながらも、そんな台詞《せりふ》を彼女は言ってのけた。

本人が年齢を気にするのが嘘のように、彼女の肢体は見事だった。大きいだけでなく形良く整った胸は張りがあり、つんと少し上を向いた乳首は美しさの中にも淫靡《いんび》さをにじませている。適度にしまったウエストのあたりから下腹部にかけての流れが、何とも艶《なま》めかしい線を描いており、大きな胸とのアンバランスさが逆にエロスを感じさせる。

ちょうど両の乳房の間から滴り落ちた汗が、そのまま陰部の茂みへ消えるという一瞬の倒錯した光景が、えも言われぬ女体美にさらなる妖《あや》しさを付加していた。

にもかかわらず影は、平島玲子の女性としてのエロチシズムには、まったく興味を覚えていないように見える。完全に無反応である、とは言い切れぬ気配もあったが、どうにも読めない雰囲気が感じられる。果たして玲子が考えたであろう女の武器が、この影に通じるのかどうか、まったく未知数のようにも映る。

「あ、あなた……何も感じないの？　こ、この私を、あなたの好きにできるのよ。な、何でも、思い通りに……」

自分が誤算したかもしれない可能性に、少しも気づいていないらしい玲子が、そんな甘い言葉を口にしたときである。

「最初から、そのつもりだ」

影が囁《ささや》くように、ぽつりとつぶやいた。

「──あ、あなたは……まさか……？」

とっさに驚愕《きょうがく》の表情を浮かべた玲子が、次の言葉を発しようとした。

「例えば、こんな風に──」

しかし先に口を開いたのは影で、しかも同時にナイフをふるっていた。

「ひいぃぃぃっ」

玲子の腹の前を、ナイフが左から右へ一直線に流れる。次の瞬間、じわっと下腹部に血がにじんだかと思うと、たらたらと血糊《ちのり》が滴り落ちはじめた。

「な、何を……止めて……」

たちまち彼女の顔が恐怖に歪《ゆが》む。

影の正体を察したがゆえに、自分の女性としての魅力が通用しない、という事実を悟って絶望した心理も、そこにはふくまれていたかもしれない。

「れ、れ、玲子さぁん……だ、大丈夫ですかぁ……」

もちろん恵利香には、そんな先輩の表情を読む余裕などなかっただろう。

「や、止めて下さい……。わ、わ、私……が、な、何でも言うこと……き、聞きますから。だ、だから玲子さんに、ひ、酷いこと、す、するのは……」

「え、恵利香……こ、こいつは……」

玲子が必死に喋《しゃべ》ろうとしている。

「こいつの、しょ、正体は……」

「ひやあぁぁぁぁぁっ！」

「……ま……」

玲子が肝心な言葉を口にしたのと、ほとんど同時に影が奇声をあげつつ再びナイフを走らせた。

先ほどは横一直線に軽く裂いた彼女の腹の上を、今度は完全にナイフを刺すようにして滑らせる。これで影のスイッチが入ったのか、あとは下腹部のあちこちを切り裂きはじめた。

「厭《いや》あぁぁぁっっ！　止めてぇぇぇっ！」

飛び散る血飛沫《ちしぶき》で下半身を真っ赤に染めた玲子の絶叫が、ぐわんわんと鉄の処女の内部に響いた。

「玲子さぁん！　い、厭だぁ……」

充血させた両目から涙をだらだらと流しながら、絶対に瞼《まぶた》を閉じることも顔を背けることもできずに、ひたすら玲子に加えられる残虐な所業を、ただただ恵利香は見つめ続けなければならない。

ハマー・フィルム・プロダクションの映画「ドラキュラシリーズ」に出演したクリストファー・リーの、あの赤く染まった両目のような眼《まなこ》で、厭でも目の前で繰り広げられる惨劇を、彼女は目撃しなければならなかった。

やがて玲子の裂けた腹から、ずるっと腸がはみ出した。そのまま鉄の処女の足元へ、ずるずるっと垂れ下がっていく。まるで何か生き物のように、ずるずるっと腸が蠢《うごめ》いている。そんな風に見える。

「あ、あ、あっ、厭っ……」

「い、い、厭あぁぁぁっっっ！」

恵利香の悲鳴と玲子の絶叫が、まるで呼応するように重なり合う。

鉄の処女の足元に重なった腸のあたりから、たちまち湯気が立ったかと思うと、すかさず糞尿《ふんにょう》の臭いがあたりに漂い出した。

「あぁぁ、うぅぅぅ、あうっ……」

もはや意味のある言葉が喋れないのか、玲子は自分の腹を見下ろしながら、ただうめくばかりである。

「お、お腹がぁ……れ、玲子さんの……お腹がぁ……」

それでも恵利香の言葉が耳に入ったのか、玲子は死に物狂いの形相で苦痛に耐えつつ顔をあげると、

「え、えり……か……わ、私……私は、も、もう……えっ？　な、何？　ど、どういう……ことなの……？」

ようやく玲子が信じられない事実に気づいたとき、影は観音扉の準備を終えていた。あとは閉めるだけだった。

「ま、まさか……」

鉄の扉が閉まった瞬間、

「あぎゃゃゃゃあぁぁぁぁぁ！」

鉄の処女の内部で響き渡った最後の凄《すさ》まじい絶叫の一部が、拷問室に漏れた。

それほど間を置かずに、鉄の処女の足元にある窪《くぼ》みに、ごぼごぼっと鮮血が滴り落ちてきて、ゆっくりと溜《た》まりはじめる。

影は受け皿の中の血の量を確認すると、観音扉の取っ手を握って、ゆっくりと手前に引き出した。太い針も犠牲者に突き刺さっているため、それを引き抜きつつ扉を開くのは、かなりの力が必要になりそうである。

遺体に深く喰《く》い込んだ針の、ずぶずぶと抜ける感触が両手に伝わってくるのか、影が身震いをしている。もちろん戦慄《せんりつ》からではなく、おそらく歓喜のためだろう。

完全に鉄の扉が開け放たれると、全身が血塗《ちまみ》れの玲子が現れる。ただし予《あらかじ》め急所は外すように針の位置を調整していたらしく、虫の息ながらも生きている。

いったん影はその場を離れると、ギロチン台が発明される前に首斬り役人が使用していた、一丁の斧《おの》を持って戻ってきた。

「い、い、厭だぁぁ……み、見たくないよぉっ……お、お願い……もう、もう、もう止めてぇぇ……」

恵利香が半狂乱になって叫んだが、影は大量に流れる涙を丹念にふくと、彼女の視界をはっきりとさせたうえで、斧を両手に持ってタイミングを計るポーズをとった。

「な、何の……ために……」

玲子が最後の力を振り絞って、そう口にしたのが合図となった。

ブゥゥンッ、ザアァクッッ！

やや斜めながら斧が見事に、彼女の首に突き刺さった。その勢いで頭部が放物線を描いて前へ飛び出した。そして恵利香の両膝《りょうひざ》の上に、奇跡的に着地した。

斬り落とされた平島玲子の生首は、何とも虚《うつ》ろな眼差《まなざ》しで後輩の顔を眺めるように、恵利香を見上げている。

「厭あぁぁぁぁぁぁっっ！」

首が自分を目がけて飛んでくる——と認めた刹那《せつな》から、それを図らずも自らの両膝が受け止める寸前まで、恵利香の絶叫は続いた。

　だが幸いにも、と言うべきだろう。恵利香の頭が完全に固定されていたため、自分の膝《ひざ》に乗った玲子の生首を仮に直視したくても、とうてい彼女には無理だった。せめてもの救いだったかもしれない。

　もっとも生首の悍《おぞ》ましくて生々しい感触だけは、厭でも太腿《ふともも》から伝わってきたに違いないのだが……。

# 27　拷問刑具

影は恵利香に近づくと、彼女の膝の上から玲子の生首を持ち上げて、二人を真正面から対面させた。

「や、止めてぇ…………い、厭だぁ……み、見せない……でぇ……」

眉間《みけん》に物凄《ものすご》い皺《しわ》を寄せながら、恵利香は必死に瞼を閉じようとした。微《かす》かではあったが頭全体を震わせながら、必死に顔をそらそうとした。

しかし、どちらも絶望的なまでに不可能だと改めて悟ったのか、

「ううぅぅっ……うえぇぇぇん……れ、れ、れい……こ……さぁん……」

ついには滂沱《ぼうだ》に次ぐ滂沱を繰り返して、そのまま泣き崩れて——実際に崩れることはできない状態だったが——しまった。

「くっくっ……これでお前も満足だろう。なにしろ目の前で、ずるずるっと腸が引きずり出され、ぴょんっと首が跳んできたんだからな」

影は生首を恵利香の視界からのけると、両の瞼に貼りつけたテープを剥《は》がしながら、何とも奇妙な声音で、男とも女とも分からぬ、若いとも年寄りともつかぬ囁《ささや》き声で、彼

女に語りかけた。

「ううぅぅっ……」

嗚咽《おえつ》が止まらないながらも、それほど長い台詞《せりふ》を影が口にしたため驚いたのか、恵利香が目の前の怪人を凝視している。

「……あ、あなたは……だ、誰なの？」

たった今はじめて、その疑問を持ったように問いかけた。

「……な、何者……なの？　玲子さんは……あ、あなたの正体が……わ、分かったようだったけど……。あっ、まさか……」

何かに思い当たった口調で、

「だ、だから殺したの？　自分の正体が、玲子さんにバ、バ、バレたから……。だ、だったら、私は助けて！　あ、あなたが誰なのか、私には分からないもの。ほ、ほ、本当よ。それなら安心でしょ？　ねっ？　お、お願い。た、助けて……」

必死に懇願を繰り返す恵利香を、やや首をかしげつつ影が眺めている。

そんな影の様子は、彼女が何を言っているのか理解できずに困っているようにも、どうして犠牲者たちが自分の目的を理解できないのか悩んでいるようにも、どちらにも見えた。

「あ、あなたが、何者でも……、わ、私には関係ない。な、何をしようと……。こ、ここには、お仕事で来た、それだけ……。か、帰ってしまえば、すぐにも忘れてしまうほど、ことは、な、何の関係もないの……」

自分の言葉が影に少しも通じていないと感じたのか、恵利香は〈魔庭〉と彼女自身がいかに無関係であるかを強調し出した。

「…………」

しかし影は残りのテープを剝がし続けるだけで、彼女の訴えに対して何ら応《こた》えようとしない。

「ね、ねぇ……。私の言ってること、わ、分かるでしょ？」

それでも恵利香は口を閉じなかった。テープを剝がされる痛みに顔はしかめたが、その苦痛を言葉にすることなく、ひたすら命乞《いのちご》いをした。

完全にテープの剝がされた右の瞼《まぶた》では、すべての睫毛《まつげ》が抜け、眉毛《まゆげ》も半分以上がむしり取られている。半ばまで剝がされた左の瞼の下では、まだ真っ赤に充血した目玉が剝《む》き出しの状態のままである。もちろん両目からは、だらだらと涙が滴っている。

だが今の恵利香にとっては、すべて些細《ささい》なことだった。何と言っても、自分の命がかかっているのだから……。

「――しないから。もし私を逃がしてくれたら――」

ずっと喋《しゃべ》り続けているのは、少しでも口をつぐんでしまえば、もうそれで自分自身に死刑を宣告したことになる。と彼女が察しているからだろう。

「――だから、お願い」

両の瞼のテープが完全に剝がれて、頭部の縛めもすべて外れたところで、影は当然のようにスタンガンを取り出した。

「ひいぃぃっ……い、嫌ぁっっ……」

テープが取り除かれたあと、ひんぱんに瞬《まばた》きを繰り返していた恵利香が、息を吸い込むような低く鋭い悲鳴をあげた。

「や、止めてぇ……」

ようやく彼女は今、これまでの言葉をつくした懇願のすべてがムダだったと悟ったのか、その声音にも首をふる動作にも、圧倒的なまでの絶望感がにじみ出ている。

「い、い、厭《いや》だあぁぁぁっ！」

スタンガンが自らの首筋に当てられる寸前、地下室に響き渡る物凄い絶叫が、恵利香の口から発せられた。

影は犠牲者の自由が奪えたことを確かめてから、その両手と腰を縛った紐《ひも》を切ると、腰かけ式首絞め器から水責め台へと、ぐったりとしている彼女を移した。

水責め台の隣には、次に使用する予定の引き伸ばし台がある。さらに隣の机上には、予め収納棚から出しておいた各種の拷問刑具が並んでいる。

先端に重い星形や棘玉《とげだま》のついた鞭《むち》、葉の形をした鋭い刃を仕込んだ月桂樹《げっけいじゅ》、皮剝《かわは》ぎ用の猫鞭、猫の足あるいはスペイン式くすぐり器と呼ばれた受刑者の肉を剝ぎ取る四本の爪のような鉤針《かぎばり》、魔女の蜘蛛《くも》またはスペインの蜘蛛と呼ばれた先端が四つに分かれた鋏《はさみ》のような鉤爪、命名に反して顎《あご》が砕けた頭蓋骨《ずがいこつ》粉砕器、完全なる頭蓋骨の破壊を寸前で止める頭蓋骨圧砕金輪、すべての指に使用された親指つぶし器、自白を強要したり舌を切り取る際にも使われた口開け器、太い棘を突き刺し骨まで貫通する膝砕き器、受刑者を威嚇または移動または止《とど》めを刺す際に使用された各種の槍《やり》まで、主に鞭打ちや切断や粉砕という刑に用いられる拷問刑具が、水責め台と引き伸ばし台の隣の机上に準備されている。

他にも室内には、胎児の恰好《かっこう》で手足を拘束される鸛《こうのとり》あるいは禿鷹《はげたか》の娘と呼ばれる器具をはじめ、相手の自由を奪う手首・足首鉄輪と拘束ベルト、同じ用途の重しつき首枷《くびかせ》と棘つき首枷、刑罰の器具及び修行にも用いられた苦行用ベルト、棘つき首枷と苦行用ベルトを合わせた聖エラスムスのベルト、両端にあるフォークの切っ先を顎の下と胸骨の間に入れて頭を固定する異端者のフォーク、口を鉄球で塞《ふさ》ぐ鉄の猿轡《さるぐつわ》、罪状の頭文字を焼きつける焼きごて、先端が鰐《わに》の口を象《かたど》った男性性器去勢用ペンチ、主に女性の膣《ちつ》に用いられ挿入後に先端が膨らみ内部を傷つける梨、命名とは裏腹に使用者に精神的にも肉体的にも苦痛を強いる貞操帯、魔女の蜘蛛に形状の似た母乳裂き器……という主に受刑者を拘束する刑具と、その身体を傷つける器具が並んでいた。

「さて、ここからが新たなショーの、胸ときめく拷問ショーの開演です！」

まるで周囲に観衆でもいるかのように、誰もいない暗闇に向かって、影は陽気に喋っている。黒いマスクのため表情は不明だが、明らかに喜々とした様子で犠牲者を見下ろしているのが分かる。

粕谷恵利香が意識を取り戻すのを待って、拷問刑具による阿鼻叫喚《あびきょうかん》に包まれた非道の宴《うたげ》が、けたたましい彼女の悲鳴を合図にして、やがて開始された……。

# 28　森を抜けて

薄気味の悪い森の中に、大口を開けた巨大な化物の生首が転がっていた。

その周囲を見回すと、古今東西の文献に登場する悪魔、怪物、妖怪《ようかい》、魔物といった異形のものどもが、実際この森に棲息《せいそく》しているかのような生き生きとした姿で、鬱蒼《うっそう》と茂る樹木の間に点在しているのが分かる。

横向きに転がった化物の口の中で、ぱっと明かりが瞬いた。そして奥から懐中電灯を点《とも》した城納苺が、ゆっくりと出てきた。

「ボマルツォの〈怪物公園〉の、大口の人喰《ひとく》い鬼を真似たのね」

たった今、自分が通り抜けた代物の正体に気づいて、彼女は笑みを浮かべたが、

「この森そのものが、オルシーニ家の〈聖なる森〉に対する、きっと一藍氏の〈魔庭〉なんだわ」

あたりの様子を認めて、楽しそうに続けた。

「スフィンクス、ヘラクレス、海獣、ペガサス、ケルベロス……やっぱり、みんなあるわね」

ひとつの怪物像から別の怪物像へ、まるで怪奇博物館を見学しているホラー好きな少年のように、苺は歩き回っている。

「さて、ここからどうするか」

そのうち充分に満足を覚えたらしく、ようやく自分の進むべき道を探しはじめた。

大口を開けた化物を基点に森を見回すと、東西南北すべての方角に広がっているように見える。そんな風に映っているだけで、暗闇に沈む森の本当の姿は、もちろん少しも分からない。おそらく陽の光があったとしても、同じことだろう。

「北へ向かうしかないかな」

あっさりとした口調で判断を下すと、苺は斜面を上り出した。

森の中にも道はあった。ただし何の道標もなく、縦横無尽に走っているだけで、どの道を辿《たど》ればどこに出るのか——という肝心な点が不明である。

北上するにつれ、目に見えて怪物像の姿が減っていき、樹木の密度と傾斜が増していく。やがて斜面に階段が現れたので、彼女は一番近くの段を選び、あとは黙々と上を目指した。

階段を上り切ると、石畳の通路が延びていた。他の階段の頂点からも同じく通路がはじまっており、すべてが集まった地点に、とても巨大なものが見えた。

それは暗がりの中でも分かるほど、圧倒的な存在感を誇っている。

「あの塔だわ」

通路を半ばまで辿った地点で、苺は立ち止まりつつ畏怖《いふ》の声をあげた。

緑の迷宮を抜けたあと、籬帖之真が目に留めた例の塔である。すでに陽の沈んだ暗闇の中に、禍々《まがまが》しいまでの無気味な雰囲気をまとい、その塔は聳《そび》え立っている。はっきりとは見えないものの、やはり全体に朽ちた雰囲気が感じられる。

「一藍氏の住居なのかな」

苺は残りの通路を塔へと歩き出した。

ひたすら塔は冷ややかに、じっと彼女を見下ろしている。自分に近づく侵入者に対して、邪悪な罠《わな》を仕掛けようと企《たくら》んでいる。そんな風に彼女は感じたかもしれないが、その足取りは決して鈍らない。

塔の扉は通路の真正面にあった。表面の粗い木材に鉄板をはめ込んだ、いかにも中世の城館で用いられそうな代物である。

苺は扉に手をかけて開いて、そっと足を踏み入れたところで、

「……ええっ、すごい」

思わず声をあげるほど驚いた。

塔の内部が、まったくの空洞だったからだ。彼女が立った円形の床から十数メートルの高みまで、完全な吹き抜け状態になっている。

「……階段がある」

ただし苺が口にしたように、塔内の丸みを帯びた壁を這《は》うように、ぐるぐると螺旋《らせん》を

描きながら塔上へと続く階段があった。

「目が回りそうね」

扉の反対側の内壁には、斜め上に延びる木製の階段の上り口が認められる。ところどころで段が抜け落ちているのは、最初からの細かい演出なのか、長い年月のうちに本当に朽ちてしまったのか、にわかには判断できない。

「この塔は、物見台として造られたのかな」

住居の予想が外れたことなど気にした様子もなく、苺は円の中心まで進むと頭上を見上げた。

螺旋を描いて上昇する階段に合わせるように、要所要所に明かり取り用の窓が設けられている。本来なら陽の光を取り込み、塔の内部を浮かびあがらせるわけだが、さすがに日没後では役目を果たせない。よって吹き抜けの空間には、野外よりも濃い闇が充《み》ち満ちていた。

そのとき塔内に、いきなり明かりが射し込んだ。

はるかな高みの暗がりを見上げていた苺が、明かりの方に顔を向けると、開かれた扉の内側に佇《たたず》む人影があった。

あの黒ずくめの怪人が、そこに立っていた。

# 29　塔内の怪人

「くっくっくっ……」

囁《ささや》くような無気味な笑い声と、

「とうとう最後のひとりになったな」

とても楽しそうに聞こえる台詞《せりふ》とともに、黒怪人が塔内に入ってきた。

苺は扉の方を向いた状態で、真正面から相手と対峙《たいじ》した。二人の間には円形の塔の床の、ほぼ半径分の距離がある。

「念のために言っておくが、東男英夫、天本シン、籬帖之真、騎嶋豪、平島玲子、粕谷恵利香といった、お前と一緒に〈魔庭〉へ足を踏み入れた者たちはみな、すでに私によって処罰されている」

そう口にできるのが嬉《うれ》しくて仕方ない、という様子である。

「あとのお楽しみのために、まだ完全には止《とど》めを刺していない者も、実はいる。ただし逃げることは絶対にできないから、お前が最後のひとりだと言っても、別に間違いではないわけだ」

黒いヤツの言葉に耳をかたむけているように見せながら、また決して相手から目をそらすことなく、苺が後ずさりをはじめる。

「最初に男ばかりを狙ったのは、私の存在に気づかれたとき、そちらに男手があれば、何かと障害になると考えたからだ」

そんな彼女の歩調に合わせるかのように、黒怪人も少しずつ近づいてくる。

「とはいえ実際には、まだ帖之真と騎嶋の二人がいる段階で、自らその存在をバラしてしまったわけだが――」

苺が一瞬だけ後ろを振り返った。

「やっぱり怖い鬼が追いかけていることを、その犠牲者たちが知らない鬼ごっこなど、面白くも何ともないからな」

しかし黒いヤツは、彼女の仕草などまったく気にした風もなく、

「だから特に玲子と恵利香には、その前にちらっと姿を見せておいたんだ」

相変わらず楽しそうに喋《しゃべ》り続けている。

「なぜなら玲子と恵利香の二人は、今回の〈魔庭〉猟奇連続殺人を進めるに当たって、まさにメインディッシュの犠牲者だったからだ。くっくっくっ……二人とも素晴らしかった。いや、まだ終わったわけではないが……」

そこで黒怪人は急に立ち止まると、

「思ったよりも時間がかかりそうなので、先にお前を捕獲することにした。極上のデザ

ートである、城納苺という犠牲者を……」

真っ黒なマスクの、さらに黒く見える両の網目から、ぞっとする冷たい視線を彼女に放った。

その間も苺は少しずつ後ずさりを続けている。先ほど一度だけ後ろを向いた際に確認した、内壁を伝う階段の上り口を目指して。

「メインディッシュを味わうのに気を取られ過ぎて、危うくデザートを取り逃がすところだった」

再び黒いヤツが動きはじめた。

「デザートとは言え、メインディッシュに匹敵するだけの逸品だからな。とても取り逃がすなど、そんな勿体《もったい》ないことはできない」

そのとき苺の背中が、階段の手すりに当たった。一方の黒怪人は、まだ円形の床の中央にも達していない。

「ほっ、ほうっ」

怪人の奇妙な声が塔内に響いたとたん、くるっと身体の向きを変えて手すりをつかんだ苺は、左斜め上へと延びる階段を駆け上がり出した。

「あまり急ぐと危ないぞ」

階段を上る足を止めることなく苺が下を見やると、彼女の動きを追うように頭を動かしながら、まったく焦った様子のない黒怪人が、むしろ悠然とした足取りで階段の上り口に向かっている姿があった。

「あっ……」

次の瞬間、苺の左足が何もない中空に突き出した。

左手が手すりを握り、右足が前の段に残っていたため助かったようなものの、へたをすれば落下していたかもしれない。

しーん……とした静寂が流れたあとで、

「くっくっくっ……だから言っただろ。急ぐと危ない——とな。この階段は歯抜け状態になっている箇所が、ところどころにある。ある程度の高さまで上った地点で足を踏み外せば、私が手を下す前に、お前は下の床にたたきつけられ、その可愛らしい顔も、面白い知識の詰まった頭も、石榴《ざくろ》のように爆《は》ぜて死ぬことになるぞ」

黒いヤツの無気味な台詞が聞こえてきた。

苺は左足をあげると次の段に載せ、右足をさらに先へと進めたところで、手すりを握ったまま左肩越しに振り返った。

「やぁ」

全身が真っ黒けの人物はすでに、彼女が上った階段の、もう半ばを過ぎようとしている。彼女が足を止めている隙に、黒いヤツは喋りながらも、実は足音を殺して追い上げていたらしい。

無言の鬼ごっこが、暗闇の中ではじまった。

苺は足元に注意しながら、慎重に階段を上っていく。黒怪人も無理に追いかけることはせずに、黙々と歩を進めている。それでも徐々に、少しずつ、確実に、彼女へと迫りつつあった。

ギィギィッと鳴る木製の段の軋《きし》みが、薄気味悪く塔内に響く。その合間をぬって荒い息づかいが、苺の背後につきまとう。

塔の半分あたりまで上ったところで、

「ふっふっふっ……足元ばかり見ていると、目が回って落ちるぞ」

黒怪人の声が虚《うつ》ろに、塔内の暗闇に谺《こだま》した。

この言葉は正しかった。苺が足元だけに目を向けるのを止めると、彼女の階段を辿《たど》る速度が実際に増したからだ。どうやら本人も気づかぬうちに、螺旋を描く階段に酔ったようである。そのため自然に歩みが鈍っていたらしい。

そんな苺の様子を観察しているのか、

「いいぞ、その調子だ。せっかくのデザートが床に落ちて、食べられなくなるのを見たくはないからな」

しばらくすると嘲《あざけ》るような怪人の声が、下方から吹き上げるように聞こえた。

すると順調だった彼女の足が、一気に鈍った。黒いヤツの言葉から、具体的に自分が落下するイメージを喚起してしまい、それが自然と足の動きに影響を及ぼしたのかもしれない。

「…………」

苺の変化に気づいたのか、黒怪人は急に喋らなくなった。あまり干渉し過ぎて、彼女が本当に落ちては元も子もないと思ったからか。そこからは一言も発することなく、ただ黙々と彼女を追いかけ出した。

やがて苺の頭上に、天井が近づいてきた。彼女が明かりを向けると、階段の先にぽっかりと穴が空いている。

天井の穴まで達したところで、まず彼女は頭と懐中電灯を持った右手を突っ込み、これから上がる場所を確かめた。

「……一藍氏の部屋？」

そう口にしたあと、苺は残りの段を一気に駆け上がった。

懐中電灯の明かりによって照らし出されたのは、ソファ、机、丸テーブル、椅子、戸棚といった家具類と、壁にかけられた槍《やり》、斧《おの》、刀剣、弓矢、石弓といった各種の武具と、古城の拷問室にあったのと同じ数本の松明《たいまつ》だった。

「電気は――通じてたとしても、とっくに止められてるわね」

苺は困ったように周囲を見回していたが、はっと何かに気づいた様子を見せてから、すぐにライターで松明を点《とも》しはじめた。

円形の部屋を回りながら、ひとつずつ松明に火をつけていく。そうして半周したところで、壁に飾られた石弓の左横に、小さな扉があるのを見つけた。

すぐに開けて苺は顔を出してから、

「塔の周囲をバルコニーのように、見晴らし台が一周してるんだわ」

この場には似つかわしくない嬉《うれ》しそうな声をあげた。

「だとしても、もう逃げられないな」

そこへ部屋の反対側から、囁《ささや》くような気味の悪い声が飛んできた。

苺が振り返ると、部屋の左半分は松明の炎で明るく照らされ、右半分は半ば闇に沈んでいる、何とも奇妙な眺めが目の前にあった。

はからずも明暗の分かれた円形の部屋の中で、黒怪人は明と暗の狭間《はざま》に、ちょうど佇《たたず》んでいるように見える。

「その扉から外へ逃げたところで、お前はこの部屋に帰ってくるしかない。私は扉の内側で、いつまでも待っていればすむ」

黒怪人は勝ち誇ったようにまっすぐ、こちらに向かって歩き出した。

明と暗の空間の中心線を、真っ黒な怪人物が近づいてくる。しかも半ばまで達したところで足を止め、おもむろに自ら黒いマスクを脱ぎ出した。

その真っ黒な覆面の下から現れたのは、天本シンの何とも甘い容貌《ようぼう》だった。

# 30　真犯人

「へぇ……あまり驚いてないようっすね」

マスクを脱いで素顔をさらしたにもかかわらず、苺が大した反応を示さなかったのが不満なのか、シンは本来の口調で少しふてたような声を出した。

「でも俺が迷路の行き止まりで消えたときは、びっくりしたっしょ」

それでも気を取り直したように、すかさず続けた。

「あれはね、あの通路に天本シンとして駆け込み、それから黒怪人として後ろ歩きをしながら出た――それだけなんっすよ」

「それは天本さんと黒い人が、同一人物だと分かれば……」

しかし苺がそう返したとたん、

「何だとぉっ！　そんなこと言えるのは、俺がマスクを脱いで正体を現したからだろうがぁ！　最初から分かってたみたいに、偉そうに言うんじゃねえよ！」

いきなり激怒しはじめた。

彼の物凄《ものすご》い迫力に、苺は反射的に身体をひいたものの、

「あのー、天本さん……」

そこから二、三歩ほど前へ出ると、シンに話しかけようとした。

「――いや、悪かった。あんたに、そんなこと言っても仕方ないよな」

だがシンは、またしても何事もなかったように、

「けど、消えたと分かったときは、あんたも首をかしげたはずっすよ。でも、だいたいさぁ、緑の迷宮から出るときに、石像の下敷きになって脚を怪我したはずの俺がさぁ、そんなすぐに走れるわけないっしょ。つまり、あの怪我からして、すべて演技だったんすよ。目的はもちろん、みなさんと別行動ができるようにね」

説明しながら得意そうな表情を浮かべている。

「あんたは――というよりも、本人たちも何が起こったのか分からなかったはずなんだけど、俺はね、帖さん、騎嶋さん、玲子さん、そして恵利香ちゃんの前でも、姿を消してるんすよ。そんなチャチな足跡トリックなんか使わずに、みんなのある視覚的な盲点を突いてね」

そこでシンは少しためらう素ぶりを見せたが、すぐ吹っ切った様子で、

「姿を消した方法は、あとで説明するとして――お楽しみは、最後までとっておかなくっちゃね。それよりも先に、今回の件で最も大事なこと、これを話さなくっちゃダメでしょ。もちろん、俺の動機っすよ」

と口にしたとたん彼の顔に、物凄く邪悪な笑みが浮かんだ。

「あんたは部外者だから、よく知らないでしょうけど、実はプロフォンド・ロッソの経営はね、かなりヤバいっていう噂があるんすよ。帖さんは気づいてたようっすけど、玲子さんや俺には隠してた。彼なりの優しさとも言えるけど、それじゃあ俺は困るんすよねぇ。えっ、どうしてかって？　だって怪奇俳優になるっていう俺の夢が、そんなことじゃ実現できないっしょ」

邪《よこしま》な微笑みが憤怒の形相へと変わっていく。

「いいっすか。俺は〈カメレオンマン〉というヒーロー物のオーディションをけって、プロフォンド・ロッソの企画を選んだんすよ。あのまま進んでいれば、準主役は確実だったのに。もちろん噂は知ってたっす。だから俺も心配になって、さすがに洞末社長や東英部長には、それとなく確認したんす。なのに蓋《ふた》を開けてみれば――」

一瞬、虚空を見つめる眼差《まなざ》しをして、

「だから思わせぶりにロケハンなんかしても、〈怪異探訪シリーズ〉の新作もホラー映画も、決して完成なんかしないいんっすよ。すべては社外に向けた、要はごまかしにしか過ぎない。せいぜい騎嶋さんが撮影した映像を使って、これまでの〈怪探シリーズ〉を汚すような、お粗末な作品を一本だけでっちあげる程度でしょ。でも俺は、そんなものに出るために、〈カメレオンマン〉をあきらめたんじゃねえっすよ」

再び薄気味の悪い笑みが、彼の顔に浮かんでいる。

「プロフォンド・ロッソがそういうつもりなら、このロケハンそのものを、怪奇俳優・

天本シンのデビュー作にすればいいんだって、俺は閃《ひらめ》いた。真っ黒いマスクを被《かぶ》り、首から下も、とにかく全身が黒ずくめの怪人を演じれば——いや、『スラッシャー 廃園の殺人』の黒怪人そのものに、俺がなればいいんだってね」

そう言いつつ大げさに両手を広げた様は、完全に大根役者にしか映らなかったが、本人は得意満面の顔つきである。

「何も本当に人殺しをする必要はない——って、そう思ってるっしょ」

そこで急に彼は、やや素に戻ったような表情を見せると、

「実は俺もね、ここに来るまでは、こんなことを自分が本当に実行できるのか、自信がなかったっすよ。一応の準備はしてきたけど、まさか実際にやれるなんて……。うまく言えないんだけど、この〈魔庭〉の中に入ることで、何かのスイッチが入ったような、そんな気分なんすよ。ひょっとして元から秘めていた邪な力が、ここの何か目に見えないものの影響を受けて、目覚めたんでしょうかね」

いつしか彼は三度目となる邪悪な笑みを、顔一杯に浮かべている。

「俺の芸名の話になったとき、天本英世と岸田森から頂戴《ちょうだい》したって説明したでしょ。けど、その前に本名を逆にしたとも言ったっしょ。つまり〈天本〉の〈天〉は空のことだから、その逆は地面の〈土〉で、〈天本〉の〈本〉の逆は『本末転倒』って言葉からも分かるように〈末〉で、つまり〈土末〉っていうのが、俺の本名なんすっよ。そう、雪森佐緒里と一緒に〈魔庭〉で行方不明になった、城南大学建築学科の三回生だった土末

裕樹と同じ名前の……。彼とは遠戚《えんせき》っすよ。ともに祖先に犯罪者が多いっていう、土末家の人間としてね」

様々な変化に富んだシンの表情が、ここで完全に真面目なものとなった。

「まぁ、あんたに理解してもらおうとは思ってないっす。ただ、苺ちゃんには気の毒だけど、この〈魔庭〉猟奇連続殺人の最後の犠牲者として――」

「そのことなんですが……」

一度だけ口をはさもうとして以来、ここまで黙ってシンの言葉に耳をかたむけていた苺が、ようやく再び口を開いた。

「命乞《いのちご》いなら、やるだけムダっすから。これまでにみんなも――」

シンが怪訝《けげん》そうに、彼女を見つめる。

「ち、違うんです」

「天本さんが殺人鬼だっていうのは、このロケハンの役柄の上でのこと――だったじゃないですか」

「な、何を……」

「――すみません。その役柄のお邪魔をするつもりは、もちろん少しもないんですが、ただ……妙なんです」

「えっ……」

「みなさんがひとりずつ、どうも本当に消えているような……」

「ええっ？　ちょ、ちょっと、一体どういうことっすか」

すっかり素に戻って焦るシンとは対照的に、苺は落ち着いた様子で、

「ですから今回のロケハンにおいて、天本さんの役割は、この〈魔庭〉をさまよう謎の殺人鬼役だったんですよね」

「…………」

「騎嶋さんが撮影されるメイキング映像に、その姿をちらっと見せつつ、ロケハン中にみなさんが、黒怪人に襲われる——という筋書きだった」

「…………」

「それを〈怪異探訪シリーズ〉の新作として編集すると同時に、今の天本さんの告白までふくめて、すべてはホラー映画のリハーサルもかねていた」

「…………」

「それが今回のロケハンの、大きな目的だったわけでしょ？」

「い、いや、苺ちゃん……こんなとこでバラして……」

「すみません。でも、みなさんの姿が本当に、見えなくなってるとしたら——」

「……ほ、ほんとに誰もいないんすか」

「はい」

「東英部長、帖さん、騎嶋さん、玲子さん、恵利香ちゃん——と、みんなが実際に消えてしまったってことなんすか」

「そうです」

「……本物の黒怪人が、この廃園の中をうろついてる？」

「それは……分かりません。いえ、そんなヤツは最初から存在しないのかも……」

「……けど、そうなると残ってるのは、俺と苺ちゃん……ここにいる二人だけ——ってことになりますよね」

二人の間に、怖いほどの沈黙が降りた。

シンは無表情のまま、じっと苺を見つめている。相変わらず明暗の狭間《はざま》に立っていたが、今の彼の心情を表すのに、ぴったりの位置だったかもしれない。

「で、でも……苺ちゃんは、ずーっと騎嶋さんや、玲子さんや恵利香ちゃんたちと一緒に、その一行動をともにしてたんじゃぁ……」

ゆっくりと苺が首をふった。

「………………」

シンが怪訝そうにしている。

「私、緑の迷宮を抜けたあとから、ところどころでみなさんと別れて、完全にひとりだったことが何度もあります」

彼のいぶかしげな顔つきの中に、不審そうな様子が加わる。

「えっ……」

あからさまに怯《おび》えた表情を浮かべると、

「ま、まさか……」

そのまま後ずさって、いかにも逃げ出したそうな素ぶりをするが、

「そ、そんな……バカな……」

あまりに予想外の衝撃を受けたせいか、少しも動くことができないらしい。

「う、う、嘘だろ……あ、あんたが……その殺人鬼だったなんて……」

次の瞬間、室内の空気が震えた。明暗の狭間をぬって、まっしぐらに走る細長い影があった。

「ううっ……」

くぐもった音が聞こえたあと、シンのうめき声が鈍く漏れた。彼の胸には深々と、一本の石弓の矢が突き刺さっている。

「ど、どうして……」

驚愕《きょうがく》に両目を見開きながら、その場にシンが崩れた。ちょうど明暗の間に、左右の半身を分けるかのように……。

「な、何をするんですか！　これは、どういうことです？」

物凄《ものすご》い勢いで苺がふり返る。

「何をするも、どういうことも――ないでしょう。この〈魔庭〉猟奇連続殺人事件の真犯人が、この私、プロフォンド・ロッソの社長にして、ホラー映画『スラッシャー　廃園の殺人』の監督でもある、洞末新二だということですよ」

そう説明すると私は、これまで撮影を続けていたカメラを止めた。

# 幕間

「えーっと、ここまでで三十カットか……。〈魔庭〉へ下見にきたとき、たまたま侵入していたカップルの男を血祭りにあげた一カットがあるから、今回の分は二十九カットになるな。細かい問題には目をつむって、そのまま撮り続けた長いシーンも多いから、まぁこんなものだろう。実際の映画と違って、ハンディ・カメラの撮影ならでは——って感じだな」

私は一通りカメラをチェックしてから、

「それにしてもシンという男は、なかなか面白いヤツですね」

改めて苺に顔を向けた。

「君がカメラの回っていないときに、ここで何か妙なことが起きている——と、いくら私に話しても埒《らち》があかないので、逆にそれを撮影中の彼に訴えた。ところがシンは、それが君のアドリブだと受け取ったのだから——」

彼の演技を思い出して、自然と私の頬が緩む。

「まぁ確かに大まかな設定だけで、今回のリハーサルでは適宜その場で判断を下して、各自が好きに演じるように――と言っておいたわけですが、あそこまで君に付き合うとは……役者バカとでも言うのか。結局、私が石弓に矢を装塡《そうてん》して、それを彼に向けるまで、自分の目の前で何が起こっているのか、まったく理解できなかったようで、いやはや何とも――」

たった今のシーンを振り返って、私は素直な感想を述べた。

「君は玲子と恵利香にも、何か変だ――と訴えていたようですが、もちろん彼女たちも耳を貸さなかった。少しくらい妙だと思っても、それは〈魔庭〉の雰囲気のせいだと片づけていた。何しろみんなにとって、私は監督であり、脚本家であり、演出家であり、おまけに撮影までも手がける、絶対的な存在でしたからね。私の指示を疑う者など、誰ひとりとしているわけがない」

「じゃ、じゃあ、あなたは……こ、この〈魔庭〉を舞台に……」

それまで私を呆然《ぼうぜん》と見つめるばかりだった苺が、ようやく口を開いた。

「ここに来る途中のバンの中で、騎嶋さんや籬さんが説明したような、二重三重のメタ設定を持ったホラー映画を撮るつもりで……」

「その通りです。最近のカメラは、ハンディタイプでも性能が優れています。ライトとマイクも非常にコンパクトかつ高性能のものを付加できる。ところが機材に比べて、いかにリハーサルとはいえ、肝心の演技の方は酷《ひど》かった」

私は皮肉そうに笑いながら、

「帖之真と玲子の二人は、企画内容を知っている設定でした。騎嶋が『スラッシャー廃園の殺人』と題された脚本を持っていたのですから、打ち合わせをしたという二人が、それを目にしているのは当然でしょう。にもかかわらず彼女はバンの中で、ほとんど分かっていない演技を途中からはじめる始末です。そのうえ映画の原作を知らないふりまでしました。東男とシンが出演を交渉した、あのガソリンスタンドのジイさんの方が、まだ増しだったかもしれません。少なくとも気味の悪い存在感を、少しは出せていたでしょう。それに最後は私がカメラを撮影しながら近づくまで、ちゃんと待ってから台詞《せりふ》を喋《しゃべ》ってくれましたしね」

「えっ……、あの老人が？」

「驚きましたか。騎嶋が『僕たちよりも先に部長とシン君が、この店に寄ってるはずなんですが……。おそらく二人とも、あの老人と意思の疎通をはかるためには、かなり大変な苦労をしたんじゃないですかね』と言ったでしょう。単に立ち寄っただけのガソリンスタンドのジイさんに対して、『意思の疎通をはかるためには、かなり大変な苦労をした』なんて表現は、あまりにも大げさだと思いませんか。そこに何らかの目的が存在していたのなら別ですけど……」

それから私は撮影中に気づいた――けれども放っておいた――様々なミスについて彼女に説明した。

いかにメイキング映像とはいえ、そのオープニングを騎嶋がバンの後部座席から撮りはじめたこと。もちろん私が助手席から撮影をはじめたせいだが、あくまでも騎嶋の立場から見ると彼の行動は不自然と言える。

ガソリンスタンドの老人の撮影を終えて私がバンに戻る前に、飲食の遅いはずの恵利香が〈ホワイト・ウッド〉で買ったジュースを飲み干しており、シーン4と5の間に明らかに時間の経過が存在するのが分かること。

〈魔庭〉玄関ホールから辿《たど》った通路の中で苺が枝道を見つけた際、私のカメラのライトが映り込んだこと。騎嶋は列の最後だったので、それが彼のカメラの明かりでは有り得ないのが分かること。

全員で七人のはずなのに、恵利香とシンが運んだ弁当とお茶のペットボトルの数が、二人でちょうど半々に持てる偶数であったこと。それを四つの長い石の両端に置いたことから、八個ずつあると分かること。

シンが緑の迷宮で崖《がけ》から落ちそうになったとき、思わず玲子が私のカメラの方を向いて抗議しそうになったこと。

荷物を持っていたのは騎嶋とシンだけのため、苺は騎嶋から懐中電灯を渡された。それなのに玲子はグロッタで騎嶋と別れたあとで、どこから取り出したのか分からない別の懐中電灯を使用していたこと。

ホラー映画で犠牲者の首が跳んで腸が出るシーンが好きだと言った恵利香の台詞を、バンに同乗していなかったシンが知るはずのないこと。

苺が塔の階段を上るときに足を踏み外したり、めまいを覚えたりした際に、シンが思わず本当に動揺したこと。

　できる限り苺の後ろで撮影を行なったため、塔の階段を上っているシーンで、私の荒い息づかいがマイクに入ってしまったこと。

　煙草を吸わない苺は、ライターもマッチも持っていないため、松明《たいまつ》を点《とも》せず困ってしまったこと。そこで私が密《ひそ》かにライターを渡したところ、不自然なまでに、いきなり松明を点し出したこと。

「細かい点まであげればキリがないでしょう。その中で最も可笑《おか》しかったのは、帖之真や騎嶋が自分だけになると、やたらとひとり言を喋ったことです。そうやって状況を説明しようとしたんでしょうが、素人の騎嶋はともかく、役者である帖之真は情けない。言葉ではなく演技で、それを示して欲しかった。ちなみに東男は私への不満から、自然と怒りの独白をしていましたけどね」

「…………」

「その東男が『最初っからこんな茶番劇なんぞ、社長の洞末ひとりで充分だろうが！』と怒鳴ったときには、思わず声を出して笑いそうになりました。まさに私だけで、撮影は充分にできていたわけですから」

「…………」

「笑いそうになったと言えば、玲子と恵利香の何とも呑気《のんき》な会話も、そうでしょう。確かに映画の中では、彼女たちは何が起きているのか知らないことになっている。とはいえ、あまりにも精神的な余裕を感じさせる会話ではありませんか。素人同然の恵利香は仕方ないとしても、やっぱり玲子もダメですね。もっとも程度の低い役者ばかりだったからこそ、こんな撮影ができたわけですが――」

ここまで私は喋り通しだった。苺は一言も口をはさむことなく、じっと私の話に耳をかたむけている。

「しかし、それらは実際には、どうでも良いことばかりでした」

「……………」

「そもそも二重三重のメタ設定など、そんなややこしい構成をなぜ用いたのか。訊《き》かれる前に答えておきますと、そういう複雑な話が前提としてあれば、たとえ撮影中に不自然な出来事があっても、つまり私が不信感を持たれるような指示を出したり、動きをした場合でも、少々のことならごまかせるからです」

「そこまで意図して、一体あなたは……な、何をしようと……」

「もちろん作品を撮るためです」

「天本さんを、こ、殺したように……ま、まさか、他の人たちも……」

「先ほど申したじゃありませんか。この〈魔庭〉猟奇連続殺人事件の真犯人は、私です――と」

「そ、そんな……。あなたは……本当に人が殺されるホラー映画を、自分で撮りたいがために、その撮影中に自ら実際の殺人を重ねた……と言うつもりなんですか」

しばらく私の大きな笑い声が、塔上に響き渡った。

腹の底から可笑しそうに笑う私を、まるで身の毛もよだつ悍《おぞ》ましい化物でも目にするように、苺が見つめている。

「いやいや、失敬した。とんでもない勘違いを、君がしているんでね」

「で、でも、みなさんを……殺した……と」

「それは事実です。『スラッシャー　廃園の殺人』のタイトルにふさわしいように、みんなを切り刻みました。いやいや、だからと言って、そこまで私の頭が可怪《おか》しいわけではありません。逆にお訊きしますが、仮にそんな本物のホラー映画を撮ったとして、商品化できると思いますか」

「……む、無理です」

「そうでしょう。もっとも君の解釈は、当たらずと雖《いえど》も遠からず——ではあるんですけどね」

「どういう意味ですか。何のために、こんな……」

「きわめて単純な動機です。お金ですよ」

「えっ？」

「本物の殺人が起こるホラー映画は売れませんが、正真正銘の〝スナッフ・フィルム〟であれば、かなりの高値でさばけますからね」

「スナッフ・フィルム？」

「実際に人が殺されるシーンを撮影した映像のことです。ホラー映画関係でも一九七六年のアルゼンチン作品『スナッフ　SNUFF』など、最後に女優が殺されるシーンが、実は本物だと騒がれましたが、上映反対のデモまでふくめて真っ赤な嘘でしたし、肝心の作品が酷《ひど》い出来でしたからね。騙《だま》された人がいるのかどうか……。あれなら日本の『ギニーピッグ』の方が、はるかに素晴らしく仕上がっています。もちろん本物ではありませんが、ほぼ確実にその気分は味わえるはずです。まったく娯楽性は零で、ひたすら女性を切り刻む映像が流れるばかりですから。他にもスナッフ・フィルムの存在をトリックに使用した『スペシャル・イフェクツ　謎の映像殺人』もありますが、そんな事例まではいいでしょう」

「…………」

「断わっておきますが、私は本来、作り物であれ何であれ、そんな殺人シーンのみに重きを置いたホラー映画は、あまり好きではありません。優れたプロットに絡めて残虐な殺人が演出されている。仮にストーリーは無茶苦茶でもスタイリッシュな映像によって凄惨《せいさん》な殺しのシーンを描いている。そういう作品であれば、どれほど極悪非道な人殺しを見せられようと、きっと私は楽しく鑑賞するでしょう」

「でも実際に、あなたは……」

「ええ、自らが殺人者になる――と別ですねぇ。シンが『この〈魔庭〉の中に入ることで、何かのスイッチが入ったような』と、とっさに考えたにしては、なかなか素晴らしい台詞《せりふ》を口にしましたが、あれは真実《まなざ》ですよ」

苺が恐怖感と嫌悪感に満ちた眼差《まなざ》しを、私に向けている。

「もちろん全部〈魔庭〉のせいにする気は、毛頭ありません。ただ最初にここへ足を踏み入れたとき、何か強く感じるものがあった――のも事実です」

「最初に？」

「うちの会社が火の車なのは、もうご存じでしょう。実は相当にヤバいところが、すべての借金の肩代わりをしていましてね。帖之真が心配していたように、児童ポルノをはじめとするアダルト物の企画を、うちに持ち込んできた。相談というよりは強制でしたけど……。それで逆にね、私の方からスナッフ・フィルムの制作を持ちかけたんです。ふふっ……」

そのときの会話を思い出して、ふと私は笑った。

「さすがに向こうも驚いていましたよ。ただ、それならそれでさばくルートは探せると言われて、すぐに乗ってきました。そのとき私の脳裏に浮かんだのが、この〈魔庭〉でした。ここを舞台にして本物の連続殺人事件を撮ってみたい。こちらの我がままは、意外なくらい呑《の》んでくれました。ここの鍵《かぎ》にしても、ちゃんと手に入れて渡してくれましたからね」

「それじゃあ、事前に下見を……」

「当たり前です。最近の私はほとんど出かけていると、騎嶋が説明していたでしょう。今朝になって東男に鍵を渡すまで、この〈魔庭〉に出入りできた唯一の人間は、私しかいませんでした」

「そこを考えるべきでした」

「ただ私も興奮していたらしく、つい入口の鍵を閉めるのを忘れたみたいで。それで学生らしい男と高校生みたいな女が、ここに入り込んでしまった。七、八年前のカップルのようにね。しかし僥倖《ぎょうこう》にも気づくことができたので、殺人と撮影のリハーサルをやってみたんですよ。拷問室の刑具や器具が使い物になるかどうか、それを試す必要もありましたしね」

「そのために、何の関係もない……」

「もっとも男が死んだとたん、女の方が予想外に騒いで暴れ、非常に激しく抵抗したため、つい殺してしまったのが残念でした。その教訓があったお蔭《かげ》で、今回は大丈夫だと判断できる場面でも、必ずスタンガンを使用するように心がけましたので、結果的には役に立ったことになりますか」

「…………」

「幸いにも男を撮影したシーンの映りは、それほど悪くありません。ですから本作のオープニングで使おうかと思っています。一種のサービスですね」

「…………」

「あっ、下見の話でしたね。さすがに全部を見て回るのは無理でした。そこで私が確認できた範囲の中で、君がここまで辿《たど》って来た道筋を選ぶことにしました」

「あの地図は、私たちを誘導するために――」

「ええ、もちろん。わざと情報は抑えて作りました。みんなは君が描いたものだと、完全に勘違いしていましたね。少しでも考える頭があれば、三日前に口説き落としたばかりの、しかも急ぎのレポート提出がある勤勉な学生さんが、『迷宮草子』の文章を読み込んだうえで、あとは写真だけを手がかりにして、そんな地図を作る暇などないと、普通に分かるはずです。それに君も正直に『作成されてます』という言い方をしている。騎嶋が『社長でも、ここまでしていない』と言ったときも、否定しようとした。まぁ私が事前に、あなたが作ったことにしておいてくれ、と言って渡しましたから、君も強くは主張しなかったわけですが……」

「……ええ」

「ただ君は階段地獄の前で、これまで辿って来たルートが『迷宮草子』の中では少しも触れられていなかった――と、玲子と恵利香の二人に口を滑らせている。それが事実なら、そもそも『迷宮草子』だけを参考にして、あんな地図など作成できるわけがない、と分かりますよね」

「地図を描けたのは、ここに一度でも入ったことのある人物……。入れた可能性のある人物だけ……」

「みなさんを殺害したのは、撮影の合間に――なんですか」

「その通りです」

「そうです。この方法の最大の利点は、犠牲者以外の者たちには、今この時点で、自分とは関係のない別の撮影が行なわれているのだ――と、大いなる勘違いをさせることができるところです」

「それじゃ、あの遺跡内の十字路で、私たちを三組に分けたのも……」

「帖之真は機会さえあれば、東男に我が社の経営状態を訊《き》きたがっていた。騎嶋は君だけのシーンを撮影したがっている。この二組を分けるのは簡単でした。残る玲子と恵利香には、シンが演じる黒怪人を目撃する役目を与えれば良い。無理のないグループ分けですが、目的はひとつ。みんなから離れた場所で、東男をひとりにすることです。あのときだけは、私も身を隠しました。みんなにはシンが〈魔庭〉をうろつくシーンを撮影すると信じ込ませて。本人には、みんなが迷路に入るまで待機するように指示して、帖之真と東男を尾《つ》けたわけです」

「二人が話をしたあと、東男さんだけが残って、籬さんがひとりで私たちに合流することを、事前に読めていたというんですか」

「彼らとは長い付き合いですから、それくらいの予測はできます。東男を最初に片づけたのは、中年男性を切り刻んでも観客はあまり喜ばないだろうと判断したこと、すぐに帰りたがる彼を、いつまでも残しておくのは困難であること、この二点からです。その後に帖之真と騎嶋を選んだのは、玲子が口にした理由と同じでした」

「それを、あなたは……」

苺が何を訊きたいのか、すぐ私には分かった。

「殺害シーンの撮影は、私が手に持つハンディ・カメラが基本でしたが、場合によっては現場の側に三脚を立てて、別のカメラでも撮りました。拷問室では別に二台を用意しましたから、都合三台のカメラで撮影したわけです。魅力的な犠牲者が二人もいましたからね。そう言えば――」

一連の犠牲者たちに共通した反応を、そこで私は思い出した。

「みんな、どうして自分が殺されるのか、まったく分からないのと同時に、なぜ犯人が撮影しているのか、それも理解できないようでした」

「あ、当たり前です」

「私がハンディ・カメラで撮りながら近づくと、東男は『ここで、何、何をしてる？　どうして俺に、そ、そんなものを向けるんだ？』と口にして、帖之真は『どうして……と、と、とる……なぁ』と問いかけ、玲子はカメラの存在に気づいて『何の……ために……』と言っていました。騎嶋は顎《あご》にナイフが刺さっていたので、喋《しゃべ》ることはできませんでしたが、その前に敏感にも私の不自然な動きを察したらしくて、怪訝《けげん》そうに何度も後ろをふり返っていましたよ」

「みなさんは、あ、あなただと……気づいたんですか」

「さぁ、どうでしょう？　ただ玲子は分かったのか、色仕掛けが通用しないと悟ったとたん、絶望的な表情をしていましたねぇ」

「…………」

「私は本当にホラー作品しか頭にない朴念仁で、女性も撮るのは大好きですが、生身には大して興味がありません。きっと玲子は、それを思い出したのでしょう。それでも恵利香に、私のことを教えようとしたのか、『どうまつ』と口にしたみたいでしたが、どうやら『……ま……』しか聞こえなかったようです」

「み、みなさんは……」

「そうそう玲子と言えば、グロッタの先の隧道《すいどう》の中で、血の臭いに気づかれたときは驚きました。ひとり殺害するたびに、ちゃんと返り血を浴びた服やナイフは処分して、次には新品を使うようにしていたのに……。やっぱり三人も殺すと、血の臭いが染みつくんですかねぇ」

「みなさんは、あなたを信じて……だから、あなたの言いなりになって……。なのにあなたは、そんな人たちを裏切って……」

「様々な意味合いにおいて、今回の私の立場は、まさに理想的でした。全員の完全な心理的盲点だったわけですから。つまり見えない人ですね」

得意そうに喋る私を、苺が嫌悪の眼差しで見ている。

「そんな私の立場を最大限に発揮したうえに、さらにシンの黒怪人という存在を巧みに組み合わせれば、たいていのことは可能になります。お蔭でホラー映画の撮影中に堂々と本物の殺人シーンを撮るという信じられない行為を、かなり自然に隠すことができたわけです」

ここで私は自らのホラー演出に関して、一通り苺に説明しないでは、どうしてもいられなくなった。

帖之真が迷路の中で黒怪人を追いかけたとき、行き止まりの通路で怪人が消えてしまったのは、その役のシンが通路に入るシーンが「15」であり、帖之真が通路を覗《のぞ》くシーンが「16」であるため、二つの撮影の間にシンが通路から出たに過ぎないこと。

グロッタの第三房の奥の扉で、玲子と恵利香と苺の三人組と騎嶋を別れさせたのは、玲子たちには〈魔庭〉の罠《わな》に見せかけるためと説明しながら、実際には騎嶋を殺害するための演出であり、本当に扉が開かなかったわけではないこと。

古城の拷問室の鉄の処女の中で恵利香が消えたのも、迷路での黒怪人の消失と同じ真相であり、恵利香は鉄の処女の後ろに隠れて悲鳴をあげたに過ぎず、あとはカメラが玲子を撮っている隙に室内の暗がりに身を潜めて、私が呼びに行くまで静かにしているように指示したこと。

「私がスタンガンで玲子の自由を奪って、恵利香のところへ顔を出すまで、その指示通りに暗闇の中で、あの子はじっとしていましたよ」

「酷《ひど》い……」

「ただ鉄の処女の後ろで、恵利香に悲鳴をあげさせたのは失敗でした。実際に玲子で試してみると、観音扉を閉ざしたら、ほとんど内部の声は聞こえないのです。絶命するまでに二日かかった男の話を玲子がしたとき、『これって扉が物凄《ものすご》く分厚いから――』と言っていましたが、あのあと『そのため受刑者の悲鳴は漏れなかった』と、きっと続けるつもりだったのでしょう。うかつでした」

「待って下さい……。あなたの言うスナッフ・フィルムを撮るためには、そ、そんな演出なんて、いらないいんじゃ……」

訳が分からない、という表情を莓がしている。

「ええ、仰《おつしや》る通りです。撮影の本当の意味を悟られないように、最初から役者たちを騙《だま》すために、そういう演出をしたのは事実ですが、そこまで徹底する必要は確かにありませんでした」

「だったら、どうして……」

「もちろん本作を、ホラー映画としても完成させるためです」

「……………」

「ああっ、君は単なるスナッフ・フィルムを、この私が撮ったと思ったわけですか。まぁ無理もありませんが、ちょっと悲しいですね。それがメインとはいえ、いくら何でも芸がないでしょう」

「な、なら……やっぱり、あなたは……」

「本当に人間が殺されるホラー映画を撮りたかったのではないか――と？　うーん、まぁ完全に否定はしませんが、それよりも別の意図が、ちゃんとありました」

「何ですか、それは……」

まったく信じていない苺の口調である。

「人間が本当に切り裂かれる映像を観たい、殺される瞬間を鑑賞したい……という欲求に応《こた》えるのがスナッフ・フィルムですが、その行為のみに焦点を当てると、どうしても市場が狭くなってしまいます。それを少しでも広げるためには、そこに何らかの娯楽要素が必要になってくるわけです」

「……ご、娯楽？」

「そうです。そこで本作では、一応は用意しておいた脚本を――つまりホラー映画としてのストーリーですね――そのまま用いて、一連のホラーらしい演出もして、表面上はスラッシャー物の作品として仕上げるつもりでおります」

「やっぱり、あなたは……お、可怪《おか》しいです」

「ふふっ、頭が変でしょうか」

「最初は本当に会社を立て直すために、スナッフ・フィルムの撮影を考えた――のも充分に異常ですが、その場合の動機は、あくまでも金銭にあります。け、けど今のあなたは、どう考えても人殺しを楽しんでいる……。自らの殺人シーンを撮ることに喜びを見《み》出《いだ》している……」

「そうですね。もしかするとプロフォンド・ロッソの再建など、はじめから頭になかったのかもしれません。その考えがあるなら東男はともかく、少なくとも騎嶋は殺さなかったでしょう。口だけの東男なんかと違って、なかなか彼は使えましたからねぇ。まぁ続けるにしても、細々とやるつもりだったのかなぁ。むしろ今は、もうひとつ会社を起こそうと思っています。と言っても合法的には存在しない会社です。つまりプロフォンド・ロッソでは虚構であるホラー映画を一般のファンに発売して、新会社では――インフェルノという名称を考えていますが――現実の殺人を映したスナッフ・フィルムをふくむホラー作品を一部の会員に提供する、という構想があるのです」

そこで私は改まった様子で、じっと苺を見つめながら、

「そのためにも、まず第一作となる『スラッシャー　廃園の殺人』を完成させなければなりません」

「わ、私を……こ、殺して……ですか」

物凄く怯《おび》えた表情の中にも、まだ簡単には屈しなそうな眼差《まなざ》しがあって、私は大いに安堵《あんど》した。

「いいえ。君は抜きにして、本作は制作すると考え直しました」

「えっ……」

「当初は玲子と恵利香のメインディッシュのあと、デザートとして君を考えていたのですが、やはり城納苺という人物は、メインで使うべき素材であると見直したのです。デ

ザートとするには、あまりにも勿体《もったい》なさ過ぎる――とね」

「…………」

「君が指摘したように、また私が説明した通り、我々がここまで辿《たど》って来る途中で見たものは、〈魔庭〉の一部にしか過ぎません。まだ見ぬ世界が、ここには多く残されています。そこで君には、チャンスを与えたいと思います」

「どういうことです？」

「ルールを説明しましょう。とても簡単です。君は合図とともに、この塔を出ます。そうですね、私は合図から十分後に、君を追いかけます。〈魔庭〉の殺人鬼に追いつかれたら、君の負けです。もちろん戦っていただくのは自由です。こちらは君の二倍以上の年齢ですから、女性とはいえ勝目がないとも限りません。もし私が捕まえる前に、例の正面扉まで行ける隠し通路を見つけて、ここから脱出できたら、そのときは君の勝ちです。どうです？」

「やるしか、なさそうですね」

「そう言ってくれると助かります。では先に、これを渡しておきましょう」

私は念のために準備をして、塔上の部屋に隠しておいた荷物の中から、小さなリュックを取り出すと、そこに非常食、懐中電灯の電池、飲料水のペットボトルなどが入っていることを説明した。

私に近づくのを厭《いと》いながらも、逃避行を考えると必要と判断したのか、

「なぜ、こんなものを？」

苺は震えながらリュックに右手を伸ばしつつ尋ねた。

「こちらとしても、複雑な心境なのです。すぐに捕まえてしまっては、何の面白味もありません。今から鬼ごっこをするとなると、お腹も減りますし喉《のど》も渇きます。ある程度は元気でいてもらわないと、私の方も困るわけです」

「…………」

「何を勝手なことを言っている、と思われるでしょうが、君にとっても必要なはずですから、まぁ持っていって下さい」

苺がリュックを胸の前に抱えながら、ゆっくりと後ずさりをはじめたので、

「あっ、ちょっと待って——。開始は合図をしてからです」

そう注意して彼女を止めると、

「ちらっとシンの台詞《せりふ》にもありましたが、粕谷恵利香はまだ生きています。拷問室の引き伸ばし台に四肢を縛りつけてあるだけで、ほとんど外傷はありません。無傷と言っても良い状態です。すませたのは水責めだけですからね」

「なら、彼女も一緒に——」

「それは無理です。恵利香は『スラッシャー　廃園の殺人』の出演者なのです。引き伸ばし台というのは、両手を万歳の恰好《かっこう》にさせて台の上に寝かせ、その四肢を引っ張るわけです。ぶら下がり健康器を、言わば強制的にやらせるようなもの、と言えば分かりま

すか。彼女は玲子と違って肉づきが良くてねぇ。あの肌を限界まで伸ばしたところで、ぴんと張り詰めた筋肉の筋を鋭いナイフで切り裂いたら――」

「や、止めて下さい！」

「ただし君が逃走の途中で、彼女を助け出そうとするのは自由です」

「えっ……」

「私は基本的に城納苺を追いかけますが、その最中に拷問室に寄るかもしれません。そうして恵利香を少しずつ血祭りにあげながら、再び君を探し回る。そんな方法をとる可能性もあることを、ぜひ頭の中に入れておいて下さい」

「そんな……」

「言うまでもなく私は、君よりも〈魔庭〉の抜け道には詳しいです。正面扉までの隠し通路を知っているかどうか、それはあえて秘しますが、庭内に設けられた枝道については、少しは分かっているつもりです。だから拷問室に出入りをしながらでも、君の追跡はできると踏んでいるわけです」

「で、でも……そ、そんな余裕があるんですか。粕谷さんに構ってる間に、まんまと私に逃げられるかもしれませんよ」

「ほうっ、やっぱり私の見込み通りだったようですね。あなたは見た目と違って、非常に芯《しん》のある方だと思っていました。もちろん恵利香の件については、君へのハンディキャップと、そう受け取ってもらっても一向にかまいません。誰でも我が身が一番可愛いですからね。どう動くのが女性二人にとって最も生存率が高いのか、よーく考えてみて下さい」

いったん私はそこで口を閉じると、

「何か質問はありますか」

苺は考える仕草を見せていたが、はっと我に返ると力なく首をふった。

「そうですか。それでは準備をして下さい」

私はカメラを構えると、しばらく彼女の様子をうかがってから、

「では〈シーン31　新たなる恐怖〉。よーい、スタート！」

# 31　新たなる恐怖

ゆっくりと苺が後ずさりをはじめる。

まっすぐこちらを見つめながら――。

圧倒的な恐怖と絶望と脅威に支配されながらも、ここから必ず逃げ出してみせる、という強い意志が感じられる眼差しを向けつつ――。

そこから彼女はくるっと背中を見せると、脱兎《だっと》のごとく駆け出して、あっという間に前方の穴に姿を消した。

すると映像が急激に穴へと近づいていき、螺旋《らせん》を描いて延び下る階段を、必死に駆け下りている彼女の姿を的確にとらえる。

ライトを向けられた苺は立ち止まると、一瞬だけ見上げる動作を見せた。だが、すぐさま階下を目指して再び階段を下りはじめる。

そこで映像は、穴の下の階段から塔上の部屋へと戻り、今度は反対側の扉まで一直線に素早く進んでいく。

さっと扉が開いて見晴らし台に出て、塔の下へ向けられた状態で静止する。カメラは朽ちた塔の外壁を一気に下降する、目の眩《くら》むような光景を映している。

しばらくすると真下の扉から、小さな苺の姿が現れた。

彼女は小走りで自分が辿って来た通路を進みはじめたが、その途中で急に立ち止まったかと思うと、塔をふりあおいだ。

「…………」

そこで何か叫んだらしいが、日没後に吹き出した風に消されて、彼女の言葉は塔上まで届かない。

再び走り出した苺の姿が森の中に消えると、そのまま黒々とした無気味な森の全景をとらえてから映像はさらに上方へ移動して、垂れ込めた暗雲の隙間から顔を覗《のぞ》かせる赤茶けた不吉な月を映した。

その赤月が次第に暗くなって、やがて画面が真っ黒に塗りつぶされ……。

# 0　暗　黒

真っ暗な漆黒の世界で――
密度の濃い黒一色の直中《ただなか》に――
毒々しいまでに真っ赤なものが――
やがて、ゆっくりと浮かび上がった……
それは、まさに恐るべき禍々《まがまが》しさを秘めた――

**スラッシャー2　狂園の逃走**

**二〇〇七年九月上旬発売予定**

**乞《こ》うご期待！**

――という真っ赤な文字で記された予告だった。

そして——

**企画・制作　インフェルノ**

最後のクレジットが現れて消えて……

あとには、ただ漆黒の闇ばかりが残った——。

# 好事家のためのノート

本書『スラッシャー　廃園の殺人』（親本は二〇〇七年六月刊行）は至る所にホラー映画（ミステリやSF、他も含む）に対するオマージュを秘めている。何よりも僕自身が楽しんで執筆するために、そういう趣向を試みた。

僕は普段、静かな環境で仕事をするのだが、本書の執筆時だけはダリオ・アルジェント作品の常連であるゴブリンの音楽を聴きながら、それはもうノリノリで書いた。そんな執筆方法は、後にも先にも本書だけになると思う。

当初はオマージュ部分について「自然に気づいた人だけが楽しめれば良い」と考えていた。しかし、かなり偏った読者サービスになっていると、今回の二次文庫化で改めて感じた。

野暮は承知のうえで、ネタばらし的な説明を以下で行なう。

ただし本書のオマージュは、あくまでも僕の印象（イメージ）に基づいている。よって〈A〉↓「B」と記されていても、必ず「B」に〈A〉の要素があるとは限らない。僕が「B」から〈A〉を想像しただけで、直接の関係はない例も多い。また作品によっては映画よりも、その原作の影響の方が遥《はる》かに大きい場合もある。小説まで言及しはじめると切りがないため、ここでは映画をメインに取り上げることにした。

なお映画のタイトルを挙げる他にも、二つ読者サービスをしておいた。お楽しみいただければ幸いである。

**32　序幕**

〈冒頭に謎の人物が登場〉↓「名探偵登場」一九七六／米、「シャドー」八二／伊。

**1　血祭り**

〈針金が渦巻く場所〉↓「サスペリア」七七／伊。

〈正体不明の犯人の姿〉↓「モデル連続殺人！」六三／伊、「美人モデル　惨殺の古城」六六／伊、「影なき淫獣《いんじゅう》」七三／伊、「サスペリアPART2」七五／伊、「アリス・スウィート・アリス」七七／米、「血のバレンタイン」八一／加、「肉欲のオーディション　切り裂かれたヒロインたち」八三／加、「フェノミナ」八四／伊、「ルール2」二〇〇〇／加・米、「バレンタイン」〇一／米。

〈石壁を打つ音〉↓「フェノミナ」。

〈大きな振り子〉↓「大鴉《おおがらす》」一九三五／米、「恐怖の振子」六一／米、「マスター・オブ・ホ

ラー　悪夢の狂宴」九〇／伊、「ペンデュラム　悪魔のふりこ」九一／米。

**2　出発**

〈プロフォンド・ロッソ〉→「サスペリアPART2」。

〈廃墟庭園〉→「恐怖の足跡」六二／米、「探偵スルース」七二／米、「ピクニックatハンギング・ロック」七五／豪、「デビルズ・ゾーン（ツーリスト・トラップ）」七八／米、「シャイニング」八〇／米、「バーニング」八一／米、「英国式庭園殺人事件」八二／英、「暗闇の影に誰かいる①　ラビリンス（迷路園）での密会」同上、「ラビリンス　魔王の迷宮」八六／米、「死霊の罠《わな》」八八／日、「ヘルレイザー2」八八／米・英、「秘密の花園」九三／米。

**3　廃園の歴史**

〈近親姦で誕生したフリーク〉→「恐怖のいけにえ」八〇／米。

**4　不吉な前兆**

〈ホワイト・ウッド〉→「死霊の町　シティ・オブ・ザ・デッド」六〇／英。

**5　『スラッシャー　廃園の殺人』**

〈ガソリンスタンドの木彫の人形〉→「クリープショー2　怨霊《おんりょう》」八七／米。

〈日本各地の怪奇幻想紀行シリーズ〉↓『日本怪奇幻想紀行』一〜六巻（二〇〇〇〜〇一／同朋舎）。

〈実在する場所が舞台〉↓「セッション9」二〇〇一／米。

**6　到着**

〈聳え立つ表側〉↓「バンデットQ」一九八一／英。

**7　合流**

〈聳え立つ門〉↓「ヘルナイト」八一／米。

〈扉の存在を隠す装飾〉↓「サスペリア」。

**8　〈魔庭〉**

〈小さな扉〉↓「地下室の魔物」七三／米。

〈壁の穴〉↓「エイリアン」七九／米、「地獄の門」八〇／伊、「消えたマックスの謎」八二／新。

〈地下通路〉↓「古城の扉」三五／米、「古城の妖鬼《ようき》」同上、「古城の亡霊」六三／米、「ディメンシャ13」同上、「追想」七五／仏。

〈壁の亀裂《きれつ》の道〉↓「紀元前3万年の女」六六／英、「ヘル・レイザー」八七／英。

〈緑の迷宮〉→「探偵スルース」、「シャイニング」、「英国式庭園殺人事件」。

〈庭園内のゾンビ〉→「デモンズ'95」九四／伊・仏。

〈扉の外の断崖絶壁〉→「バンデットQ」。

9　奇妙な門番

〈動く怪物像〉→「スティーヴン・キングのシャイニング」九七／米。

〈門柱の怪物像〉→「アルゴ探検隊の大冒険」六三／英・米。

〈森に見える石塔〉→「ジェーン・バーキンinヴェルヴェットの森」七三／伊・仏・西独。

10　古代遺跡

〈狭い通路〉→「呪いの館《やかた》」六六／伊、「処刑男爵」七二／伊、「リサと悪魔」七三／伊・西独・西、「ファンタズム」七九／米、「ヘル・レイザー」。

〈隠し通路〉→「奇妙な扉」五一／米、「追想」、「悪魔のいる渚　サイレントスクリーム」八〇／米。

11　密談

〈無気味に伸びる影〉→「ブラッド・ピーセス　悪魔のチェーンソー」八二／西・米、「ブラッド・エイプリル・フール」八五／米・英。

12　惨劇
〈足指の切断〉→「ヒッチコック劇場　指」六〇／米、「ヘルレイザー　ゲート・オブ・インフェルノ」二〇〇〇／米。

13　黒怪人
〈第三者の存在を疑う〉→「そして誰もいなくなった」一九四五／米、「姿なき殺人者」六五／英、「血みどろの入江」七一／伊、「そして誰もいなくなった」七四／伊・仏・西・西独、「13日の金曜日」八〇／米、「魔島」八二／米、「サファリ殺人事件」八九／米。

14　迷路
〈迷路〉→〈廃墟庭園〉と同タイトル。
〈行き止まりの通路に於ける人間消失〉→「黄色の部屋」三〇／仏。

15　追跡
〈限られた空間に於ける犯人の追跡〉→「黄色の部屋」。

16　消失
〈行き止まりの通路に於ける二度目の人間消失〉→「黄色の部屋」。

〈黒い手袋〉→「歓《よろこ》びの毒牙《きば》」六九／伊・西独、「サスペリアPART2」、「インフェルノ」八〇／米・伊、「シャドー」八二／伊、「オペラ座　血の喝采《かっさい》」八八／伊、「トラウマ　鮮血の叫び」九三／米、「ドゥー・ユー・ライク・ヒッチコック？」二〇〇五／伊・西、「ジャーロ」〇九／米・伊。

**17　惨殺**

〈磔《はりつけ》の犠牲者〉→「キャリー」一九七六／米、「ビヨンド」八一／伊、「エクソシスト3」九〇／米。

〈皮を剝《は》ぐ〉→「地獄」六〇／日、「ヘル・レイザー」、「DAGON　ダゴン」二〇〇一／西。

**18　逃走**

〈壁の向こう側にいる犯人〉→「歓びの毒牙」、「オペラ座　血の喝采」。

**19　怪人の正体？**

〈魔所に関わり覚醒《かくせい》〉→「アポイントメント　悪夢の約束」一九八一／英。

**20　グロッタ**

〈ワルプルギス〉→「ワルプルギスの夜　ウルフVSヴァンパイア」七〇／西・西独。

〈騙《だま》し絵〉→「スタンダール・シンドローム」九六／伊。

## 21　虐殺

〈ナイフで下顎《したあご》を突く〉→「オペラ座　血の喝采」。
〈喉《のど》を裂く、刺す〉→「ジュリア　幽霊と遊ぶ女」七六／英・加、「サスペリア」。

## 22　階段地獄

〈階段の群れ〉→「薔薇《ばら》の名前」八六／仏・伊・西独。

## 23　廃墟聖堂

〈砂の世界〉→「デューン　砂の惑星」八四／米、「シルバー・グローブ　銀の惑星」八七／波。

〈廃墟の教会〉→「アッシャー家の末裔《まつえい》」二八／仏、「女ヴァンパイア　カーミラ」六四／伊・西、「ドラキュラ　血の味」七〇／英、「鮮血の女修道院　愛欲と情念の呪われた祭壇」七五／米、「呪われた修道院」八〇／伊、「デモンズ3　ザ・チャーチ」八九／伊。

## 24　古城の地下室

〈外壁だけの廃墟〉→「エル・ゾンビ　死霊騎士団の誕生（落武者のえじき）」七一／西、

「呪われた森」八〇／米。

〈拷問部屋〉→「魔女」二二／丁・瑞、「恐怖のロンドン塔」三九／米、「黒い城」五二／米、「バック・トゥ・ザ・キラー　顔のない殺人鬼」六三／伊。

**25　鉄の処女**

〈ニュルンベルクの鉄の処女〉→「血ぬられた墓標」六〇／伊、「バック・トゥ・ザ・キラー　顔のない殺人鬼」。

**26　凄惨な宴**

〈瞼《まぶた》の固定〉→「サンゲリア」七九／伊・米、「オペラ座　血の喝采」。

〈ドラキュラの赤い眼〉→「吸血鬼ドラキュラ」五八／英、「凶人ドラキュラ」六五／米・英、「帰ってきたドラキュラ」六八／英、「血のエクソシズム　ドラキュラの復活」七〇／英、「ドラキュラ'72」七二／英。

〈腸が出る〉→「悪魔のはらわた」七三／伊・仏、「フランケンシュタインと地獄の怪物」七四／英。

〈首が跳ぶ〉→「血みどろの入江」、「ドライブイン殺人事件」七六／米、「プロムナイト」八〇／加、「13日の金曜日」、「ブラディ・ムーン　血ぬられた女子寮」八一／米、「トラウマ　鮮血の叫び」、「ハロウィンH2O」九八／米。

27　拷問刑具

〈犯人の囁《ささや》き声〉→「歓びの毒牙」、「オペラ座　血の喝采」。

〈拷問刑具〉→「魔女」、「恐怖の振子」、「バック・トゥ・ザ・キラー　顔のない殺人鬼」、「罪深き尼僧の悶《もだ》え」七四／伊、「イザベルの呪い」七二／伊、「マスター・オブ・ホラー　悪夢の狂宴」、「ペンデュラム　悪魔のふりこ」。

28　森を抜けて

〈森に棲《す》む魔物〉→「ヴィレッジ」二〇〇四／米。

29　塔内の怪人

〈内壁の階段〉→「フランケンシュタインの幽霊」一九四二／米。

〈網目からの視線〉→「死んでいるのは誰？」七二／伊・西独。

30　真犯人

〈洞末新二〉→「三津田信三《みつだしんぞう》のアナグラム」。

幕間

〈スナッフ・フィルム〉→「スナッフ　SNUFF」七六／亜、「スペシャル・イフェクツ謎の映像殺人」八四／米、「ギニーピッグ」八五／日、「殺人論文　次に私が殺される（テシス　次に私が殺される）」九六／西。

〈新会社インフェルノ〉→「インフェルノ」。

31　新たなる恐怖
〈生き残りの逃走〉→「13日の金曜日」、「13日の金曜日PART2」八一／米。

0　暗黒
〈スラッシャー2　狂園の逃走〉→「13日の金曜日PART2」、「ブギーマン（ハロウィンII）」八一／米。

本書は、二〇一二年九月に刊行された
講談社文庫を加筆修正したものです。
目次・登場人物表デザイン／青柳奈美

スラッシャー　廃園《はいえん》の殺人《さつじん》
三津田信三《みつだしんぞう》

角川ホラー文庫　24103

令和6年3月25日　初版発行

発行者——山下直久
発　行——株式会社KADOKAWA
〒102-8177　東京都千代田区富士見2-13-3
電話 0570-002-301（ナビダイヤル）
印刷所——株式会社暁印刷
製本所——本間製本株式会社
装幀者——田島照久



●お問い合わせ
https://www.kadokawa.co.jp/（「お問い合わせ」へお進みください）
※内容によっては、お答えできない場合があります。
※サポートは日本国内のみとさせていただきます。
※Japanese text only



ISBN978-4-04-113986-8　C0193

# 角川文庫発刊に際して

角川源義

第二次世界大戦の敗北は、軍事力の敗北であった以上に、私たちの若い文化力の敗退であった。私たちの文化が戦争に対して如何に無力であり、単なるあだ花に過ぎなかったかを、私たちは身を以て体験し痛感した。西洋近代文化の摂取にとって、明治以後八十年の歳月は決して短かすぎたとは言えない。にもかかわらず、近代文化の伝統を確立し、自由な批判と柔軟な良識に富む文化層として自らを形成することに私たちは失敗して来た。そしてこれは、各層への文化の普及滲透を任務とする出版人の責任でもあった。

一九四五年以来、私たちは再び振出しに戻り、第一歩から踏み出すことを余儀なくされた。これは大きな不幸ではあるが、反面、これまでの混沌・未熟・歪曲の中にあった我が国の文化に秩序と確たる基礎を齎らすためには絶好の機会でもある。角川書店は、このような祖国の文化的危機にあたり、微力をも顧みず再建の礎石たるべき抱負と決意とをもって出発したが、ここに創立以来の念願を果すべく角川文庫を発刊する。これまで刊行されたあらゆる全集叢書文庫類の長所と短所とを検討し、古今東西の不朽の典籍を、良心的編集のもとに、廉価に、そして書架にふさわしい美本として、多くのひとびとに提供しようとする。しかし私たちは徒らに百科全書的な知識のジレッタントを作ることを目的とせず、あくまで祖国の文化に秩序と再建への道を示し、この文庫を角川書店の栄ある事業として、今後永久に継続発展せしめ、学芸と教養との殿堂として大成せんことを期したい。多くの読書子の愛情ある忠言と支持とによって、この希望と抱負とを完遂せしめられんことを願う。

一九四九年五月三日

# 子狐たちの災園

三津田信三

**奇妙な“廻り家”で起きる怪異**

6歳の奈津江は、優しい両親を立て続けに喪い、彼らが実の親ではなかったという衝撃の事実を知る。ひとりぼっちの彼女は、実父が経営する子供のための施設“祭園”に引き取られることになった。鬱蒼とした森に囲まれた施設には、“廻り家”という奇妙な祈禱所があり、不気味な噂が囁かれていた。その夜から、次々に不可解な出来事が起こりはじめる――狐使いの家系に隠された禍々しい秘密と怪異を描く、驚愕のホラー・ミステリ！

角川ホラー文庫

ISBN 978-4-04-112339-3